百年经典散文
CENTURY CLASSIC PROSE
谢冕◎主编

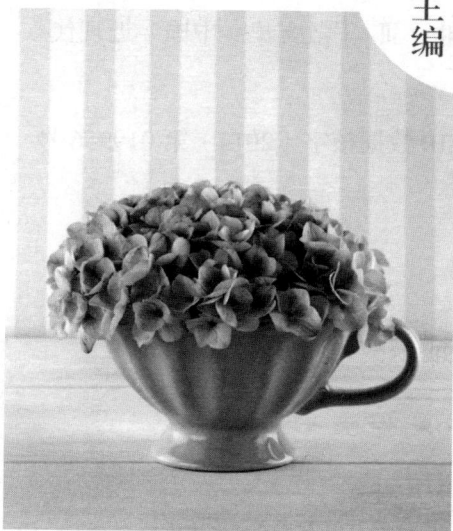

纯情私语

著名作家黄蓓佳，著名文学评论家孟繁华、王干，
著名特级教师王岱联袂推荐——

聆听大家心语，沐浴经典成长。

山东人民出版社
全国百佳图书出版单位 国家一级出版社

图书在版编目（CIP）数据

纯情私语 / 谢冕主编 .— 济南：山东人民出版社，2014. 5（2023.4重印）

（百年经典散文）

ISBN 978-7-209-05704-2

Ⅰ.①纯… Ⅱ.①谢… Ⅲ.①散文集—中国—近现代
Ⅳ.①I26

中国版本图书馆 CIP 数据核字（2014）第 019956 号

责任编辑： 王海涛　刘　晨

纯情私语

谢冕　主编

山东出版传媒股份有限公司

山东人民出版社出版发行

社　址：济南市舜耕路517号　邮编：250003

网　址：http://www.sd－book.com.cn

市场部：（0531）82098027 82098028

新华书店经销

三河市华东印刷有限公司印装

规　格　16 开（170mm × 240mm）

印　张　18

字　数　155 千字

版　次　2014 年 5 月第 1 版

印　次　2023 年 4 月第 3 次

ISBN 978-7-209-05704-2

定　价　58.00 元

如有质量问题， 请与印刷厂调换。（010）57572860

那些让人心旌摇荡的文字 [①]

谢　冕

　　这里汇聚了近百年来世界和中国一批散文名家的作品，作者来自中国和中国以外的国度。有的非常知名，有的未必知名，但所有的入选文字都是非常优秀的。这可说是一次空前的集聚。这里所谓的"空前"，不仅指的是作品的主题涉及社会人生浩瀚而深邃的领域，也不仅指的是它们在文体创新方面以及在文字的优美和艺术的精湛方面所达到的高度，而且指的是它们概括了人类长期积累的宝贵经验，它所传达的洞察世事的智慧，特别重要的是它代表了人性的美以及人类的良知。

　　从十九世纪后期到二十世纪末这一百年间，人类经历了从工业革命到电子革命的沧桑巨变，科技的发达给人类创造了伟大的二十世纪文明。人类理所当然地享受着它应有的荣光，同时，他们也曾蒙受空前的苦难：天灾、战乱、饥饿，特别是两次世界大战给人类留下了巨大的伤痛。在战争的废墟上

　　[①] 这是为山东人民出版社《百年经典散文》所写的总序。这套丛书计八卷，分别为《闲情谐趣》《游踪漫影》《天南海北》《励志修身》《亲情无限》《挚友真情》《纯情私语》《哲理美文》。

反顾来路，那些优秀的、未曾沉酣的大脑开始了深刻的反思。于是有了关于未来的忧患和畏惧，有了对于和平的祈求和争取，以及对于人类更合理的生活秩序和理想的召唤。这种反思集中在对于人类本性的恢复和重建上。

世纪的反思以多种方式展开，其中尤以文学的和艺术的方式最为显眼有力，它因生动具象而使这种反思更具直观的效果。以文学的方式出现的诗歌、小说和戏剧的文体当然有着令人印象深刻的贡献。而我们此刻面对的是散文，这是有别于其他文体的一种文学类别。在我们通常的识见中，文学创作的优长之处在它的虚构性。我们都知道，文学的使命是想象的，人们通过那些非凡的想象力获得对物质世界和精神世界更真实也更有力的升华，从而获得更有超越性的审美震撼。

散文作为文学的一种无疑也具有上述特性。但我们觉察到，散文似乎隐约地在排斥文学的虚构，那些优秀的散文几乎总在有意无意地"遗忘"虚构。散文这一文体的动人心魄之处是：它对于人的内心世界的绝对的"忠实"，它断然拒绝情感和事实的"虚拟"。散文重视的是直达人的内心，它弃绝对心灵的虚假装饰。一般而言，一旦散文流于虚情，散文的生命也就荡然无存，而不论它的辞采有多么华美。散文看重的是真情实意。以往人们谈论最多的"形散而神不散"，其实仅仅是就它在谋篇构思等的外在因素而言，并不涉及散文创作的真质。当然，这里表述的只是个人的浅见，并不涉及严格的文体定义。这种表述也许更像是个人对散文价值的一次郑重体认。

广泛地阅读，认真地品鉴，严格地遴选，一百年来中外的散文名篇跃进了选家的眼帘，并在读者面前展示了它的异彩。可以看出，所有的作者面对他的纷繁多姿的世界，面对这个世界的万事万物万种情思，他们都未曾隐匿自己的忧乐爱憎，而且总是付诸真挚而坦率的表达。真文是第一，美文在其次，思想、情怀加上文采，它们到达的是文章的极致。

这些作者通过一百年的浩瀚时空，给了我们一百年人世悲欢离合的感兴，他们以优美的文字记下这一切内心历程，满足我们也丰富我们。有的文字是承载着哲理的思忖，有的文字充盈人间的悲悯情怀，有的文字敞开着宽广的胸怀，是上下数千年的心灵驰骋。人们披卷深思并发现，大自对于五千年后的子孙的深情寄语，论说灵魂之不朽，精神之长在，对生命奥秘之拷问，乃至对抽象的自由与财富之价值判断，他们面对这一切命题，均能以睿智而从容的心境处之。表达也许完美，表达也许并不完美，这都不重要，重要的是，所有的文字均源生于对于自然界的一草一木、人世间的一颦一笑，于日常的举手投足之间，总是充满了人间的智慧和情趣。

这些文字，有的深邃如哲学大师的启蒙，有的活泼如儿童天籁般的童真，有的深沉而淡定，有的幽默而理趣。我们手执一卷，犹如占有整个世界。整个世界都在聆听大师，整个世界都在与我们平等对话，我们像是在过着盛大的节日。这里的奉献，不仅是宽容的、无私的，而且是慷慨的，我们仿佛置身于精神的盛宴。举世滔滔，灯红酒绿，充满了时尚的诱惑与追逐，使人深感被疏远的、从而显得陌生的精神是多么可贵。

能够在一杯茶或一杯咖啡的余温里沐浴着这种温暖的、智性的阳光，这应该是人间的至乐了！朋友，书已置放在你的案前，那些依然健在的，或者已经远去的心灵，在等待与你对话，那些让人心旌摇荡的文字，在等待你的聆听。

二〇一三年一月一日，执笔于北京昌平寓所

目录

目 录

目 录

目 录

乖姑！小刺猬！

在沪宁车上，总算得了一个座位；渡江上了平浦通车，也居然定着一张卧床。这就好了。吃过一元半的夜饭，十一点睡觉，从此一直睡到第二天十二点钟，醒来时，不但已出江苏境，并且通过了安徽界蚌埠，到山东界了。不知道刺猬可能如此大睡，我怕她鼻子冻冷，不能这样。

车上和渡江的船上，遇见许多熟人，如马幼渔的侄子，齐寿山的朋友，未名社的一伙；还有几个阔人，说是我的学生，但我不识他们了。那么，我的到北平，昨今两日，必已为许多人所知道。

今天午后到前门站，一切大抵如旧，因为正值妙峰山香市，所以倒并不冷静。正大风，饱餐了三年未吃的灰尘。下午发一电，我想，倘快，则十六日下午可达上海了。

家里一切如旧，母亲精神形貌仍如三年前，她说，害马为什么不同来呢？我答以有点不舒服。其实我在车上曾想过，这种震动法，于乖姑是不相宜的。但母亲近来的见闻范围似很窄，她总是同我谈八道湾，这于我是毫无关心的，所以我也不想多说我们的事，因为恐怕于她也不见得有什么兴趣。平常似常常有客来住，多至四五个月，连我的日记本子也都打开过了，这非常可恶，大约是姓车的男人所为。他的女人，廿六七又要来了，那自然，这就使我不能多住。

不过这种情形，我倒并不气，也不高兴，久说必须回家一趟，现在是回来了，了却一件事，总是好的。此刻是十二点，却很静，和上海大不相同。我不知乖姑睡了没有？我觉得她一定还未睡着，以为我正在大谈三年来的经历了。其实并未大谈，我现在只望乖姑要乖，保养自己，我也当平心和气，渡〔度〕过豫〔预〕定的时光，不使小刺猬忧虑。

今天就是这样罢，下回再谈。

五月十五夜

佳作赏析：

鲁迅（1881—1936），浙江绍兴人。现代思想家、文学家。著有短篇小说《呐喊》《彷徨》，散文集《野草》等。有《鲁迅全集》印行。

鲁迅作为著名的文学家和思想家，一直以来给人以严肃的印象，而他与许广平的《两地书》则给人以完全不同的印象。两个人在信中谈情说爱、家长里短，无所不谈，文风上也少了犀利，多了几分生活气息。

这封信是鲁迅在京期间写给许广平的，主要叙述了自己从上海到北京一路的所见所闻和北京家中情况。从开头的"乖姑！小刺猬！"这样充满调皮和亲昵的称呼中已经可以感受到两个人之间亲密无间的感情，而信中更是充满对许广平的牵挂和思念，读来倍感温馨。

小刺猬：

　　昨天从老三转上一信，想已到。今天下午我访了未名社一趟，又去看幼渔，他未回，马珏是因疮进病院多日了。一路所见，倒并不怎样萧条，大约所减少的不过是南方籍的官僚而已。

　　关于咱们的故事，闻南北统一以后，此地忽然盛传，研究者也很多，但大抵知不确切。上午，令弟告诉我一件故事。她说，大约一两月前，某太太对母亲说，她做了一个梦，梦见我带了一个孩子回家，自己因此很气愤。而母亲大不以气愤之举为然，因告诉她外间真有种种传说，看她怎样。她说，已经知道。问何从知道。她说，是二太太告诉她的。我想，老太太所闻之来源，大约也是二太太。而南北统一后，忽然盛传者，当与陆晶清之入京有关。我因以小白象之事告知令弟，她并不以为奇，说，这是也在意中的。午前，我就告知母亲，说八月间，我们要有小白象了。她很高兴，说，我想也应该有了，因为这屋子里，早应该有小孩子走来走去。这种"应该"的理由，和我们是另一种思想，但小白象之出现，则可见世界上已以为当然矣。

不过我却并不愿意小白象在这房子里走来走去，这里并无抚育白象那么广大的森林。北平倘不荒芜下去，似乎还适于居住，但为小白象计，是须另选处所的。这事俟将来再议。

北平很暖，可穿单衣了。明天拟去访徐旭生。此外再看几个熟人，另外也无事可做。我觉得日子实在太长，但愿速到月底，不过那时，恐怕需走海道回了。

这里和上海不同，寂静得很。尹默凤举，往往终日倾心政治。尹默之汽车，昨天和电车冲突，他臂膊碰肿了，明天拟去看他，并还草帽。台静农在和孙祥偈讲恋爱，日日替她翻电报号码（因为她是新闻通讯员），忙不可当。林卓凤在西山调养胃病。

我的身体是好的，和在上海时一样。据潘妈说，模样和出京时相同。我在小心于卫生，勿念，但刺猬也应该留心保养，令我放心。我相信她正是如此。

附笺一纸，可交与赵公。又告诉老三，我当于一两日内寄书一包（约四五本）给他，其实是托他转交赵公的，到时即交去。

迅

五月十七夜

佳作赏析：

这是另一封鲁迅写给许广平的信。鲁迅在信中提及别人对两个人恋爱交往的关注议论情况，包括鲁迅母亲的反应。同时叙述了北京一些朋友的相关情况。信的结尾，向许广平介绍了自己的身体健康情况，并要许广平注意保养，牵挂和思念溢于言表。从两个人"小刺猬""小白象"的称谓上，已可以想见两个人感情上的亲密无间。

永远的同道

□〔中国〕许广平

MY DEAR TEACHER：

今日（十六日）午饭后回办公处，看见桌上有你十日寄来的一信，我一面欢喜，一面又仿佛觉着有了什么事情似的，拆开信一看，才知道是这样子。

校方表面上好像没有什么了，但旧派学生见恐吓无效，正在酝酿着罢课，今天要求开全体大会，我以校长不在，没法批准为辞，推掉了。如果一旦开会，则学校干涉，群众盲从，恐怕就会又闹起来。至于教职员方面，则因薪水不足维持生活，辞去的已有五六人，再过几天，一定更多。那时虽欲维持，但中途哪有这许多教员可得？至于解决经费一层，则在北伐期中，谈何容易。

校长到底也只能至本月三十日提出辞呈，飘然引去，那时我们也就可以走散了。MY DEAR TEACHER，你愿否我乘这闲空，到厦门一次，我们师生见见再说，看你这几天的心情，好像是非常孤独似的。还请你决定一下，就通知我。

看了《送南行的爱而君》，情话缠绵，是作者的热情呢，还是笔下的善永久的同道于道情呢？我虽然不知道，但因此想起你的弊病，是对有些人过于深恶痛绝，简直不愿同在一地呼吸，而对有些人又期望大殷，不惜赴汤蹈火，一旦觉得不负所望，你便悲哀起来了。这原因是由于你太敏感，太热情。其实世界上你所深愿的和期望的，走到十字街道，还不是一样么？而你硬要区别，或爱或憎，结果都是自己吃苦，这不能不说是小说家的取材失策。倘明白凡有小说材料，都是空中楼阁，自然心平气和了。我向来也有这样的傻气，因此很碰了钉子，后来有人劝我不要太"认真"。我想一想，确是太认真了的过处。

现在这句话，我总时时记起，当做悬崖勒"马"。几个人乘你遁迹荒岛枪击你，你就因此气短么？你就不看全般，甘为几个人所左右么？我好好有一番话，要和你见面商量，我觉得坦途在前，人又何必因了一点小障碍而不走路呢？即如我，回粤以来，信中虽总是向你诉苦，但这两月内，究竟也改革了两件事，并不白受了辛苦。你在厦门比我苦，然而你到处受欢迎，也过我万万倍，将来即去而之他，而青年经过你的陶冶，于社会总会有些影响的。至于你自己的将来，唉，那你还是照我上面所说罢，不要太认真。况且你敢说天下就没有一个人是你的永久的同道么？有一个人，你就可以自慰了，可以由一个人而推及二三以至无穷了，那你又何必悲哀呢？如果连一个人也"出乎意表之外"……也许是真的么？总之，现在是还有一个人在劝你，希望你容纳这意思的。

没有什么要写的了。你在未得我离校的通知以前，有信仍不妨寄这里，我即搬走，自然托人代收转寄的。你的闷气，尽管仍向我发，但愿不要闷在心里就好了。

YOURH. M.

十一月十六晚十时半，一九二六年

许广平（1898—1968），广东番禺人。鲁迅夫人。作品有《两地书》（与鲁迅合著）等。

作为中国现代一对著名的夫妻，许广平和鲁迅的爱情故事一直为人们津津乐道，人们感慨于他们的相敬如宾、相濡以沫。疾恶如仇的鲁迅在许广平面前是个柔情似水的好丈夫。在这封许广平写给鲁迅的信中，我们可以感受到她对鲁迅的关心和爱护，可以知道他们的爱是建立在共同的事业和理想之上的，他们之间是志同道合的伴侣。

面对着鲁迅所遭受的舆论攻击，许广平坦言："况且你敢说天下就没有一个人是你的永久的同道么？有一个人，你就可以自慰了。"在这篇文章中，我们看到了一个敢于表达自己爱情的许广平。

两地书·致鲁迅

□〔中国〕许广平

小白象：

　　昨夜（十四）饭后，我到邮局发了你的一封信，回来看看文法，十点多睡下了，早上醒来，算算你已到天津了，午饭时知已到北平，各人见了意外的欢喜，你也不少的高兴罢。今天收到《东方》第二号，又有金溟若的一封挂号厚信，想是稿子，我这两天因为没甚事体，睡的也多，食的也饱，昨夜饭曾添了二次，你回来一定见我胖了。我极力照你的话做去，好好的休养，今天下午同老太太等大小人五六个共到新雅饮茶，她们非常高兴，因为初次尝尝新鲜，回来快五点了。《东方》看看，一天又快过去了。我记得你那句总陪着我的话，我虽一个人也不害怕了，两天天快亮都醒，这是你要睡的时候，我总照常的醒来，宛如你在旁预备着要睡，又明知你是离开了。但古怪的感情，这个味道叫我如何描写？好在转瞬天真个亮了，过些时我就起床了。

十五下午五时半

小白象：

　　昨天（十五）食过夜饭，我在楼上描桌布的花样，又看看文法，十一点了，就预备睡，睡得还算好，可是四点多又照例醒了，一直没有再困熟，静静地躺着，直至七点多才起来。昨日你本于午饭时到了，又加之听三先生从暨大得来消息，西匪退出乡土了，原因是湘军南下包围，如此别方面不致动作了，也可稍慰。今天（十六）上午我在楼下缝了半天衣服，又看看报纸，中饭的时候，三先生把电报带来了，人到依时，电到也快，看看发电是十三,四〇'，想是十五日下午一点四十分发出的，阅电心中甚慰（虽然明明相信必到，但愈是如此愈非有电不可，真奇怪）。看电后我找出一句话说："安"字可以省去。三先生说，多这个字更好放心，三先生真可谓心理学家，知到〔道〕你的心理了。我直至此刻都自己总呆呆地高兴，不知何故。

　　这几天睡得早，起得早，晨间我都在下面吃早粥的，今天那个地方完全不痒了，别的症候也好了，想是休息过来的缘故，以后我当更小心，不使有类似这类的事体发生，省得叫远路的人放心不下。阿ブ当你去的第一天吃夜饭的时候，把我叫下去了，还不肯罢休，一定要把你也叫下去，后来大家再三给她开导，还不肯走，她的娘说是你到街上去了，才不得已的走出，这人真有趣。上海是入了梅雨天了，总是阴阴沉沉，时雨时晴，那种天气怪讨人厌的，你一到家都大家遇到了吗？太师母等都好？替我问候。局面现时安静，听说三大学之被封，是因前大陆校长鼓动三校学生预备包围市党部，替桂方声援之故云，不知确否。

愿眠食当心

小刺猬五月十六下午二时十五

佳作赏析：

　　鲁迅与许广平能走到一起，在许广平方面，首先是敬仰加爱慕。而两个人正式确定关系以后，由于各自环境的不同，互相间写的多是生活中的琐事，也对各人的去处表示些担忧。在许广平，更多的是关心鲁迅过得开不开心、吃得好不好、住得惯不惯，夫妻之间的互相关怀占据了两个书信的大部分篇幅。亲昵的称呼，事无巨细的生活细节，充满关心的问候和牵挂，无一句谈情，却句句含情。

初恋

□ [中国] 周作人

那时我十四岁，她大约是十三岁罢。我跟着祖父的妾宋姨太太寄寓在杭州的花牌楼，间壁住着一家姚姓，她便是那家的女儿。

伊本姓杨，住在清波门头，大约因为行三，人家都称她作三姑娘。姚家老夫妇没有子女，便认她做干女儿，一个月里有二十多天住在他们家里，宋姨太太和远邻的羊肉店石家的媳妇虽然很说得来，与姚宅的老妇却感情很坏，彼此都不交口，但是三姑娘并不管这些事，仍旧推进门来游嬉。她大抵先到楼上去，同宋姨太太搭讪一回，随后走下楼来，站在我同仆人阮升公用的一张板桌旁边，抱着名叫"三花"的一只大猫，看我映写陆润庠的木刻的字帖。

我不曾和她谈过一句话，也不曾仔细地看过她的面貌与姿态。大约我在那时已经很是近视，但是还有一层缘故，虽然非意识的对于她很是感到亲近，一面却似乎为她的光辉所掩，开不起眼来去端详她了。在此刻回想起来，仿佛是一个尖面庞，乌眼睛，瘦小身材，而且有尖小的脚的少女，并没有什么殊胜的地方，但在我的性的生活里总是第一个人，使我于自己以外感到对于别人的爱着，引起我没有明了的性的概念的对于异性的恋慕的第一个人了。

我在那时候当然是"丑小鸭"，自己也是知道的，但是终不以此而减灭我的热情。每逢她抱着猫来看我写字，我便不自觉的振作起来，用了平常所无的努力去映写，感着一种无所希求迷蒙的喜乐。并不问她是否爱我，或者也还不知道自己是爱着她，总之对于她的存在感到亲近喜悦，并且愿为她有所尽力，这是当时实在的心情，也是她所给我的赐物了。在她是怎样不能知道，自己的情绪大约只是淡淡的一种恋慕，始终没有想到男女夫妇的问题。有一天晚上，宋姨太太忽然又发表对于姚姓的憎恨，末了说道："阿三那小东西，也不是好东西，将来总要流落到拱辰桥去做婊子的。"

我不很明白做婊子这些是什么事情，但当时听了心里想道："她如果真是流落做了婊子，我必定去救她出来。"

大半年的光阴这样的消费过去了。到了七八月里因为母亲生病，我便离开杭州回家去了。

一个月以后，阮升告假回去，顺便到我家里，说起花牌楼的事情，说道："杨家的三姑娘患霍乱死了。"

我那时也很觉得不快，想象她的悲惨的死相，但同时却又似乎很是安静，仿佛心里有一块大石头已经放下了。

佳作赏析：

周作人（1895—1967），浙江绍兴人，现代作家。著有散文集《自己的园地》《雨天的书》《苦茶随笔》等。

初恋是美好而令人难忘的，但作者的初恋似乎是苦涩的，辛酸的。文章并未在"初恋"本身上着墨过多，而是把笔力放在"初恋女友"坎坷、多舛的命运的刻画上，这无疑增添了文章的深度。

如果就"初恋"而写"初恋"，那就意义不大了。为文全靠提炼。

美的牢狱

□ [中国] 许地山

嫦求正在镜台边理她的晨妆，见她的丈夫从远地回来，就把头拢住，问道："我所需要的你都给带回来了没有？"

"对不起！你虽是一个建筑师，或泥水匠，能为你自己建筑一座'美的牢狱'：我却不是一个转运者，不能为你搬运等等材料。"

"你念书不是念得越糊涂，便是越高深了！怎么你的话，我一点也听不懂？"

丈夫含笑说："不懂么？我知道你开口爱美，闭口爱美，多方地要求我给你带等等装饰回来；我想那些东西都围绕在你的体外，合起来，岂不是成为一座监禁你的牢狱吗？"

她静默了许久，也不做声。她的丈夫往下说："妻呀，我想你还不明白我的意思。我想所有美丽的东西，只能让他们散布在各处，我们只能在他们的出处爱它们；若是把他们聚拢起来，搁在一处，或在身上，那就不美了……"

她睁着那双柔媚的眼，摇着头说："你说得不对。你说得不对。若不剖蚌，怎能得着珠玑呢？若不开山，怎能得着金刚、玉石、玛瑙等等宝物呢？而且那些东西，本来不美，必得人把他们琢磨出来，加以装饰，才能显得美丽咧。若说我要装饰，就是建筑一所美的牢狱，且把自己监在里头，且问谁不被监在这种牢狱里头呢？如果世间真有美的牢狱，像你所说，那么，我们不过是造成那牢狱的一沙一石罢了。"

"我的意思就是听其自然，连这一沙一石也无须留存。孔雀何为自己修饰羽毛呢？芰荷何尝把他的花染红了呢？"

"所以说他们没有美感！我告诉你，你自己也早已把你的牢狱建筑好了。"

"胡说！我何曾？"

"你心中不是有许多好的想象，不是要照你的好理想去行事么？你所有的，是不是从古人曾经建筑过的牢狱里检出其中的残片？或是在自己的世界取出来的材料呢？自然要加上一点人为才能有意思。若是我的形状和荒古时候的人一样，你还爱我吗？我准敢说，你若不好好地住在你的牢狱里头，且不时时把牢狱的墙垣垒得高高的，我也不能爱你。"

刚愎的男子，你何尝佩服女子的话？你不过会说："就是你会说话！等我思想一会儿，再与你决战。"

佳作赏析：

许地山（1893—1941），福建龙溪人，作家、学者。著有散文集《空山灵雨》，小说集《缀网劳蛛》，学术论著《中国道教史》等。

这是一篇颇有趣味的文章。作者借丈夫和妻子之间的对话，将对于何为美、如何才能更美的不同观点淋漓尽致地表达出来。妻子想让丈夫给她带一些首饰、脂粉之类的东西回来以便使自己更美，而丈夫则认为不必刻意求美，顺其自然才好。其实这两种观点都未免极端，纯粹保持自然状态未免显得粗陋，而刻意打扮则显得有些做作，其实对于女子来说，略施粉黛未尝不可，也往往能起到锦上添花的效果。

你为什么不来

□ ［中国］许地山

　　在夭桃开透、浓阴欲成的时候，谁不想伴着他心爱的人出去游逛游逛呢？在密云不飞、急雨如注的时候，谁不愿在深闺中等她心爱的人前来细谈呢？

　　她闷坐在一张睡椅上，紊乱的心思像窗外的雨点——东抛，西织，来回无定。在有意无意之间，又顺手拿起一把九连环慵懒懒地解着。

　　丫头进来说："小姐，茶点都预备好了。"

　　她手里还是慵懒懒地解着，口里却发出似答非答的声："他为什么还不来？"

　　除窗外的雨声，和她手中轻微的银环声以外，屋里可算静极了！在这幽静的屋里，忽然从窗外伴着雨声送来几句优美的歌曲：

　　　你放声哭，

　　　因为我把林中善鸣的鸟笼住么？

你飞不动，

因为我把空中的雁射杀么？

你不敢进我的门，

因为我家养狗提防客人么？

因为我家养猫捕鼠，

你就不来么？

因为我的灯火没有笼罩，

烧死许多美丽的昆虫，

你就不来么？

你不肯来，

因为我有……

"有什么呢？"她听到末了这句，那紊乱的心就发出这样的问。她心中接着想：因为我约你，所以你不肯来；还是因为大雨，使你不能来呢？

佳作赏析：

对于热恋中的女子而言，能和自己的心上人一起说说话儿是一件多么幸福的事情，而文中的这位小姐就正在等她的情人来与之相会。可左等也不来，右等也不来，到底是因为什么呢？不由得她胡思乱想起来。文章用生动的语言、细腻的心理描写，将一位热恋中女子等情夫不来的忐忑心情淋漓尽致地表现了出来。

恋爱和求婚

□［中国］林语堂

　　有一个问题可以发生：中国女子既属遮掩深藏，则恋爱的罗曼斯如何还会有实现的可能？或则可以这样问：年轻人的天生的爱情，怎么样儿的受经典的传统观念的影响？在年轻人，罗曼斯和恋爱差不多是寰宇类同的，不过由于社会传统的结果，彼此心理的反应便不同。无论妇女怎样遮掩，经典教训却从未逐出爱神。恋爱的性质容貌或许可以变更，因为恋爱是情感的流露，本质上控制着感觉，它可以成为内心的微鸣。文明有时可以变换恋爱的形式，但也绝不能抑制它。"爱"永久存在着，不过偶尔所蒙受的形象，由于社会与教育背景之不同而不同。"爱"可以从珠帘而透入，它充满于后花园的气空中，它拽撞着小姑娘的心坎。或许因为还缺少一个爱的人慰藉，她不知道什么东西在她心头总是烦恼着她。或许她倒并未看中任何一个男子，但是她总觉得恋爱着男子，因为她是爱着男子，故而爱着生命。这使她更精细地从事刺绣而幻化地觉得好像她正跟这一幅虹彩色的刺绣恋爱着，这是一个象征的生命，这生命在她看来是那么美丽。大概她正绣着一对鸳鸯，绣在送给一个爱人的枕套上，这种鸳鸯总是同栖同宿，同游同泊，其一为雌，其一为雄。

倘若她沉浸于幻想太厉害，她便易于绣错了针脚，重新绣来，还是非错误不可。她很费力地拉着丝线，紧紧地，涩涩地，真是太滞手，有时丝线又滑脱了针眼。她咬紧了她的樱唇而觉得烦恼，他沉浸于爱的波涛中。

这种烦恼的感觉，其对象是很模糊的，真不知所烦恼的是什么；或许所烦恼的是在于春，或在于花，这种突然的重压在身世孤寂之感，是一个小姑娘的爱苗成熟的天然信号。由于社会与社会习俗的压迫，小姑娘们不得不竭力掩盖住她们的这种模糊而有力的愿望，而她们的潜意识的年青的幻梦总是永续的行进着。可是婚前的恋爱在古时中国是一个禁果，公开求爱真是事无前例，而姑娘们又知道恋爱便是痛苦。因此她们不敢让自己的思索太放纵于"春""花""蝶"这一类诗中的爱的象征，而假如她受了教育，也不能让她多费工夫于诗，否则她的情愫恐怕会太受震动。她常忙碌于家常琐碎以卫护她的感情之圣洁，譬如稚嫩的花朵之保护自身，避免狂蜂浪蝶之在未成熟时候的侵袭。她愿意静静地守候以待时机之来临，那时恋爱变成合法，而用结婚的仪式来完成正当的手续。谁能逃免纠结的情欲的便是幸福的人。

但是不管一切人类的约束，天性有时还是占了优势。因为像世上一切禁果，两性吸引力的锐敏性，机会以尤少而尤高。这是造物的调剂妙用。照中国人的学理，闺女一旦分了心，什么事情都将不复关心。这差不多是中国人把妇女遮掩起来的普通心理背景。

小姑娘虽则深深遮隐于闺房之内，她通常对于本地景况相差不远的可婚青年，所知也颇为熟悉。因而私心常能窃下主意，熟为可许，孰不惬意。倘因偶然的机会她遇到了私心默许的少年，纵然仅仅是一度眉来眼去，她已大半陷于迷惑，而她的那一颗素来引以为自傲的心儿，从此不复安宁。于是一个秘密求爱的时期开始了。不管这种求爱一旦泄露即为羞辱，且常因而自杀；不管她明知道这样的行为会侮蔑道德规律，并将受到社会上猛烈的非难，她还是大胆地去私会她的爱人。而且恋爱总能找到进行的路径的。

在这两性的疯狂样的互相吸引过程中，那真很难说究属男的挑动女的抑是女的挑动男的。小姑娘有许多机敏而巧妙的方法可以使人知道她的临场。其中最无罪的方法为在屏风下面露出她的红绫鞋儿。另一方法为夕阳斜照时站立游廊之下。另一方法为偶尔露其粉颊于桃花丛中。另一方法为灯节晚上观灯。另一方法为弹琴（古时的七弦琴），让隔壁少年听她的琴挑。另一方法为请求她的弟弟的教师润改诗句，而利用天真的弟弟权充青鸟使者，暗通消息；这位教师倘属多情少年，便欣然和复一首小诗。另有多种交通方法为利用红娘（狡黠使女）；利用同情之姑嫂；利用厨子的妻子；也可以利用尼姑。倘两方面都动了情，总可以想法来一次幽会。这样的秘密聚会是极端不健全的；年轻的姑娘绝不知道怎样保护自身于一刹那；而爱神，本来怀恨放浪的卖弄风情的行为，乃挟其仇雠之心以俱来。爱河多涛，恨海难填，此固为多数中国爱情小说所欲描写者。她或许竟怀了孕！其后随之以一热情的求爱与私通时期，软绵绵的，辣泼泼的，情不自禁，却是因为那是偷偷摸摸的勾当，尤其觉得可爱可贵，惜乎通常此等幸福，终属不耐久啊！

在这种场合，什么事情都可以发生。少年或小姑娘或许会拂乎本人的意志与第三者缔婚，这个姑娘既已丧失了贞洁，那该是何等悔恨。或则那少年应试及第，被显宦大族看中了，强制地把女儿配给他，于是他娶了另一位夫人。或则少年的家族或女子的家族阖第迁徙到了辽远的地方，彼此终身不得复谋一面。或则那少年一时寓居海外，本无意背约，可是中间发生了战争，因而形成无期的延宕。至少小姑娘困守深闺，则只有烦闷与孤零的悲郁。倘若这个姑娘真是多情种子，她会患一场重重的相思病（相思病在中国爱情小说中真是异样的普遍）。她的眼神与光彩的消失，真是急坏了爹娘，爹娘鉴于眼前的危急情形，少不得追根究底问个清楚，终于依了她的愿望而成全了这桩婚事，俾挽救女儿的生命，以后两口儿过着幸福的一生。

"爱"在中国人的思想中因而与涕泪，惨愁，与孤寂相糅和，而女性遮掩的结果，在中国一切诗中，掺进了凄婉悲忧的调子。唐以后，许许多多情歌都是含着孤零消极与无限悲伤，诗的题旨常为闺怨，为弃妇，这两个题目好像是诗人们特别爱写的题目。符合于通常对人生的消极态度，中国的恋爱诗歌是吟咏些别恨离愁，无限凄凉，夕阳雨夜，空闺幽怨，秋扇见捐，暮春花萎，烛泪风悲，残枝落叶，玉容憔悴，揽镜自伤。这种风格，可以拿林黛玉临死前，当她得悉了宝玉与宝钗订婚的消息所吟的一首小诗为典型，字里行间，充满着不可磨灭的悲哀：

> 侬今葬花人笑痴，
>
> 他年葬侬知是谁？

但有时这种姑娘倘遇运气好，也可以成为贤妻良母。中国的戏曲，固通常都殿以这样的煞尾："愿天下有情人都成眷属。"

佳作赏析：

林语堂（1895—1976），福建龙溪人，作家。著有散文集《翦拂集》《大荒集》，长篇小说《京华烟云》《朱门》等。

这是一篇讨论旧社会青年男女恋爱的文章。作者重点从青年女子的角度来阐述，对于怀春少女的心理活动、暗中寻觅、秘密联络甚至男女幽会都做了精确地刻画和描写，重点反映了封建礼教和传统观念对青年男女恋爱的束缚和压迫，对旧社会许多青年女子的悲惨命运给予了关注和同情，读来令人嗟叹不已。

给陆小曼的一封信

□ [中国] 徐志摩

小曼：

　　这实在是太惨了，怎叫我爱你的不难受？假如你这番深沉的冤屈有人写成了小说故事，一定可使千百个同情的读者滴泪，何况今天我处在这最尴尬最难堪的地位，怎禁得不咬牙切齿的恨，肝肠迸裂的痛心呢？真的太惨了，我的乖，你前生作的是什么孽，今生要你来受这样残酷的报应？无端折断一枝花，尚且是残忍的行为，何况这生生地糟蹋一个最美最纯洁最可爱的灵魂。真是太难了，你的四围全是铜墙铁壁，你便有翅膀也难飞，咳，眼看着一只洁白美丽的稚羊让那满面横肉的屠夫擎着利刀向着她刀刀见血的蹂躏谋杀——旁边站着不少的看客，那羊主人也许在内，不但不动怜惜，反而称赞屠夫的手段，好像他们都挂着馋涎想分尝美味的羊羔哪！咳，这简直的不能想，实有的与想象的悲惨的故事我亦闻见过不少，但我爱，你现在所身受的却是谁都不曾想到过，更有谁有胆量来写？我倒劝你早些看哈代那本 Jude

The Obscnre 吧，那书里的女子 Sue 你一定很可同情她，哈代写的结果叫人不忍卒读，但你得明白作者的意思，将来有机会我对你细讲。

咳，我真不知道你申冤的日子在那一天！实在是没有一个人能明白你，不明白也算了，一班人还来绝对的冤你，阿呸，狗屁的礼教，狗屁的家庭，狗屁的社会，去你们的，青天里白白的出太阳，这群人血管的水全是冰凉的！我现在可以放怀地对你说，我腔子里一天还有热血，你就一天有我的同情与帮助；我大胆地承受你的爱，珍重你的爱，永保你的爱，我如其凭爱的恩惠还能从我性灵里放射出一丝一缕的光亮，这光亮全是你的，你尽量用吧！假如你能在我的人格思想里发现有些许的滋养与温暖，这也全是你的，你尽量使吧！最初我听见人家诬蔑你的时候，我就热烈地对他们宣言，我说你们听着，先前我不认识她，我没有权利替她说话，现在我认识了她，我绝对地替她辩护，我敢说如其女人的心曾经有过纯洁的，她的就是一个。现在更进一层了，你听着这分别，先前我自己仿佛站得高些，我的眼是往下望的，那时我怜你惜你疼你的感情是斜着下来到你身上的，渐渐的我觉得我的看法不对，我不应该站得比你高些，我只能平看着你。我站在你的正对面，我的泪丝的光芒与你的泪丝的光芒针对的交换着，你的灵性渐渐地化入了我的，我也与你一样觉悟了一个新来的影响，在我的人格中四布地贯彻——现在我连平视都不敢了，我从你的苦恼与悲惨的情感里憬悟了你的高洁的灵魂的真际，这是上帝神光的反映，我自己不由地低降了下去，现在我只能仰着头献给你我有限的真情与真爱，声明我的惊讶与赞美。不错，勇敢，胆量，怕什么？前途当然是有光亮的，没有也得叫他有。一个灵魂有时可以到最黑暗的地狱里去游行，但一点神灵的光亮却永远在灵魂本身的中心点着——况且你不是确信你已经找着了你的真归宿，真想望，实现了你的梦？来，让这伟大的灵魂的结合毁灭一切的阻碍，创造一切的价值，往前走吧，再也不必迟疑！

你要告诉我什么，尽量地告诉我，像一条河流似的尽量把他的积聚交给无边的大海，像一朵高爽的葵花，对着和暖的阳光一瓣瓣地展露她的秘密。

你要我的安慰，你当然有我的安慰，只要我有我能给；你要什么有什么，我只要你做到你自己说的一句话——"Fight On"，即使运命叫你在得到最后胜利之前碰着了不可躲避的死，我的爱，那时你就死，因为死就是成功，就是胜利。一切有我在，一切有爱在。同时你努力的方向得自己认清，再不容丝毫的含糊，让步牺牲是有的，但什么事都有个限度，有个止境；你这样一朵稀有的奇葩，绝不是为一对不明白的父母，一个不了解的丈夫牺牲来的。你对上帝负有责任，你对自己负有责任，尤其你对于你新发现的爱负有责任，你已往的牺牲已经足够，你再不能轻易糟蹋一分半分的黄金光阴。人间的关系是相对的，应职也有个道理，灵魂是要救度的，肉体也不能永远让人家侮辱蹂躏，因为就是肉体也是含有灵性的。

总之一句话：时候已经到了，你得 Assert your own personality。你的心肠太软，这是你一辈子吃亏的原因，但以后可再不能过分地含糊了，因为灵与肉实在是不能绝对分家的，要不然 Nora 何必一定得抛弃她的家，永别她的儿女，重新投入渺茫的世界里去？她为的就是她自己人格与性灵的尊严，侮辱与蹂躏是不应得容许的。且不忙慢慢地来，不必悲观，不必厌世，只要你抱定主意往前走，决不会走过头，前面有人等着你。

(佳作赏析：

徐志摩（1896—1931），浙江海宁人，诗人。有诗集《志摩的诗》《猛虎集》，散文集《落叶》《巴黎的鳞爪》等。

陆小曼和徐志摩的恋情引发了社会各界和家庭的种种非议和阻挠，使陆小曼承受了很大的压力。徐志摩在这篇文章中对陆小曼所受的委屈给予了同情和怜惜，对社会各界和家庭的干涉表示了愤慨，并鼓励陆小曼勇敢站出来追求自己的幸福，并表示他将成为陆小曼坚强的后盾和最亲密的"战友"。文章充满激情，字里行间涌动着诗人对陆小曼的爱恋和呵护。

爱眉小札

□〔中国〕徐志摩

　　这过的是什么日子！我这心上压得多重呀！眉，我怎么好呢！刹那间有千百件事在方寸间起伏，是忧，是虑，是瞻前，是顾后，这笔上哪能写出？眉，我怕，我真怕世界与我们是不能并立的，不是我们把他们打毁成全我们的话，就是他打毁我们，逼迫我们的死。眉，我悲极了，我胸口隐隐地生痛，我双眼盈盈的热泪。我就要你，我此时要你，我偏不能有你，喔，这难受——恋爱是痛苦。是的，眉，再也没有疑义。眉，我恨不得立刻与你死去，因为只有死可以给我们相望的清静，相互的永远占有。眉，我来献全盘的爱给你，一团火热的真情，整个儿给你，我也盼望你也一样拿整个，完全的爱还我。

　　世上并不是没有爱，但大多是不纯粹的，有漏洞的，那就不值钱，平常，浅薄。我们是有志气的，决不能放松一屑屑，我们得来一个纯真的榜样。眉，这恋爱是大事情，是难事情，是关生死超生死的事情——如其要到真的境界，那才是神圣，那才是不可侵犯。有同情的朋友是难得的，我们现在有少量的朋友，就思想见解论，在中国是第一流。他们都是真爱你我，看重你我，期望你我的。他们要看我们做到一般人做不到的事，实现一般人梦想的境界。

他们，我敢说，相信你我有这天赋，有这能力；他们的期望是最难得的，但同时你我负着的责任，那不是玩儿。对己，对友，对社会，对天，我们有奋斗到底，做到全的责任！眉，你知道我近来心事重极了，晚上睡不着不说，睡着了就来怖梦，种种的顾虑整天像刀光似的在心头乱刺。眉，你又是在这样的环境里嵌着，连自由谈天的机会都没有，咳，这真是哪里说起！眉，我每晚睡在床上寻思时，我仿佛觉着发根里的血液一滴滴的消耗，在忧郁的思念中黑发变成苍白。

一天二十四小时，心头哪有一刻的平安——除了与你单独相对的俄顷，那是太难得了。眉，我们死去吧；眉，你知道我怎么爱你。啊，眉！比如昨天早上你不来电话，从九时半到十一时，我简直像是活抱着炮烙似的受罪，心那么的跳，那么的痛，也不知为什么，说你也不信，我躺在榻上直咬着牙，直翻身喘着哪！后来再也忍不住了，自己拿起了电话，心头那阵的狂跳，差一点儿把我晕了，谁知你一直睡着没有醒，我这自讨苦吃多可笑，但同时你得知道，眉，在恋中人的心里是最复杂的心理，说是最不合理可以，说是最合理也可以。眉，你肯不肯亲手拿刀割破我的胸膛，挖出我那血淋淋的心留着，算是我给你最后的礼物？

今朝上睡昏昏的只是在你的左右。那怖梦真可怕，仿佛真人用妖法来离间我们，把我迷在一辆车上，整天整夜地飞行了三昼夜。旁边坐着一个瘦长的严肃的妇人，像是命运自身，我昏昏的身体动不得，口开不得，听凭那妖车带着我跑，等得我醒来下车的时候，有人来对我说你已另订婚约了。我说不信，你戴戒指的手指忽在我眼前闪动，我一见就往石板上一头冲去，一声悲叫，就死在地下——正当你电话铃响把我震醒；我那时虽则醒了，但那一阵的凄惶与悲酸，像是灵魂出了窍似的。可怜呀，眉！我过来正想与你好好地谈，偏偏你又得出门就诊去，以后一天就完了，四点以后过的是何等不自然而局促的时刻！我与"先生"谈，也是凄凉万状，我们的影子在荷池圆叶上晃着，我心里只是悲惨。眉呀，你快来伴我死去吧！

佳作赏析：

在这封徐志摩写给陆小曼的情书里，我们看到了徐志摩那如烈火般的爱，在爱的煎熬下的心理活动。徐志摩对陆小曼的爱没有藏着掖着，而是如火山般喷薄而出，"我来献全盘的爱给你，一团火热的真情，整个儿给你"。

在他看来，爱就要一往无前，不管世人如何，不管世事如何，"我们做到一般人做不到的事"，"你肯不肯亲手拿刀割破我的胸膛，挖出我那血淋淋的心留着，算是我给你最后的礼物？"

斯人已逝，但这些火辣辣的爱情表白，却一直回荡在我们的耳边。

西山情思

□〔中国〕陆小曼

这一回去得真不冤，说不尽的好，等我一件件地来告诉你。我们这几天虽然没有亲近，可是没有一天我不想你的，在山中每天晚上想写，可只恨没有将你带去，其实带去也不妨，她们都是老早上了床，只有我一个睡不着，呆坐着，若是带了你去，不是我每天可以亲近你吗？我的日记呀，今天我拿起笔来心里不知有多少欢喜，恨不能将我要说的话像机器似的倒出来，急得我反不知从哪里说起了。

那天我们一群人到西山脚下改坐轿子上大觉寺，一连十几个轿子，一条蛇似的游着上去，山路很难走，坐在轿上滚来滚去像坐在海船上遇着大风一样摇摆，我是平生第一次坐，差一点儿把我滚了出来。走了三里多路快到寺前，只见一片片的白山，白得好像才下过雪一般，山石树木一样都看不清，从山脚到山顶满都是白，我心里惊异极了。这分明是暖和的春天，身上还穿着夹衣，微风一阵阵吹着入夏的暖气，为什么眼前会有雪山涌出呢？打不破这个疑团我只得回头问那抬轿的轿夫："唉！你们这儿山上的雪，怎么到现在还不化呢？"那轿夫走得面头流着汗，听了我的话他们好像奇怪似的，一面擦汗，一面问我："大姑娘，你说什么？今年的冬天比哪年都热，山上压根儿就没有下过雪，你哪儿瞧见有雪呀？"他们一边说着便四下里乱寻，脸上都现出了惊奇的样子。那时我真急了，不由地就叫着说："你们看那边满山雪白的不是雪，是什么？"我话还没有说完，他们倒都狂笑起来了。"真是城里姑娘不出门！连杏花都不认识，倒说是雪，你想五六月里哪儿来的雪呢？"什么？杏花儿！我简直叫他们给笑呆了。顾不得他们笑，我只乐得恨不能跳出轿子，一口气跑上山去看一个明白。天下真有这种奇景吗？乐极了，也忘记我的身子是坐在轿子里呢，伸长颈子直往前看，急得抬轿的人叫起来了："姑娘，快不要动，轿子要翻了。"一连几晃，几乎把我抛进小涧去。这一下才吓回了我的魂，只好老老实实地坐着再也不敢乱动了。

上山也没有路，大家只是一脚脚地从这块石头跳到那一块石头上，不要说轿夫不敢斜一斜眼睛，就是我们坐轿的人都连气也不敢喘，两只手使劲抓着轿杠儿，两个眼死盯着轿夫的两只脚，只怕他们失脚滑下山涧去。那时候大家只顾着自己性命的出入，眼前不易得的美景连斜都不去斜一眼了。

走过一个山顶才到了平地，一条又小又弯的路带着我们走进大觉寺的脚下。两旁全是杏树林，一直到山顶，除了一条羊肠小路只容得一个人行走以外，简直满都是树。这时候正是五月里杏花盛开的时候，所以远看去简直像一座雪山，走近来才看得出一朵朵的花，坠得树枝都看不出了。我们在树阴里慢慢地往上攀，鼻子里微风吹来阵阵的花香，别有一种说不出的甜味。摩，我从未想到人间还有这样美的地方，恐怕神仙住的地方也不过如此了。我那时乐得连路都不会走了，左一转，右一转，四围不见别的，只是花。回头看见跟在后面的人，慢慢在那儿往上走，只像都在梦里似的，我自己也觉得我已经不是一个人了。这样的所在简直不配我们这样的浊物来，你看那一片雪白的花，白得一尘不染，哪有半点人间的污气？我一口气跑上了山顶，站在一块最高的石峰上，定一定神往下一看，呀，摩！你知道我看见了什么？

咳，只恨我这支笔没有力量来描写那时我眼底所见的奇景！真美！从上往下斜着下去只见一片白，对面山坡上照过来的斜阳，更使它无限的鲜丽，那时我恨不能将我的全身压下去，到花间去打一个滚，可是又恐怕我压坏了粉嫩的花瓣儿。在山脚下又看见一片碧绿的草，几间茅屋，听见三两声狗吠声，一个田家的景象，满都现在我的眼前，荡漾着无限的温柔。这一忽儿我忘记了自己，丢掉了一切的烦恼，喘着一口大气，拼命想将那鲜甜味儿吸进我的身体，洗去我五脏内的浊气，重新变一个人。我愿意丢弃一切，永远躲在这个地方，不要再去尘世间见人。真的，摩，那时我连你都忘了，一个人待在那儿不是他们叫我，我还不醒呢！

一天的劳乏，到了晚上，大家都睡得正浓，我因为想着你不能安睡，窗外的明月又在纱窗上映着逗我，便一个人走到院子里去，只见一片白色，照得梧桐树的叶子的影子在地下来回地飘动。这时候我也不怕夜露里湿寒，也不管夜风吹得身上发抖，一直跑出了庙门，一群小雀儿让我吓得一起就向林子里飞。我这时才发现，原来庙前就是一大片杏树林子。这时候我鼻子里闻着一阵芳香，不像玫瑰，不像白兰，只熏得我好像酒醉一般。慢慢我不由得跟跄了，一条腿软得站都站不住了。晕沉沉的耳边传过来清呖呖的夜莺声，好似唱着歌，在嘲笑我孤单的形影；醉人的花香，轻含着鲜洁的清气，又阵阵地送进我的鼻管。忽隐忽现的月华，在云隙里探出头来，从雪白的花瓣里偷看着我，好像笑我为什么不带着爱人来。这恼人的春色，更引起我想你的真挚，逗得我阵阵心酸，不由得就睡在蔓草上，闭着眼轻轻地叫着你的名字（你听见没有）。我似梦非梦地睡了也不知有多久，心里只是想着你——忽然好像听得你那活泼的笑声，像珠子似的在我耳边滚："曼，我来了。"又觉得你那有力的手，紧紧握着我的手往嘴边送，又好像你那顽皮的笑脸，偷偷地偎到我的颊边抢了一个吻去。这一下我吓得连气都不敢喘，难道你真回来了么？急急地睁眼一看，哪有你半点影子？身旁一无所有，再低头一看，才发现，自己的右手不知在什么时候握住了自己的左手。身上多了几朵落花，花瓣儿飘在我的颊边好似你在偷吻似的。真可笑！迷梦的幻影竟当了真，自己便不觉无味得很，站起来，只好拿花枝儿泄气，用力一拉，花瓣儿纷纷落下，落得我一身；林内的宿鸟以为起了狂风，一阵惊叫就往四处乱飞。一个美丽的宁静的月夜叫我一阵无味的恼怒给破坏了。我心里也再不要看眼前的美景，一边走，一边想着：为什么不留下你，为什么让你走。

佳作赏析：

陆小曼（1903—1965），江苏常州人，女画家、作家。

作为上海滩的交际花，陆小曼始终是大家关注的焦点。出身名门的她，不但有着姣好的容貌，更有着深厚的文化修养，更因为和徐志摩的爱情，让她成为世人皆知的女性。在这篇她写给徐志摩的信中，我们可以看到两人之间的浓浓爱意。在一个满山盛开杏花的早晨，陆小曼一行到了西山大觉寺，美丽的景致更激起了她对徐志摩的思念之情，"她们都是老早上了床，只有我一个睡不着呆坐着，若是带了你去不是我每天可以亲近你吗？""这恼人的春色，更引起我想你的真挚，逗得我阵阵心酸，不由得就睡在蔓草上，闭着眼轻轻地叫着你。"

思念的痛苦

□［中国］陆小曼

　　昨天才写完一信，T 来了，谈了半天。他倒是个很好的朋友，他说他那天在车站看见我的脸吓一跳，苍白得好像死去一般，他知道我那时的心一定难过到极点了。他还说外边谣言极多，有人说我要离婚了，又有人说摩一定是不真爱我，若是真爱决不肯丢我远去的。真可笑，外头人不知道为什么都跟我有缘似的，无论男女都爱将我当一个谈话的好材料，没有可说也是想法造点出来说，真奇怪了……

　　摩，为你我还是拼命干一下的好，我要往前走，不管前面有几多的荆棘，我一定直着脖子走，非到筋疲力尽我决不回头的。因为你是真正地认识了我。你不但认识我表面，你还认清了我的内心，我本来老是自恨为什么没有人认识我，为什么人家全拿我当一个只会玩、只会穿的女子。可是我虽恨，我并不怪人家，本来人们只看外表，谁又能真生一双妙眼来看透人的内心呢？受着的评论都是自己去换得来的，在这个黑暗的世界有几个是肯拿真性灵透露出来的？像我自己，还不是一样成天埋没了本性以假对人的么？只有你，摩！第一个人能从一切的假言假笑中看透我的真心，认识我的苦痛，叫我怎能不从此收起以往的假而真正地给你一片真呢！我自从认识了你，我就有改变生活的决心，为你我一定认真地做人了。

因为昨晚一宵苦思，今晨又觉满身酸痛，不过我快乐，我得着了一个全静的夜。本来我就最爱清静的夜，静悄悄只有我一个人，只有滴答的钟声做我的良伴，让我爱做什么就做什么，不论坐着、睡着、看书，都是安静的，再无聊时耽着想想，做不到的事情，得不着的快乐，只要能闭着眼像电影似的一幕幕在眼前飞过也是快乐的，至少也能得着片刻的安慰。昨晚想你，想你现在一定已经看得见西伯利亚的白雪了，不过你眼前虽有不容易看得到的美景，可你身旁没有了陪伴你的我，你一定也同我现在一般地感觉着寂寞，一般心内叫着痛苦的吧！我从前常听人言生离死别是人生最难忍受的事情，我老是笑着说人痴情，谁知今天轮到了我身上，才知道人家的话不是虚的，全是从痛苦中得来的实言。我今天才身受着这种说不出叫不明的痛苦，生离已经够受了，死别的味儿想必更不堪设想吧。

回家陪娘去看病，在车中我又探了探她的口气，我说照这样的日子再往下过，我怕我的身体上要担受不起了。她倒反说我自寻烦恼，自找痛苦，好好的日子不过，一天到晚只是去模仿外国小说上的行为，讲爱情，说什么精神上痛苦不痛苦，那些无味的话有什么道理。本来她在四十多年前就生出来了，我才生了二十多年，二十年内的变化与进步是不可计算的，我们的思想当然不能符合了。她们看来夫荣子贵是女子的莫大幸福，个人的喜、乐、哀、怒是不成问题的，所以也难怪她不能明了我的苦楚。本来人在幼年时灌进脑子里的知识与教育是永不会迁移的，何况是这种封建思想与礼教观念更不容易使她忘记。所以从前多少女子，为了怕人骂，怕人背后批评，甘愿自己牺牲自己的快乐与身体，怨死闺中，要不然就是终身得了不死不活的病，呻吟到死。这一类的可怜女子，我敢说十个里面有九个是自己……她们可怜，至死还不明白是什么害了她们。

摩！我今天很运气能够遇着你，在我不认识你以前，我的思想，我的观念，也同她们一样。我也是一样没有勇气，一样预备就此糊里糊涂地一天天往下过，不问什么快乐什么痛苦，就此埋没了本性过它一辈子完事的；自从见着你，我才像乌云里见了青天，我才知道自埋自身是不应该的，做人为什么不轰轰烈烈地做一番呢？我愿意从此跟你往高处飞，往明处走，永远再不自暴自弃了。

佳作赏析：

在认识徐志摩之前，陆小曼按照家里的安排，嫁给了一个政府公务员，婚后的生活并没有给陆小曼带来快乐。这时候，徐志摩出现了，面对徐志摩的热情，陆小曼的心里起了波澜。

此文正是陆小曼的情感写照，她在文中倾诉了自己对徐志摩的思念之情，表达了自己"为你我还是拼命干一下的好"，下定了决心与自己的丈夫摊牌，冲破封建樊笼的束缚，去追求自己的幸福。因为"人家全拿我当一个只会玩、只会穿的女子"，而徐志摩却"看透我的真心，认识我的苦痛"，表明自己"愿意从此跟你往高处飞，往明处走"，让我们认识了一个爱如烈火、性情直爽的陆小曼。

致韩菁清

□ [中国] 梁实秋

昨天睡得时间不久，但是很甜。我从来没戴过指环，现在觉得手指上添了一个新的东西，是一个大负担，是一种束缚，但是使得我安全地睡了一大觉。小儿睡在母亲的怀里，是一幅纯洁而幸福的图画，我昨晚有类似的感觉。"像是真的一样。"手表夜里可以发光，实在是好，我特别珍视它。因为你告诉我曾经戴过它。我也特别羡慕它，嫉妒它，因为它曾亲近过你的肤泽。我昨天太兴奋，所以在国宾饮咖啡就突然头昏。这是我没有过的经验，我无法形容我的感受。凤凰引火自焚，然后有一个新生。我也是自己捡起柴木，煽动火焰，开始焚烧我自己，但愿我能把以往烧成灰，重新开始新的生活——也即是你所谓的"自讨苦吃"。我看"苦"是吃定了。

你给我煮的水饺、鸡汤，乃是我在你的房里第一次的享受，尤其是那一瓶 ROYAL SALUTE，若不是有第三者在场，我将不准你使那两只漂亮的酒杯——一只就足够了。你喝酒之后脸上有一点红，我脸上虽然没有红，心里像火烧一样。以后我们在单独的时候，或在众多人群中，我们绝不饮酒，亲亲，记住我的话。只有在我们两人相对的时候，可以共饮一杯。这是我的恳求，务必答应我。我暂时离开的期间，我要在那酒瓶上加一封条。

亲亲，我的心已经乱了，离愁已开始威胁我，上天不仁，残酷乃尔！

我今天提早睡午觉，以便及时飞到你的身边，同时不因牺牲午觉而受你的呵斥。亲亲，我可爱的孩子！

梁实秋

佳作赏析：

梁实秋（1903—1987），浙江杭县人，生于北京。作家、翻译家。代表作品有散文集《雅舍小品》、学术著作《英国文学史》等。

这是梁实秋写给恋人韩菁清的信。信不长，但内容却很丰富。作者在信中提到了指环、手表、喝咖啡、喝酒、吃饭，看似平淡无奇的琐碎事情在梁实秋眼里却是那么的特别：戴指环想到了"负担""束缚"，很珍视手表，喝咖啡兴奋过度头晕，饭食特别美味，两个人喝酒要用一个杯子。而这一切都是因为和韩菁清有关——爱屋及乌，作者对韩菁清的爱恋之情已溢于言表，天下又有哪个女子能不为梁实秋这出众的文笔、深深的爱恋而心动呢？

水样的春愁

□〔中国〕郁达夫

　　洋学堂里的特殊科目之一，自然是伊利哇啦的英文。现在回想起来，虽不免有点觉得好笑，但在当时，杂在各年长的同学当中，和他们一样地曲着背，耸着肩，摇摆着身体，用了读《古文辞类纂》的腔调，高声朗诵着皮衣啤，皮哀排的精神，却真是一点儿含糊苟且之处都没有的。初学会写字母之后，大家所急于想一试的，是自己的名字的外国写法；于是教英文的先生，在课余之暇就又多了一门专为学生拼英文名字的工作。有几位想走捷径的同学，并且还去问过先生，外国百家姓和外国三字经有没有得买的？先生笑着回答说，外国百家姓和三字经，就只有你们在读的那一本泼剌玛的时候，同学们于失望之余，反更是皮哀排、皮衣啤地叫得起劲。当然是不用说的，学英文还没有到一个礼拜，几本当教科书用的《十三经注疏》《御批通鉴辑览》的黄封面上，大家都各自用墨水笔题上了英文拼的歪斜的名字。又进一步，便是用了异样的发音，操英文说着"你是一只狗""我是你的父亲"之类的话，大家互讨便宜的混战；而实际上，有几位乡下的同学，却已经真的是两三个小孩子的父亲了。

因为一班之中，我的年龄算最小，所以自修室里，当监课的先生走后，另外的同学们在密语着哄笑着的关于男女的问题，我简直一点儿也感不到兴趣。从性知识发育落后的一点上说，我确不得不承认自己是一个最低能的人。又因自小就习于孤独，困于家境的结果，怕羞的心，畏缩的性，更使我的胆量，变得异常的小。在课堂上，坐在我左边的一位同学，年纪只比我大了一岁，他家里有几位相貌长得和他一样美的姊妹，并且住得也和学堂很近很近。因此，在校里，他就是被同学们苦缠得最厉害的一个；而礼拜天或假日，他的家里，就成了同学们的聚集的地方。当课余之暇，或放假期里，他原也恳切地邀过我几次，邀我上他家里去玩去；但形秽之感，终于把我的向往之心压住，曾有好几次想决心跟了他上他家去，可是到了他家的门口，却又同罪犯似的逃了。他以他的美貌，以他的财富和姊妹，不但在学堂里博得了绝大的声势，就是在我们那小小的县城里，也赢得了一般的好誉。而尤其使我羡慕的，是他的那一种对同我们是同年辈的异性们的周旋才略，当时我们县城里的几位相貌比较艳丽一点的女性，个个是和他要好的，但他也实在真胆大，真会取巧。

当时同我们是同年辈的女性，装饰入时，态度豁达，为大家所称道的，有三个。一个是一位在上海开店，富甲一邑的商人赵某的侄女；她住得和我最近。还有两个，也是比较富有的中产人家的女儿，在交通不便的当时，已经各跟了她们家里的亲戚，到杭州上海等地方去跑跑了；她们俩，却都是我那位同学的邻居。这三个女性的门前，当傍晚的时候，或月明的中夜，老有一个一个的黑影在徘徊；这些黑影的当中，有不少却是我们的同学。因为每到礼拜一的早晨，没有上课之先，我老听见有同学们在操场上笑说在一道，并且时时还高声地用着英文作了隐语，如"我看见她了！""我听见她在读书。"之类。而无论在什么地方于什么时候的凡关于这一类的谈话的中心人物，总是课堂上坐在我的右边，年龄只比我大一岁的那一位天之骄子。

赵家的那位少女，皮色实在细白不过，脸形是瓜子脸；更因为她家里有了几个钱，而又时常上上海她叔父那里去走动的缘故，衣服式样的新异，自然可以不必说，就是做衣服的材料之类，也都是当时未开通的我们所不曾见过的。她们家里，只有一位寡母和一个年轻的女仆，而住的房子却很大很大。门前是一排柳树，柳树下还杂种着些鲜花；对面的一带红墙，是学宫的泮水围墙，泮池上的大树，枝叶垂到了墙外，红绿便映成着一色。当浓春将过，首夏初来的春三、四月，脚踏着日光下石砌路上的树影，手捉着扑面飞舞的杨花，到这一条路上去走走，就是没有什么另外的奢望，也很有点像梦里的游行，更何况楼头窗里，时常会有那一张少女的粉脸出来向你抛一眼两眼的低眉斜视呢！

此外的两个女性，相貌更是完整，衣饰也尽够美丽，并且因为她俩的住址接近，出来总在一道，平时在家，也老在一处，所以胆子也大，认识的人也多。她们在二十余年前的当时，已经是开放得很，有点像现代的自由女子了，因而上她们家里去鬼混，或到她们门前去守望的青年，数目特别的多，种类也自然要杂。

我虽则胆量很小，性知识完全没有，并且也有点过分的矜持，以为成日地和女孩子们混在一道，是读书人的大耻，是没出息的行为；但到底还是一个亚当的后裔，喉头的苹果，怎么也吐它不出咽它不下，同北方厚雪地下的细草萌芽一样，到得冬来，自然也难免得有些望春之意；老实说将出来，我偶尔在路上遇见她们中间的无论哪一个，或凑巧在她们门前走过一次的时候，心里也着实有点儿难受。

住在我那同学邻近的两位，因为距离的关系，更因为她们的处世知识比我长进，人生经验比我老成得多，和我那位同学当然是早已有过纠葛，就是和许多不是学生的青年男子，也各已有了种种的风说，对于我虽像是一种含有毒法的妖艳的花，诱惑性或许格外的强烈，但明知我自己绝不是她们的对手，平时不过于遇见的时候有点难为情的样子，此外倒也没有什么了不得的思慕，可是那一位赵家的少女，却整整地恼乱了我两年的童心。

我和她的住处比较得近，故而三日两头，总有着见面的机会。见面的时候，她或许是无心，只同对于其他的同年辈的男孩子打招呼一样，对我微笑一下，点一点头，但在我却感到同犯了大罪被人发觉了的样子，和她见面一次，马上要变得头昏耳热，胸腔里的一颗心突突地总有半个钟头好跳。因此，我上学去或下课回来，以及平时在家或出外去的时候，总无时无刻不在留心，想避去和她的相见。但遇到了她，等她走过去后，或用功用得很疲乏把眼睛从书本子举起的一瞬间，心里又老在盼望，盼望着她能再来一次，再上我的眼面前来立着对我微笑一脸。

有时候从家中进出的人的口里传来，听说"她和她母亲又上上海去了，不知要什么时候回来？"我心里会同时感到一种像如释重负又像失去了什么似的忧虑，生怕她从此一去，将永久地不回来了。

同芭蕉叶似的重重包裹着的我这一颗无邪的心，不知在什么地方，透露了消息，终于被课堂上坐在我左边的那位同学看穿了。一个礼拜六的下午，落课之后，他轻轻地拉着我的手对我说："今天下午，赵家的那个小丫头，要上倩儿家去，你愿不愿意和我同去一道玩儿？"这里所说的倩儿，就是那两位他邻居的女孩子之中的一个的名字。我听了他的这一句密语，立时就涨红了脸，喘急了气，嗫嚅着说不出一句话来回答他，尽在拼命地摇头，表示我不愿意去，同时眼睛里也水汪汪地想哭出来的样子；而他却似乎已经看破了我的隐衷，得着了我的同意似的用强力把我拖出了校门。

到了倩儿她们的门口，当然又是一番争执，但经他大声的一喊，门里的三个女孩，却同时笑着跑出来了；已经到了她们的面前，我也没有什么别的办法了，自然只好俯着首，红着脸，同被绑赴刑场的死刑囚似的跟她们到了室内。经我那位同学带了滑稽的声调将如何把我拖来的情节说了一遍之后，她们接着就是一阵大笑。我心里有点气起来了，以为她们和他在侮辱我，所以于羞愧之上，又加了一层怒意。但是奇怪得很，两只脚却软落来了，心里虽在想一溜跑走，而腿神经终于不听命令。跟她们再到客房里去坐下，看他们四人捏起了骨牌，我连想跑的心思也早已忘掉，坐将在我那位同学的背后，眼睛虽则时时在注视着牌，但间或得着机会，也着实向她们的脸部偷看了许多次数。等她们的输赢赌完，一餐东道的夜饭吃过，我也居然和她们伴熟，有说有笑了。临走的时候，倩儿的母亲还派了我一个差使，点上灯笼，要我把赵家的女孩送回家去。自从这一回后，我也居然入了我那同学的伙，不时上赵家和另外的两女孩家去进出了；可是生来胆小，又加以毕业考试的将次到来，我的和她们的来往，终没有像我那位同学似的繁密。

正当我十四岁的那一年春天（一九〇九，宣统元年己酉），是旧历正月十三的晚上，学堂里于白天给予了我以毕业文凭及增生执照之后，就在大厅上摆起了五桌送别毕业生的酒宴。这一晚的月亮好得很，天气也温暖得像二三月的样子。满城的爆竹，是在庆祝新年的上灯佳节，我于喝了几杯酒后，心里也感到了一种不能抑制的欢欣。出了校门，踏着月亮，我的双脚，便自然而然地走向了赵家。她们的女仆陪她母亲上街去买蜡烛水果等过元宵的物品去了，推门进去，我只见她一个人拖着一条长长的辫子，坐在大厅上的桌子边上洋灯底下练习写字。听见了我的脚步声音，她头也不朝转来，只曼声地问了一声"是谁？"我故意屏着声，提着脚，轻轻地走上了她的背后，一使劲一口就把她面前的那盏洋灯吹灭了。月光如潮水似的浸满了这一座朝南的大厅，她于一声高叫之后，马上就把头朝我转来。我在月光里看见了她那张大理石似的嫩脸，和黑水晶似的眼睛，觉得怎么也熬忍不住了，顺势就伸出了两只手去，捏住了她的手臂。两人的中间，她也不发一语，我也并无一言，她是扭转了身坐着，我是向她立着的。她只微笑着看看我看看月亮，我也只微笑着看看她看看中庭的空处，虽然此外的动作，轻薄的邪念，明显的表示，一点儿也没有，但不晓怎样一般满足，深沉，陶醉的感觉，竟同四周的月光一样，包满了我的全身。

两人这样的在月光里沉默着相对，不知过了多久，终于她轻轻地开始说话了："今晚上你在喝酒？""是的，是在学堂里喝的。"到这里我才放开了两手，向她边上的一张椅子里坐了下去。"明天你就要上杭州去考中学去么？"停了一会，她又轻轻地问了一声。"嗳，是的，明朝坐快班船去。"两人又沉默着，不知坐了几多时候，忽听见门外头她母亲和女仆说话的声音渐渐儿的近了，她于是就忙着立起来擦洋火，点上了洋灯。

她母亲进到了厅上，放下了买来的物品，先向我说了些道贺的话，我也告诉了她，明天将离开故乡到杭州去；谈不上半点钟的闲话，我就匆匆告辞出来了。在柳树影里披了月光走回家来，我一边回味着刚才在月光里和她两人相对时的沉醉似的恍惚，一边在心的底里，忽儿又感到了一点极淡极淡，同水一样的春愁。

佳作赏析：

郁达夫（1896—1945），浙江富阳人，作家。有中篇小说《她是一个弱女子》，散文集《闲书》《屐痕处处》《达夫日记》等。

单纯而洁净的少年情怀，掺杂了明显的羞涩和恰到好处的忧伤，使《水样的春愁》成为郁达夫散文中最经典的名篇之一。郁达夫因为要去外地上学，因此他也要离开刚刚开始熟悉的漂亮姑娘。在临走前的晚上郁达夫仗着酒性走进了姑娘的家，正好家里没人。于是，少年郁达夫大胆地握住了姑娘纤细的手，经过了一丝犹豫或者说象征性的拒绝后，少女的手安静地躺在少年的手中。这是一段纯美的初恋，而那种纯净的情感，被今天的现实映衬得更加可贵。

茑萝行

□〔中国〕郁达夫

　　同居的人全出外去后的这沉寂的午后的空气中独坐着的我，表面上虽则同春天的海面似的平静，然而我胸中的寂寥，我脑里的愁思，什么人能够推想得出来？现在是三点三十分了。外面的马路上大约有和暖的阳光夹着了春风，在那里助长青年男女的游春的兴致；但我这房里的透明的空气，何以会这样的沉重呢？龙华附近的桃林草地上，大约有许多穿着时式花样的轻绸绣缎的恋爱者在那里对着苍穹发愉乐的清歌；但我的这从玻璃窗里透过来的半角青天，何以总带着一副嘲弄我的形容呢？啊啊，在这样薄寒轻暖的时候，当这样有作有为的年纪，我的生命力，我的活动力，何以会同冰雪下的草芽一样，一些儿也生长不出来呢？啊啊，我的女人！我的不能爱而又不得不爱的女人！我终觉得对你不起！

　　计算起来你的列车大约已经驶过松江驿了，但你一个人抱了小孩在车窗里呆看陌上行人的景状，我好像在你旁边看守着的样子。可怜你一个弱女子，从来没有单独出过门，你此刻呆坐在车里，大约在那里回忆我们两人同居的时候，我虐待你的一件件的事情了吧！啊啊，我的女人，我的不得不爱的女人，你不要在车中滴下眼泪来，我平时虽则常常虐待你，但我的心中却在哀怜你的，却在痛爱你的；不过我在社会上受来的种种苦楚、压迫、侮辱，若不向你发泄，叫我更向谁去发泄呢！啊啊，我的最爱的女人，你若知道我这一层隐衷，你就该饶恕我了。

唉，今天是旧历的二月二十一日，今天正是清明节呀！大约各处的男女都出到郊外去踏青的，你在车窗里见了火车路线两旁郊野里在那里游行的夫妇，你能不怨我的么？你怨我也罢了，你倘能恨我怨我，怨得我望我速死，那就好了。但是办不到的，怎么也办不到的，你一边怨我，一边又必在原谅我的，啊啊，我一想到你这一种优美的心灵，叫我如何能忍得过去呢！

细数从前，我同你结婚之后，共享的安乐日子，能有几日？我十七岁去国之后，一直的在无情的异国蛰住了八年。这八年中间就是暑假寒假也不回国来的原因，你知道么？我八年间不回国来的事实，就是我对旧式的，父母主张的婚约的反抗呀！这原不是你的错，也不是我的错，作孽者是你的父母和我的母亲。但我在这八年之中，不该默默地无所表示的。

后来看到了我们乡间的风习的牢不可破，离婚的事情的万不可能，又因你家父母的日日地催促，我的母亲的含泪地规劝，大前年的夏天，我才勉强应承了与你结婚。但当时我提出的种种苛刻的条件，想起来我在此刻还觉得心痛。我们也没有结婚的种种仪式，也没有证婚的媒人，也没有请亲朋来喝酒，也没有点一对蜡烛，放几声花炮。你在将夜的时候，坐了一乘小轿从去城六十里的你的家乡到了县城里的我的家里，我的母亲陪你吃了一碗晚饭，你就一个人摸上楼上我的房里去睡了。那时候听说你正患疟疾，我到夜半拿了一支蜡烛上床来睡的时候，只见你穿了一件白纺绸的单衫，在暗黑中朝里床睡在那里。你听见了我上床来的声音，却朝里转来默默地对我看了一眼。

啊！那时候的你的憔悴的形容，你的水汪汪的两眼，神经常在那里颤动的你的小小的嘴唇，我就是到死也忘不了的。我现在想起来还要滴眼泪哩！

在穷乡僻壤生长的你，自幼也不曾进过学校，也不曾呼吸过通都大邑的空气，提了一双纤细缠小了的足，抱了一箱家塾里念过的《列女传》《女四书》等旧籍，到了我的家里。既不知女人的娇媚是如何装作，又不知时样的衣裳是如何剪裁，你只奉了柔顺两字，做了你的行动的规范。

结婚之后，因为城中天气暑热的缘故，你就同我同上你家去住了几天，总算过了几天安乐的日子；但无端又遇了你侄儿的暴行，淘了许多说不出来的闲气，滴了许多拭不干净的眼泪，我与你在你侄儿闹事的第二天就匆匆地回到了城里的家中。过了两三天我又害起病来，你也疟疾复发了。我就决定挨着病离开了我那空气沉浊的故乡。将行的前夜，你也不说什么，我也没有什么话好对你说。我从朋友家里喝醉了酒回来，睡在床上，只见你呆呆地坐在灰黄的灯下。可怜你一直到第二天的早晨我将要上船的时候止，终没有横到我床边上来睡一会儿，也没有讲一句话；第二天天刚亮的时候，母亲就来催我起身，说轮船已到鹿山脚下了。

从此一别，又同你远隔了两年。你常常写信来说家里的老祖母在那里想念我，暑假寒假若有空闲，叫我回家来探望探望祖母母亲，但我因为异乡的花草，和年轻的朋友挽留我的缘故，终究没有回来。

唉唉！那两年中间的我的生活！红灯绿酒的沉湎，荒妄的邪游，不义的淫乐。在中宵酒醒的时候，在秋风凉冷的月下，我也曾想念及你，我也曾痛哭过几次。但灵魂丧失了的那一群妖媚的游女，和她们的娇艳动人的假笑佯啼，终究把我的天良迷住了。

前年秋天我虽回国了一次，但因为朋友邀我上 A 地去了，我又没有回到故乡来看你。在 A 地住了三个月，回到上海来过了旧历的除夕，我又回东京去了。直到了去年的暑假前，我提出了卒业论文，将我的放浪生活做了个结束，方才拖了许多饥不能食寒不能衣的破书旧籍回到了中国。一踏了上海的岸，生计问题就逼紧到我的眼前来，缚在我周围的命运的铁锁圈，就一天一天的扎紧起来了。

留学的时候，多谢我们孱弱无能的政府，和没有进步的同胞，像我这样的一个生则于世无补，死亦于人无损的零余者，也考得了一个官费生的资格。

虽则每月所得不能敷用，是租了屋没有食，买了食没有衣的状态，但究竟每月还有几十块钱的出息，调度得好也能勉强免于死亡。并且又可进了病院向家里勒索几个医药费，拿了书店的发票向哥哥乞取几块买书钱。所以在繁华的新兴国的首都里，我却过了几年放纵的生活。如今一定的年限已经到了，学校里因为要收受后进的学生，再也不能容我在那绿树阴森的图书馆里，做白昼的痴梦了。并且我们国家的金库，也受了几个磁石心肠的将军和大官的吮吸，把供养我们一班不会作乱的割势者的能力丧失了。所以我在去年的六月就失了我的维持生命的根据，那时候我的每月的进款已经没有了。以年纪讲起来，像我这样二十六七的青年，正好到社会去奋斗。况且又在外国国立大学里卒业了的我，谁更有这样厚的面皮，再去向家中年老的母亲，或狷洁自爱的哥哥，乞求养生的资料。我去年暑假里一到上海流寓了一个多月没有回家来的原因，你知道了么？我现在索性对你讲明了吧，一则虽因为一天一天地挨过了几天，把回家的旅费用完了，其他我更有这一段不能回家的苦衷在的呀，你可能了解？

啊啊，去年六月在灯火繁华的上海市外，在车马喧嚷的黄浦江边，我一边念着 Housman 的 A Shropshire Lad（霍斯曼的《开罗浦郡的浪荡鬈》——编者注）里的

Come you home a hero

Or come not home at all

The lads you leave will mind you

Till Ludlow tower shall fall

几句清诗，一边呆呆地看着江中黝黑混浊的流水，曾经发了几多的叹声，滴了几多的眼泪。你若知道我那时候的绝望的情怀，我想你去年的那几封微有怨意的信也不至于发给我了。——啊！我想起了，你是不懂英文的，这几句诗我顺便替你译出吧。

汝当衣锦归，

否则永莫回。

令汝别后之儿童，

望到拉德罗塔毁。

　　平常责任心很重，并且在不必要的地方，反而非常隐忍持重的我，当留学的时候，也不曾著过一书，立过一说。天性胆怯，从小就害着自卑狂的我，在新闻杂志或稠人广众之中，从不敢自家吹一点小小的气焰。不在图书馆内，便在咖啡店里，山水怀中过活的我，当那些现代的青年当作科场看的群众运动起来的时候，绝不会去慷慨悲歌地演说一次，出点无意义的风头。赋性愚鲁，不善交游，不善钻营的我，平心讲起来，在生活竞争激烈，到处有陷阱设伏的现在的中国社会里，当然是没有生存的资格的。去年六月间，寻了几处职业失败之后，我心里想我自家若想逃出这恶浊的空气，想解决这生计困难的问题，最好唯有一死。但我若要自杀，我必须先弄几个钱来，痛饮饱吃一场，大醉之后，用了我的无用的武器，至少也要击杀一二个世间的人类——若他是比我富裕的时候，我就算替社会除了一个恶；若他是和我一样或比我更苦的时候，我就算解决了他的困难，救了他的灵魂——然后从容就死。我因为有这一种想法，所以去年夏天在睡不着的晚上，拖了沉重的脚，上黄浦江边去了好几次，仍复没有自杀。到了现在我可以老实地对你说了，我在那时候，我并不曾想到我死后的你将如何的生活过去。我的八十五岁的祖母，和六十来岁的母亲，在我死后又当如何的种种问题，当然更不在我的脑里了。你读到这里，或者要骂我没有责任心，丢下了你，自家一个去走干净的路。但我想这责任不应该推给我负的。第一，我们的国家社会，不能用我去做他们的工，使我有了气力能卖钱来养活我自家和你，所以现代的社会，就应该负这责任。即使退一步讲，第二，你的父母不能教育你，使你独立营生，便是你父母的坏处，所以你的父母也应该负这责任。第三，我的母亲戚族，知道我没有养活你的能力，要苦苦地劝我结婚，他们也应该负这责任。

这不过是现在我写到这里想出来的话，当时原是没有想到的。

上海的 T 书局和我有些关系，是你所知道的。你今天午后不是从这 T 书局编辑所出发的么？去年六月经理的 T 君看我可怜不过，却为我关说了几处，但那几处不是说我没有声望，就嫌我脾气太大，不善趋奉他们的旨意，不愿意用我。我当初把我身边的衣服金银器具一件一件地典当之后，在烈日蒸照，灰土很多的上海市街中，整日的空跑了半个多月，几个有职业的先辈，和在东京曾经受过我照拂的朋友的地方，我都去访问了。他们有的时候，也约我上菜馆去吃一次饭；有的时候，知道我的意思便也陪我做了一副忧郁的形容，且为我筹了许多没有实效的计划。我于这样的晚上，不是往黄浦江边去徘徊，便是一个人跑上法国公园的草地上去呆坐。在那时候，我一个人看看天上悠久的星河，听听远远从那公园的跳舞室里飞过来的舞曲的琴音，老有放声痛哭的时候，幸亏在黄昏的时节，公园的四周没有人来往，所以我得尽情地哭泣；有时候哭得倦了，我也曾在那公园的草地上露宿过的。

阳历六月十八的晚上——是我忘不了的一晚，T 君拿了一封 A 地的朋友寄来的信到我住的地方来。平常只有我去找他，没有他来找我的，T 君一进我的门，我就知道一定有什么机会了。他在我用的一张破桌子前坐下之后，果然把信里的事情对我讲了。他说："A 地仍复想请你去教书，你愿不愿意去？"

教书是有识无产阶级的最苦的职业，你和我已经住过半年，我的如何不愿意教书，教书的如何苦法，想是你所知道的，我在此处不必说了。况且 A 地的这学校里又有许多黑暗的地方，有几个想做校长的野心家，又是忌刻心很重的，像这样的地方的教席，我也不得不承认下去的当时的苦况，大约是你所意想不到的，因为我那时候同在伦敦的屋顶下挨饿的 Chatterton（查斯顿，英国诗人——编者注）一样，一边虽在那里吃苦，一边我写回来的家信上还写得娓娓有致，说什么地方也在请我，什么地方也在聘我哩！

啊啊！同是血肉造成的我，我原是有虚荣心，有自尊心的呀！请你不要骂我作播间乞食的齐人吧！唉，时运不济，你就是骂我，我也甘心受骂的。

我们结婚后，你给我的一个钻石戒指，我在东京的时候，替你押卖了，这是你当时已经知道的。我当 T 君将 A 地某校的聘书交给我的时候，身边值钱的衣服器具已经典当尽了。在东京学校的图书馆里，我记得读过一个德国薄命诗人 Grabbe（格拉贝，德国戏剧家——编者注）的传记。一贫如洗的他想上京去求职业去，同我一样贫穷的他的老母将一副祖传的银的食器交给了他，作他的求职的资斧。他到了孤冷的首都里，今日吃一个银匙，明日吃一把银刀，不上几日，就把他那副祖传的食器吃完了。我记得 Heine（海涅，德国诗人——编者注）还嘲笑过他的。去年六月的我的穷状，可是比 Grabbe 更甚了。最后的一点值钱的物事，就是我在东京买来，预备送你的一个天赏堂制的银的装照相的架子，我在穷急的时候，早曾打算把它去换几个钱用，但一次一次的难关都被我打破，我决心把这一点微物，总要安安全全地送到你的手里；殊不知到了最后，我接到了 A 地某校的聘书之后，仍不得不把它去押在当铺里，换成了几个旅费，走回家来探望年老的祖母母亲，探望怯弱可怜同绵羊一样的你。

去年六月，我于一天晴朗的午后，从杭州坐了小汽船，在风景如画的钱塘江中跑回家来。过了灵桥里山等绿树连天的山峡，将近故乡县城的时候，我心里同时感着了一种可喜可怕的感觉。立在船舷上，呆呆地凝望着春江第一楼前后的山景，我口里虽在微吟"近乡情更怯，不敢问来人"的二句唐诗，我的心里却在这样的默祷：

……天帝有灵，当使埠头一个我的认识的人也不在！要不使他们知道才好，要不使他们知道我今天沦落了回来才好……

船一靠岸，我左右手里提了两只皮箧，在晴日的底下从乱杂的人丛中伏倒了头，同逃也似的走向家来。我一进门看见母亲还在偏间的膳室里喝酒。我想张起喉音来亲亲热热地叫一声母亲的，但一见了亲人，我就把回国以来受的社会的侮辱想了出来，所以我的咽喉便梗住了；我只能把两只皮箧向凳上一抛，马上就匆匆地跑上楼上的你的房里来，好把我的没有丈夫气，到了伤心的时候就要流泪的坏习惯藏藏躲躲，谁知一进你的房，你却流了一脸的汗和眼泪，坐在床前呜咽地暗在啜泣。我动也不动地呆看了一会，方提起了干燥的喉音，幽幽地问你为什么要哭。你听了我这句问话反哭得更加厉害，暗泣中间却带起几声压不下去的唏嘘声来了。我又问你究竟为什么，你只是摇头不说。本来是伤心的我，又被你这样的引诱了一番，我就不得不抱了你的头同你对哭起来。喝不上一碗热茶的工夫，楼下的母亲就大骂着说："……什么的公主娘娘，我说着这几句话，就要上楼去摆架子。……轮船埠头谁对你这小畜生讲了，在上海逛了一个多月，走将家来，一声也不叫，狠命地把皮箧在我面前一丢……这算是什么行为！……你便是封了王回来，也没有这样的行为的呀！……两夫妻暗地里通通信，商量商量……你们好来谋杀我的……"

我听见了母亲的骂声，反而止住不哭了。听到"封了王回来"的这一句话，我觉得全身的血流都倒注了上来。在炎热的那盛暑的时候，我却同在寒冬的夜半似的手脚都发了抖。啊啊，那时候若没有你把我止住，我怕已经冒了大不孝的罪名，要永久的和我那年老的母亲诀别了。若那时候我和我母亲吵闹一场，那今年的祖母的死，我也是送不着的，我为了这事，也不得不重重地感谢你的呀！

那一天我的忽而从上海的回来，原是你也不知道，母亲也不知道的。后来母亲的气平了下去，你我的悲感也过去了的时候，我才知道我没有到家之先，母亲因为我久住上海不回家来的原因，在那里发脾气骂你。啊啊，你为了我的缘故，害骂害说的事情大约总也不止这一次了。也难怪你当我告诉你说我将于几日内动身到Ａ地去的时候，哀哀地哭得不住的。你那柔顺的性质，是你一生吃苦的根源。同我的对于社会的虐待，丝毫没有反抗能力的性质，却是一样。啊啊！反抗反抗，我对于社会何尝不晓得反抗，你对于加到你身上来的虐待也何尝不晓得反抗，但是怯弱的我们，没有能力的我们，叫我们从何处反抗起呢？

到了痛定之后，我看看你的形容，比前年患疟疾的时候更消瘦了。到了晚上，我捏到你的下腿，竟没有那一段肥突的脚肚，从脚后跟起，到膝止，完全是一条直线。啊啊！我知道了，我知道白天我对你说我要上Ａ地去的时候你就流眼泪的原因了。

我已经决定带你同往Ａ地，将催Ａ地的学校里速汇二百元旅费来的快信寄出之后，你我还不敢将这计划告诉母亲，怕母亲不赞成我们。到了旅费汇到的那天晚上，你还是疑惑不决地说："万一外边去不能支持，仍要回家来的时候，如何是好呢！"

可怜你那被威权压服了的神经，竟好像是希腊的巫女，能预知今天的劫运似的。唉，我早知道有今天的一段悲剧，我当时就不该带你出来了。

我去年暑假郁郁地在家里和你住了几天，竟不料就会种下一个烦恼的种子的。等我们同到了Ａ地将房屋什器安顿好的时候，你的身体已经不是平常的身体了。吃几口饭就要呕吐。每天只是懒懒地在床上躺着。头一个月我因为不知底细，曾经骂过你几次，到了三四个月上，你的身体一天一天的重起来，我的神经受了种种刺激，也一天一天的粗暴起来了。

第一因为学校里的课程干燥无味，我天天去上课就同上刑具被拷问一样，胸中只感着一种压迫。

第二因为我在杂志上发表了一篇旧作的文字，淘了许多无聊的闲气。更有些忌刻我的恶劣分子，就想以此来做我的葬歌，纷纷地攻击我起来。

第三我平时原是挥霍惯了的，一想到辞了教授的职后，就又不得不同六月间一样，尝那失业的苦味。况且现在又有了家室，又有了未来的儿女，万一再同那时候一样的失起业来，岂不要比曩时更苦。

我前面也已经提起过了，在社会上虽是一个懦弱的受难者的我，在家庭内却是一个凶恶的暴君。在社会上受的虐待，欺凌，侮辱，我都要一一回家来向你发泄的。可怜你自从去年十月以来，竟变了一只无罪的羔羊，日日在那里替社会赎罪，作了供我这无能的暴君的牺牲。我在外面受了气回来，不是说你做的菜不好吃，就骂你是害我吃苦的原因。我一想到了将来失业的时候的苦况，神经激动起来的时候每骂着说："你去死！你死了我方有出头的日子。我辛辛苦苦，是为什么人在这里做牛马的呀。要只有我一个人，我何处不可去，我何苦要在这死地方做苦工呢！只知道在家里坐食的你这行尸，你究竟是为了什么目的生存在这世上的呀？……"

你被我骂不过，就暗哭起来。我骂你一场之后，把胸中的悲愤发泄完了，大抵总立时痛责我自家，上前来爱抚你一番，并且每用了柔和的声气，细细的把我的发气的原因——社会对我的虐待——讲给你听。你听了反替我抱着不平，每又哀哀地为我痛哭，到后来，终究到了两人相持对泣而后已。像这样的情景，起初不过间几日一次的，到后来将放年假的时候，变了一日一次或一日数次了。

唉唉，这悲剧的出生，不知究竟是结婚的罪恶呢？还是社会的罪恶？若是为结婚错了的原因而起的，那这问题倒还容易解决；若因社会的组织不良，致使我不能得适当的职业，你不能过安乐的日子，因而生出这种家庭的悲剧的，那我们的社会就不得不根本的改革了。

在这样的忧患中间，我与你的悲哀的继承者，竟生了下来，没有足月的这小生命，看来也是一个神经质的薄命的相儿。你看他那哭时的额上的一条青筋，不是神经质的证据么？饥饿的时候，你喂乳若迟一点，他老要哭个不止，像这样的性格，便是将来吃苦的基础。唉唉，我既生到了世上，受这样的社会的煎熬，正在求生不可，求死不得的时候，又何苦多此一举，生这一块肉在人世呢？啊啊！矛盾，惭愧，我是解说不了的了。以后若有人动问，就请你答复吧！

悲剧的收场，是在一个月的前头。那时候你的神经已经昏乱了，大约已记不清楚，但我却牢牢记着的。那天晚上，正下弦的月亮刚从东边升起来的时候。

我自从辞去了教授职后，托哥哥在某银行里谋了一个位置。但不幸的时候，事运不巧，偏偏某银行为了政治上的问题，开不出来。我闲居A地，日日在家中喝酒，喝醉之后，便声声地骂你与刚出生的那小孩，说你与小孩是我的脚镣，我大约要为你们的缘故沉水而死的。我硬要你们回故乡去，你们却是不肯。那一晚我骂了一阵，已经是朦胧地想睡了。在半醒半睡中间，我从帐子里看出来，好像见你在与小孩讲话。

"……你要乖些……要乖些……小宝睡了吧……不要讨爸爸的厌……不要讨……娘去之后……要……要……乖些……"

讲了一阵，我好像看见你坐在洋灯影里揩眼泪，这是你的常态，我看得不耐烦了，所以就翻了一转身，面朝着了里床。我在背后觉得你在灯下哭了一会，又站起来把我的帐子掀开了对我看了一回。我那时候只觉得好睡，所以没有同你讲话。以后我就睡着了。

我们街前的车夫，在我们门外乱打的时候，我才从被里跳了起来。我跌来碰去地走出门来的时候，已经是昏乱得不堪了。我只见你的披散的头发，结成了一块，围在你的项上。正是下弦的月亮从东边升起来的时候，黄灰色的月光射在你的面上；你那本来是灰白的面色，反射出了一道冷光，你的眼睛好好地闭在那里，嘴唇还在微微地动着；你的湿透了的棉袄上，因为有几个扛你回来的车夫的黑影投射着，所以是一块黑一块青的。我把洋灯在地上一放，就抱着你叫了几声，你的眼睛开了一开，马上就闭上了，眼角上却涌了两条眼泪出来。啊啊，我知道你那时候心里并不怨我的，我知道你并不怨我的，我看了你的眼泪，就能辨出你的心事来，但是我哪能不哭，我哪能不哭呢！我还怕什么？我还要维持什么体面？我就当了众人的面前哭出来了。

那时候他们已经把你搬进了房。你床上睡着的小孩，听见了嘈杂的人声，也放大了喉咙啼泣了起来。大约是小孩的哭声传到了你的耳膜上了，你才张开眼来，含了许多眼泪对我看了一眼。我一边替你换湿衣裳，一边叫你安睡，不要去管那小孩。恰好间壁雇在那里的乳母，也听见了这杂噪声起了床，跑了过来；我知道你眷念小孩，所以就叫乳母替我把小孩抱了过来。奶妈抱了小孩走过床上你的身边的时候，你又对她看了一眼。同时我却听见长江里的轮船放了一声开船的汽笛声。

在病院里看护你的十五天工夫，是我的心地最纯洁的日子。利己心很重的我，从来没有感觉到这样纯洁的爱情过。可怜你身体热到四十一度的时候，还要忽而从睡梦中坐起来问我："龙儿，怎么样了？""你要上银行去了么？"

我从A地动身的时候，本来打算同你同回家去住的，像这样的社会上，谅来总也没有我的位置了。即使寻着了职业，像我这样愚笨的人，也是没有希望的。我们家里，虽则不是豪富，然而也可算得中产，养养你，养养我，养养我们的龙儿的几颗米是有的。你今年二十七，我今年二十八了，即使你我各有五十岁好活，以后还有几年？我也不想富贵功名了。若为一点毫无价值的浮名，几个不义的金钱，要把良心拿出来去换，要牺牲了他人作我的踏脚板，那也何苦哩。这本来是我从A地同你和龙儿动身时候的决心。不是动身的前几晚，我同你拿出了许多建筑的图案来看了么？我们两人不是把我们回家之后，预备到北城近郊的地里，由我们自家的手去造的小茅屋的样子画得好好的么？我们将走的前几天不是到A地的可纪念的地方，与你我有关的地方都去逛了么？我在长江轮船上的时候，这决心还是坚固得很的。

我这决心的动摇，在我到上海的第二天。那天白天我同你照了照相，吃了午膳，不是去访问了一位初从日本回来的朋友么？我把我的计划告诉了他，他也不说可，不说否，但只指着他的几位小孩说："你看看我看，我是怎么也不愿意逃避的。我的系累，岂不是比你更多么？"

啊啊！好胜的心思，比人一倍强盛的我，到了这兵残垓下的时候，同落水鸡似的逃回乡里去——这一出失意的还乡记，就是比我更怯弱的青年，也不愿意上台去演的呀！我回来之后，晚上一晚不曾睡着。你知道我胸中的愁郁，所以只是默默地不响，因为在这时候，你若说一句话，总难免不被我痛骂。这是我的老脾气，虽从你进病院之后直到那天还没有发过，但你那事件发生以前却是常发的。

像这样的状态，继续了三天。到了昨天晚上，你大约是看得我难受了，所以当我兀兀地坐在床上的时候，你就对我说："你不要急得这样，你就一个人住在上海吧。你但须送我上火车，我与龙儿是可以回去的，你可以不必同我们去。我想明天马上就搭午后的车回浙江去。"

本来今天晚上还有一处请我们夫妇吃饭的地方，但你因为怕我昨晚答应你将你和小孩先送回家的事情要变卦，所以你今天就急急地要走。我一边只觉得对你不起，一边心里不知怎么地又在恨你。所以我当你在那里捡东西的时候，眼睛里涌着两泓清泪，只是默默地讲不出话来。直到送你上车之后，在车座里坐了一会，等车快开了，我才讲了一句："今天天气倒还好。"你知道我的意思，所以把头朝向了那面的车窗，好像在那里探看天气的样子，许久不回过头来。唉唉，你那时若把你那水汪汪的眼睛朝我看一看，我也许会同你马上就痛哭起来的，也许仍复把你留在上海，不使你一个人回去的。也许我就硬的陪你回浙江去的，至少我也许要陪你到杭州。但你终不回转头来，我也不再说第二句话，就站起来走下车了。我在月台上立了一会，故意不对你的玻璃窗看。等车开的时候，我赶上了几步，却对你看了一眼，我见你的眼下左颊上有一条痕迹在那里发光。我眼见得车去远了，月台上的人都跑了出去，我一个人落得最后，慢慢地走出车站来。我不晓得是什么原因，心里只觉得是以后不能与你再见的样子，我心酸极了。啊啊！我这不祥之语，是多讲的。我在外边只希望你和龙儿的身体壮健，你和母亲的感情融洽。我是无论如何，不至投水自沉的，请你安心。你到家之后千万要写信来给我的哩！我不接到你平安到家的信，什么决心也不能下，我是在这里等你的信的。

一九二三年四月六日清明节午后

佳作赏析：

有时，对自己所爱的人说话，就是在对自己的"灵魂"说话。写文章也如是。

本文看上去是作者在向爱人诉说生活琐事，其实却是在向对方坦白内心的隐秘，以及人生的各种际遇。那是一个男人的情感倾诉，从中可以看到其情感柔弱的一面。

平实的叙述，娓娓道来，波澜不惊，却藏着深沉的感情。文章细节饱满，内容结实，给人真实感和冲击力。

神牵梦系

□ ［中国］王映霞

（一）

文：

沅江及长沙发的两片都于昨日送来，欣慰之至。

你行后我已有两快函寄闽省府托蒋秘书转交。

不知能于你到闽省前寄到否？今日天气放晴，忙着洗了一天衣服。警报又来了，传说敌机已到长沙，想来你廿四至迟廿五总可以离长沙去南昌的，不然又将为你添愁添虑，此时出门真靠不住，所以我总梦想着什么地方都能与你同行来得好些，并非我能防止空袭。与其老远在为你担心，倒不如大家在一起受惊来得痛快。复仇过后心境依然是澄清的，只叫你能明白自己的弱点，好好地爱护她，则得着一颗女人的心亦不难也。衡山设委会会计处寄来一张须盖章的收条，我已为你盖章后用挂号信寄去，信一张，便附一阅。愿珍重！

映霞九廿七

（二）

文：

　　各片均悉，连上之函，谅均收到。前夜得自浦城来电，计今日已可到达福州矣；到闽后各情颇急于想知道，可惜信又慢，而事情又偏不能详电报中。

　　此间已设立湖南省银行驻汉寿办事处，地址是在从前的中央旅馆旧址，招牌已挂，以后汇款，或可直寄此，当较为便利。望舒有来函，附上一阅。谋事在人，成事在天，根本人不知谋，而天欲成亦不能也。人到了中年，依然得过且过，没有一上进取之心，专赖他人催促，又何补于事实？奈何奈何？

　　　　　　　　　　　　　　　　大小均安，勿念。

　　　　　　　　　　　　　　　　映霞九卅日

（三）

文：

　　六日的快信反而到在七日所寄的以后，邮件之颠倒无常，这正象征了我的命运。在十几年前，我何曾会遥想到有今日，有今日受着丈夫恶意地欺凌？这的确与怀瑜向我说的"红丝牵错了，误了前因"一样，倘若当初你与别人"结识"了（这两字是照七日来信中所写，你的用字似欠妥当，我是上等人家小姐，似与别人不可比也。你一开口便下流，难怪从前的人的婚姻须门户相当！）。

　　马马虎虎亦会得过半生。而我，又可以作一个很贤惠、很能干的大家庭中的媳妇，让翁姑喜欢、丈夫宠爱的和平空气中以终其身。如今是一切都成过去，所有的希望都只能希冀于来世，自古聪明人的遭遇偏不寻常，我又何能例外？徒靠你现在的每一次来信中都述说着"不愿援用强权"是无益的，你的用不用强权，与需否用强权，这都已在过去的十年你的行为中为你证明。一个已婚的男子在第二次结婚后，精神肉体可以再重返"故乡"，在那初婚的少女尚且能宽宏大量，能以绝大的牺牲心在万难中忍耐了过去，这才可以说并未"援用强权"，以夺取你的自尊心。但当初我的报复心，每时每刻我都在牢记着，从未因为暂时的欢娱而衰落过，正与据你所说的你对我的爱一样。现在只要你来信中一提及往事，那即刻就会使我把过去的仇恨一齐复燃起来，你若希望我不再回想你过去的罪恶时，只有你先向我一字不提，引导我向新的生命途中走。大家再重新的来生活下去，至于你的没有爱过旁的女人和对我的爱从未衰落过的那些话，我读了，只会感到你的罪深而刑罚太浅，这如病重而药轻一样的无济于事。能不能使我把你的旧恶尽行忘去是在你，请你记住。

近来杂志读得很多，很有些想写文章，写自传的冲动，但第一次的尝试，似乎总不敢下手。匆匆复你六日的快信，孩子我都照顾周到，无须你挂心。

映霞

十月十八日午后

佳作赏析：

王映霞（1908—2000），中国浙江杭州人。郁达夫的第二任妻子。晚年出版了《半生自述》《王映霞自传》《岁月留痕》（与郁达夫合著）等。

遥想当年，才子佳人的结合令时人艳羡，但从她写给郁达夫的信中，我们可以看到，随着时间的推移和生活的磨砺，原本充满激情的爱情逐渐退去了光泽，二人的婚姻生活归于平淡，两人之间的感情也出现了裂隙。"在十几年前，我何曾会遥想到有今日，有今日受着丈夫恶意的欺凌？这的确与怀瑜向我说的'红丝牵错了，误了前因'一样。"王映霞不满于郁达夫的言语，强调"能不能使我把你的旧恶尽行忘去是在你"，可惜的是，这对神仙情侣最终还是选择了分手。

将这个献给我的妻房

□〔中国〕罗黑芷

　　你所时时抱着的那恐怖和那一想便会教你全身战栗的那惶惑，在你的眉头上我知道曾经开始攻进了你的不能防御的心，有许多许多的昼夜了。今晨你要求我"早点儿回来"时，你的眼睛里仿佛要说而又不愿多说的言语，教我知道了你的朦胧的回忆里又理出了昔日的痛苦，压住了目前的心。

　　当我出门步行向那每天照例必得走一趟的地方去时，那头上蔚蓝到教人喜悦的天空，和那从墙头落下来的拂面的暖风，不知不觉地诱惑了我了。他们教我想到野外的柳枝，绿的池塘，新生的草，和朋友们的欢颜，乃至教我在迷惘中尝到了一滴醉人的酒和一片甘芳的饵。但我也在这悬想的快乐里，想到了你在晨间微笑着向我说的"但愿今日是一个清和的晴天"的话。你须知道我平时在这样醉人的天底下走着，便早忘掉你了！今日我努力想要和平时一般地忘掉你，但是我脊梁上驮着的一种压人的东西竟使我瞧见了那些每天早晨在街上必得遇见，而且连眉目都认得清楚的行步飘逸而态度骄矜的年青姑娘们时，不敢用眼睛窥瞧；即如我已经坐在办公室内的写字台边了，人们的言笑和脸色似乎都和我陡然隔了一层障纱了，而且那从笔尖落下在白纸上纵横的黑痕也仿佛在那儿和我相撑拒。这样说来，我竟是正在思念着你了，而且思念着你今天的话了？不是的。我只是在许多图画片中拣出了三年前的一旧影呵！

三年前，大约是三年前的初秋的一日下午，我从城里到了你母亲的家中。初见人影便大声噪吠及至定睛看清楚了是熟人而后摇尾跳跃的两只灰黄色的狗，将我拥着进了那屋子的厅堂。那西落的斜日犹自留下半截耀眼的白光在东厢房的窗口之上和瓦檐之下。堂屋的空洞和桌椅的静默流出了右边正房内的仿佛有许多女人悄悄地谈话和间歇发作的低微的苦楚的呻吟。这曾使我疑惑。一个老年妇人出房来了，见着我便摇手，她是我的继母，我没有认错。她的意思，在那布满着神秘的慌张的脸色上，是通知我不要走进那房里去。我立时明白了这老年人对于我的尊敬。我正踌躇着，便听见你的无力而颤抖的声音唤着我的名字了。

我知道这是怎样的一回事。我拂了老人的意思和命令，斗胆地撞进了那房门。那时，在那仅由一个低的纸糊窗牖放进光去的昏暗的地板中央离卧床不远的地方坐在一只矮椅上的你，上身穿着一件白地蓝条纹的洋纱单衣，下面裸露出两条单瘦的大腿；气弱的眸子从你那白到无血色的脸上慢慢地朝着我望了过来。我仿佛也看见了成家坪的廖六娘和隔壁佃户家的刘大嫂；我仿佛也看见了你的母亲摆着预备做第五次外祖母的毫无表情的面孔，陪着她俩和旁的另外一二个女人们慷慨地谈论些和此时的问题大约没有关系的事；我仿佛也看见了那壁上的画幅，靠壁的条桌，桌上零乱摆着的座钟，花瓶，瓦壶，白瓷茶盃，大碗，破书，和包药的旧纸的红色蓝色，床檐，和床前的旧睡椅等等，连同其余的数记不清的静默着的物件，在我眼前齐变了他们平日的和平的模样。这些大约是我第一步跨进房门时眼睛一瞥之所获得的了。

"你回来了。"这是一种感觉到内心慰安然而是没气力的呼唤。

我默默地看了你一眼，因为觉得有许多目光都在忸怩地示意我退出去，我便在这房门的外边沿壁的一张大靠手乌木椅子上面安置了我的身体，同时也便从容地想到"你真是一个勇敢的女人呵！"

我想着第一个儿子的出生是你处女的美开始告诉完结的时候——膨大的乳房，松懈的脚步，和前额上许多隐隐的皱纹，都在那时警告你生命的坂路已经到了最高的顶点，从此便是向那下坡的路上了。你虽是二十一岁的少妇，你的格言只有柔顺，服从，和忍受，或者当那压服已久的自然的反抗的意志偶然不经意地流露时，也只有默默地倒卧在床上，或者更强烈一点便独坐在房隅里红着鼻子啜泣。这些由你的伯母叔母和母亲的模范及父亲和叔父等的训练而使你奉命唯谨的那些格言遂使你在上海跟着我度那典质为生的日子里，在你终日板滞地被拘囚着刻刻思念家乡的日子里，在腹内胚生了第二个新生命的种子，那便是你的安儿了。

你的生活的路线上最应该不使你忘记的一段，我想，是朗儿出生的历史：在民国八年严冬未死春风未醒的时候，我因生活的逼迫，为着二十元一月的收入，远离你住在武陵的德山工校。自结婚后从不曾分离过的我们，在那些现在已无踪影的信扎上，曾经开始感到入骨的寂寞，也便是感到那不待用人工织成而自己会领略的恋的滋味了。在每个晴天的下午，那山顶的古寺，山下的朗江，隐在烟雾中的武陵城市，和那从山上远望去仿佛只是一点点白色在绿波上慢慢移动的船帆，现在想起来，还使我感谢那逆转的运命怎样地将我们从数百里之外吸引在一处过那种一生中仅能有一次的幸福的生活。

你须知道：我们虽然有了四个小孩，而真正的生命延续却只有那从德山归后你所产生的这朗儿了！可是如蚕儿般你的生命似乎已经到了那从茧子里蜕变成蛾，已经开始执行你的天职到数秒钟之久，而亦可说是已经开始你的生命的毁灭到了九个寒暑的来复了。我曾经亲眼看见你的眼睛变大了；密生的长发成稀疏了；肩头支着衣服现出两点骨的突起了；袒开胸服时，两片软而皱的乳房的皮贴着肋骨而垂下了；行路时仿佛在你的颈项上给套上了挽车的粗绳，只是挨延着提脚步了。这便是你做了四个小孩的母亲的代价，而也是你做了我十年妻房的代价。你现在已经是三十岁的中年妇人了。

我坐在那房门外的乌木靠椅上，时时听见房内的声唤，时时瞧见许多女人们（继母和你的母亲大约也在内）从这房门口出出进进，每次她们手里总得捧着一浆水或旁的衣布之类。有时我的麻木了的肢体教我站了起来，随着房内一阵紧一阵的恫呻，开始在这厅堂中的泥地上打磨旋。这样的天色便昏黑了。仿佛是那七岁的安儿从厅堂门外探进了半截身躯，低低地但是惶惶地说："爸爸，晚饭"。

"晚饭？现在不吃。"我用眼睛回答了他。

我的脚步踅到了房门口，决意搴开门帘一瞧，便在那放置在条桌上支着白瓷罩子的石油灯射出来的暗红色的光里，看见你的眼睛闭上了在那颜面筋肉已不起什么作用的灰白色脸上。房里坐着或站着在你周围的人们，在静寂的难挨的时间经过里，间歇地发出问讯，安慰，或商酌的低声的语言。她们的心跳跃着，呼吸紧逼着，似乎正在等候那一秒迫近一秒的未来的变动。危险呢？安全呢？生呢？死呢？我却什么也不曾想到，因为我什么也不曾等候着，我眼前现出的只是一片空茫。

我又退出，这回在厅前阶上徘徊着。那已经高出东南屋角树杪的下弦的月，从那些在她下面慢慢流动的银灰色的云片隙缝中射下一线水也似的清光在那白色墙上和那低的方格窗牖上。我停步细听，处处都是静寂；除了那辨认不真方向的远远的犬吠，却只有微风摇着大约是屋后四株大枫树的叶儿和那附生在下面的丛竹的戚戚了。此时我听见房内的小巧玲珑的座钟丁丁地响了八下，九下，后来竟然是十下了。那在房内的沉默了许久的空气忽然被一阵水浆淋漓在地板上的声音，和人们的手脚拖动木凳木盆而一面嘈嘈切切抢着说话的声音惊破了。我跟着计算这是起了产气以后的第十九个小时。"也应该是最后的时刻罢？"的希望依然还是渺茫。然而激烈的阵痛开始了；我不由地跑进了房去，仿佛有幽灵在后面袭着我。

那时刻，你是如有岛武郎在他的《与幼小者》的文中说的："宛然用肉眼看着噩梦一般，产妇圆睁一眼，并无目的地看定了一处地方……"你那仿佛坠落在漆黑深洞中的半途里挣扎着，想抓住一根细而长的丝便以为生命得救了似的哀唤着母亲的那声浪，将我一无所知地引到了你的身旁。你便将左臂从那原来紧靠着你的那女人肩上，疾速地钩住了我的颈项，抵死环抱着；在累积地增加努力的俄顷间，你母亲的大声颤抖的叱咤猛烈地激动了诸人的奋励。忽然一阵松懈，你的疲乏到不堪的脑袋便在"哎哟……"的一声里倒在我这战栗的肩头！这便是第五个女孩的出生呵！

不幸这三年后的今日，又使你真切感到了那痛苦的记忆。造物将你玩弄如同他玩弄世间一切女性的生物一样，即是一颗栗子的产生也要将他的母体破裂而复能见着太阳的光，因为母亲的一生总是这样的呵！我现在坐着在这又是一弯残月的天的夜半的一室，做梦一般地又听到那教我神经麻痹的痛楚的呻吟。我实在不能忍了。我将眼耳蔽塞么？我还有那想逃走而复恋恋于此的不自由的灵魂！我有罪了。倘若这个新的生命能与它的母亲同在，它的名字便给叫作"恕儿"罢。这便是我奉献给你的微尘般渺小的报酬了！

佳作赏析：

罗黑芷（1898—1927），江西武宁人，作家。著有《醉里》《春日》《牵牛花》等作品。

这是一篇丈夫写给妻子的饱含深情的文章。丈夫工作在外，回家探亲临行前妻子的一句"早点儿回来"引发了他的感想，开始回忆起妻子历年来独自在家的艰辛，尤其是生育几个孩子时所经历的痛苦和磨难。作为丈夫，对妻子有爱怜、有感激、有愧疚，种种复杂而又矛盾的感情交织在一起，构成了文章叙事的基调。

女人

□〔中国〕朱自清

　　白水是个老实人，又是个有趣的人。他能在谈天的时候，滔滔不绝地发出长篇大论。这回听勉子说，日本某杂志上有《女？》一文，是几个文人以"女"为题的桌话的纪录。他说："这倒有趣，我们何不也来一下？"我们说："你先来！"他搔了搔头发道："好！就是我先来，你们可别临阵脱逃才好。"我们知道他照例是开口不能自休的。果然，一番话费了这多时候，以致别人只有补充的工夫，没有自叙的余裕。那时我被指定为临时书记，曾将桌上所说，拉杂写下。现在整理出来，便是以下一文。因为十之八是白水的意见，便用了第一人称，作为他自述的模样。我想，白水大概不至于不承认吧？

　　老实说，我是个欢喜女人的人，从国民学校时代直到现在，我总一贯地欢喜着女人。虽然不曾受着什么"女难"，而女人的力量，我确是常常领略到的。女人就是磁石，我就是一块软铁。为了一个虚构的或实际的女人，呆呆地想了一两点钟，乃至想了一两个星期，真有不知肉味光景——这种事是屡屡有的。在路上走，远远的有女人来了，我的眼睛便像蜜蜂们嗅着花香一般，直攫过去。但是我很知足，普通的女人，大概看一两眼也就够了，至多再掉一回头。像我的一位同学那样，遇见了异性，就立正——向左或向右转，仔细用他那两只近视眼，从眼镜下面紧紧追出去半日，然后看不见，然后开步走——我是用不着的。我们地方有句土话说："乖子望一眼，呆子望到晚。"我大约总在"乖子"一边了。我到无论什么地方，第一总是用我的眼睛去寻找女人。在火车里，我必走遍几辆车去发现女人；在轮船里，我必走遍全船去发现女人。我若找不到女人时，我便逛游戏场去，赶庙会去——我大胆地加一句——参观女学校去，这些都是女人多的地方。于是我的眼睛更忙了！我拖着两只脚跟着她们走，往往直到疲倦为止。

我所追寻的女人是什么呢？我所发现的女人是什么呢？这是艺术的女人。从前人将女人比作花，比作鸟，比作羔羊。他们只是说，女人是自然手里创造出来的艺术，使人们欢喜赞叹——正如艺术的儿童是自然的创作，使人们欢喜赞叹一样。不独男人欢喜赞叹，女人也欢喜赞叹；而"妒"便是欢喜赞叹的另一面，正如"爱"是欢喜赞叹的一面一样。受欢喜赞叹的，又不独是女人，男人也有。"此柳风流可爱，似张绪当年"便是好例，而"美丰仪"一语，尤为"史不绝书"。但男人的艺术气分，似乎总要少些。贾宝玉说得好：男人的骨头是泥做的，女人的骨头是水做的。这是天命呢？还是人事呢？我现在还不得而知，只觉得事实是如此罢了。——你看，目下学绘画的"人体习作"的时候，谁不用了女人做他的模特儿呢？这不是因为女人的曲线更为可爱么？我们说，自有历史以来，女人是比男人更其艺术的。这句话总该不会错吧？所以我说，艺术的女人。所谓艺术的女人，有三种意思：是女人中最为艺术的，是女人的艺术的一面，是我们以艺术的眼去看女人。我说女人比男人更其艺术的，是一般的说法；说女人中最为艺术的，是个别的说法。——而"艺术"一词，我用它的狭义，专指眼睛的艺术而言，与绘画、雕刻、跳舞同其范类。艺术的女人便是有着美好的颜色和轮廓和动作的女人，便是她的容貌、身材、姿态，使我们看了感到"自己圆满"的女人。这里有一块天然的界碑，我所说的只是处女、少妇、中年妇人，那些老太太们，为她们的年岁所侵蚀，已上了凋零与枯萎的路途，在这一件上，已是落伍者了。女人的圆满相，只是她的"人的诸相"之一。她可以有大才能，大智慧，大仁慈，大勇毅，大贞洁等等，但都无碍于这一相。诸相可以帮助这一相，使其更臻于充实；这一相也可帮助诸相，分其圆满于它们，有时更能遮盖它们的缺处。我们之看女人，若被她的圆满相所吸引，便会不顾自己，不顾她的一切，而只陶醉于其中；这个陶醉是刹那的，无关心的，而且在沉默之中的。

我们之看女人，是欢喜而绝不是恋爱。恋爱是全般的，欢喜是部分的。恋爱是整个"自我"与整个"自我"的融合，故坚深而久长；欢喜是"自我"间断片的融合，故轻浅而飘忽。这两者都是生命的趣味，生命的姿态。但恋爱是对人的，欢喜却兼人与物而言。——此外本还有"仁爱"，便是"民胞物与"之怀；再进一步，"天地与我并生，万物与我为一"，便是"神爱""大爱"了。这种无分物我的爱，非我所要论；但在此又须立一界碑，凡伟大庄严之象，无论属人属物，足以吸引人心者，必为这种爱；而优美艳丽的光景则始在"欢喜"的阈中。至于恋爱，以人格的吸引为骨子，有极强的占有性，又与二者不同。Y君以人与物平分恋爱与欢喜，以为"喜"仅属物，"爱"乃属人；若对人言"喜"，便是蔑视他的人格了。现在有许多人也以为将女人比花，比鸟，比羔羊，便是侮辱女人；赞颂女人的体态，也是侮辱女人。所以者何？便是蔑视她们的人格了！但我觉得我们若不能将"体态的美"排斥于人格之外，我们便要慢慢地说这句话！而美若是一种价值，人格若是建筑于价值的基石上，我们又何能排斥那"体态的美"呢？所以我以为只需将女人的艺术的一面作为艺术而鉴赏它，与鉴赏其他优美的自然一样；艺术与自然是"非人格"的，当然便说不上"蔑视"与否。在这样的立场上，将人比物，欢喜赞叹，自与因袭的玩弄的态度相差十万八千里，当可告无罪于天下。——只有将女人看作"玩物"，才真是蔑视呢，即使是在所谓的"恋爱"之中。艺术的女人，是的，艺术的女人！我们要用惊异的眼去看她，那是一种奇迹！

我之看女人，十六年于兹了，我发现了一件事，就是将女人作为艺术而鉴赏时，切不可使她知道，无论是生疏的，是较熟悉的。因为这要引起她性的自卫的羞耻心或他种嫌恶心，她的艺术味便要变稀薄了。而我们因她的羞耻或嫌恶而关心，也就不能静观自得了。所以我们只好秘密地鉴赏。艺术原来是秘密的呀，自然的创作原来是秘密的呀。但是我所欢喜的艺术的女人，究竟是怎样的呢？您得问了。让我告诉您：我见过西洋女人，日本女人，江南江北两个女人城内的女人，名闻渐东西的女人，但我的眼光究竟太狭了，我只见过不到半打的艺术的女人！而且其中只有一个西洋人，没有一个日本人！那西洋的处女是在 Y 城里一条僻巷的拐角上遇着的，惊鸿一瞥似的便过去了。其余有两个是在两次火车里遇着的，一个看了半天，一个看了两天，还有一个是在乡村里遇着的，足足看了三个月。——我以为艺术的女人第一是有她的温柔的空气，使人如听着箫管的悠扬，如嗅着玫瑰花的芬芳，如躺着在天鹅绒的厚毯上。她是如水的密，如烟的轻，笼罩着我们，我们怎能不欢喜赞叹呢？这是由她的动作而来的。她的一举步，一伸腰，一掠鬓，一转眼，一低头，乃至衣袂的微扬，裙幅的轻舞，都如蜜的流，风的微漾，我们怎能不欢喜赞叹呢？最可爱的是那软软的腰儿。从前人说临风的垂柳，《红楼梦》里说晴雯的"水蛇腰儿"，都是说腰肢的细软的。但我所欢喜的腰呀，简直和苏州的牛皮糖一样，使我满舌头的甜，满牙齿的软呀。腰是这般软了，手足自也有飘逸不凡之概。你瞧她的足胫多么丰满呢！从膝关节以下，渐渐地隆起，像新蒸的面包一样，后来又渐渐渐渐地缓下去了。这足胫上正罩着丝袜，淡青的？或者白的？拉得紧紧的，一些儿皱纹没有，更将那丰满的曲线显得丰满了；而那闪闪的鲜嫩的光，简直可以照出人的影子。你再往上瞧，她的两肩又多么停匀呢！像双生的小羊似的，又像两座玉峰似的，正是秋山那般瘦，秋水那般平呀。肩以上，便到了一般人讴歌颂赞所集的"面目"了。我最不能忘记的，是她那双鸽子般的眼睛，伶俐到像要立刻和人说话。在惺忪微倦的时候，尤其可喜，因为正像一对睡了的褐色小鸽子。和那润泽而微红的双颊，苹果般照耀着的，恰如曙色之与夕阳，巧妙的相映衬着。再加上那覆额的，稠密而蓬松的发，像天空的乱云一般。点缀得更有情趣了。而她那甜蜜的微笑也是可爱的东西。微笑是半开的花朵，里面流溢着诗与画与无声的音乐。是的，我说的已多了，我不必将我所见的，一个人一个人分别说给你，我只将她们融合成一个 Sketch 给你看——这就是我的惊异的型，就是我所谓艺术的女子的型。但我的眼光究竟太狭了！我的眼光究竟太狭了！

在女人的聚会里，有时也有一种温柔的空气，但只是笼统的空气，没有详细的节目。所以这是要由远观而鉴赏的，与个别的看法不同；若近观时，那笼统的空气也许会消失了的。说起这艺术的"女人的聚会"，我却想着数年前的事了，云烟一般，好惹人怅惘的。在 P 城一个礼拜日的早晨，我到一所宏大的教堂里去做礼拜；听说那边女人多，我是礼拜女人去的。那教堂是男女分坐的。我去的时候，女座还空着，似乎颇遥遥的，我的遐想便去充满了每个空座里。忽然眼睛有些花了，在薄薄的香泽当中，一群白上衣，黑背心，黑裙子的女人，默默地，远远地走进来了。我现在不曾看见上帝，却看见了带着翼子的这些安琪儿了！另一回在傍晚的湖上，暮霭四合的时候，一只插着小红花的游艇里，坐着八九个雪白雪白的白衣的姑娘；湖风舞弄着她们的衣裳，便成一片浑然的白。我想她们是湖之女神，以游戏三昧，暂现色相于人间的呢！第三回在湖中的一座桥上，淡月微云之下，倚着十来个，也是姑娘，朦朦胧胧的与月一齐白着。在抖荡的歌喉里，我又遇着月姊儿的化身了！——这些是我所发现的又一型。

是的，艺术的女人，那是一种奇迹！

佳作赏析：

朱自清（1898—1948），浙江绍兴人，散文家、学者。有散文集《背影》《欧游杂记》，长诗《毁灭》。学术论著《经典常谈》《诗言志辨》等。

这是一篇从男性角度谈论女人的文章，其对男性心理的记述可谓细腻、真实。首先"白水"提出喜欢女人，而且到了坐船坐车要遍寻女人的程度；然后"白水"讲到自己追寻女性的标准：艺术的女人；接着提到他对于女性是"欢喜"而非"恋爱",也就是说,是纯粹的"欣赏",而女性可供"欣赏"的地方很多,包括气质、身材、动作、容貌等。上个世纪三四十年代的中国虽然已经受到西方思想观念的冲击,但传统观念还很强大,能够如此直白地谈论性心理,可谓大胆超前。

择偶记

□ ［中国］朱自清

    自己是长子长孙，所以不到十一岁就说起媳妇来了。那时对于媳妇这件事简直茫然，不知怎么一来，就已经说上了。是曾祖母娘家人，在江苏北部一个小县份的乡下住着。家里人都在那里住过很久，大概也带着我，只是太笨了，记忆里没有留下一点影子。祖母常常躺在烟榻上讲那边的事，提着这个那个乡下人的名字。起初一切都像只在那白腾腾的烟气里。日子久了，不知不觉熟悉起来了，亲昵起来了。除了住的地方，当时觉得那叫作"花园庄"的乡下实在是最有趣的地方了。因此听说媳妇就定在那里，倒也仿佛理所当然，毫无意见。每年那边田上有人来，蓝布短打扮，衔着旱烟管，带好些大麦粉、白薯干儿之类。他们偶然也和家里人提到那位小姐，大概比我大四岁，个儿高，小脚，但是那时我热心的其实还是那些大麦粉和白薯干儿。

    记得是十二岁上，那边捎信来，说小姐痨病死了。家里并没有人叹惜，大约他们看见她时她还小，年代一多，也就想不清是怎样一个人了。父亲其时在外省做官，母亲颇为我亲事着急，便托了常来做衣服的裁缝做媒。为的是裁缝走的人家多，而且可以看见太太小姐。主意并没有错，裁缝来说一家人家，有钱，两位小姐，一位是姨太太生的，他给说的是正太太生的大小姐。他说那边要相亲。母亲答应了，定下日子，由裁缝带我上茶馆。记得那是冬天，到日子母亲让我穿上枣红宁绸袍子，黑宁绸马褂，戴上红帽结儿的黑缎瓜皮小帽，又叮嘱自己留心些。茶馆里遇见那位相亲的先生，方面大耳，同我现在年纪差不多，布袍布马褂，像是给谁穿着孝。这个人倒是慈祥的样子，不住地打量我，也问了些念什么书一类的话。回来裁缝说人家看得很细：说我的"人中"长，不是短寿的样子，又看我走路，怕脚上有毛病。总算让人家看中了，该我们看人家了。母亲派亲信的老妈子去。老妈子的报告是，大小姐个儿比我大得多，坐下去满满一圈椅，二小姐倒苗苗条条的。母亲说胖了不能生育，像亲戚里谁谁谁，教裁缝说二小姐。那边似乎生了气，不答应，事情就撂了。

母亲在牌桌上遇见一位太太，她有个女儿，透着聪明伶俐。母亲有了心，回家说那姑娘和我同年，跳来跳去的，还是个孩子。隔了些日子，便托人探探那边口气。那边做的官似乎比父亲的更小，那时正是光复的前年，还讲究这些，所以他们乐意做这门亲。事情已到九成九，忽然出了岔子。本家叔祖母用的一个寡妇老妈子熟悉这家子的事，不知怎么教母亲打听着了。叫她来问，她的话遮遮掩掩的。到底问出来了，原来那小姑娘是抱来的，可是她一家很宠她，和亲生的一样，母亲心冷了。过了两年，听说她已生了痨病，吸上鸦片烟了。母亲说，幸亏当时没有定下来。我已懂得一些事了，也这么想着。

光复那年，父亲生伤寒病，请了许多医生看。最后请着一位武先生，那便是我后来的岳父。有一天，常去请医生的听差回来说，医生家有位小姐。父亲既然病着，母亲自然更该担心我的事。一听这话，便追问下去。听差原只顺口谈天，也说不出个所以然。母亲便在医生来时，教人问他轿夫，那位小姐是不是他家的。轿夫说是的。母亲便和父亲商量，托舅舅问医生的意思。那天我正在父亲病榻旁，听见他们的对话。舅舅问明了小姐还没有人家，便说，像 × 翁这样的人家怎么样？医生说，很好呀。话到此为止，接着便是相亲，还是母亲那个亲信的老妈子去。这回报告不坏，说就是脚大些。事情这样定局，母亲教轿夫回去说，让小姐裹上点儿脚。妻嫁过来后，说相亲的时候早躲开了，看见的是另一个人。至于轿夫捎的信儿，却引起了一段小小风波。岳父对岳母说，早教你给她裹脚，你不信，瞧，人家怎么说来着！岳母说，偏偏不裹，看他家怎么样！可是到底采取了折中的办法，直到妻嫁过来的时候。

佳作赏析：

民国时代虽然终结了封建王朝的统治，但一些旧的传统观念和习俗仍然留存下来，而为尚未成年的孩子找媳妇、找婆家，仍然十分盛行。朱自清正好处于那个时代，年仅十一岁的他就开始被家里人安排"相亲"了。作者以生动的文笔记叙了自己从相亲到最后娶妻的主要经过：最先说定的"媳妇"因病早逝；相的第二个女子太胖，家里人不同意；第三个女子因为是抱养来的，家里人也不同意；直到第四个才算成功。而在整个相亲、定亲过程中，男女双方基本没有任何选择和决定的权利，全是家长做主。传统婚姻中对青年男女权利的漠视、对人性的摧残可谓残酷。

恋爱不是游戏

□〔中国〕庐隐

没有在浮沉的人海中翻过筋斗的和尚，不能算善知识；没有受过恋爱洗礼的人生，不能算真人生。

和尚最大的努力，是否认现世而求未来的涅槃，但他若不曾了解现世，他又怎能勘破现世，而跳出三界外呢？

而恋爱是人类生活的中心，孟子说："食色，性也。"所谓恋爱正是天赋之本能。如一生不了解恋爱的人，他又何能了解整个的人生？

所以凡事都从学习而知而能，只有恋爱用不着学习，只要到了相当的年龄，碰到合式（适）的机会，他和她便会莫名其妙地恋爱起来。

恋爱人人都会，可是不见得人人都懂，世俗大半以性欲伪充恋爱，以游戏的态度处置恋爱，于是我们时刻可看到因恋爱而不幸的记载。

实在的恋爱绝不是游戏，也绝不是堕落的人生所能体验出其价值的，它具有引人向上的鞭策力，它也具有伟大无私的至上情操，它更是美丽的象征。

在一双男女正纯洁热爱着的时候，他和她内心充实着惊人的力量，他们的灵魂是从万有的束缚中，得到了自由，不怕威胁，不为利诱，他们是超越了现实，而创造他们理想的乐园。

不幸物欲充塞的现世界，这种恋爱的光辉，有如萤火之微弱，而且"恋爱"有时适成为无知男女堕落之阶，使维纳斯不禁深深地叹息："自从世界人群趋向灭亡之途，恋爱变成了游戏，哀哉！"

佳作赏析：

庐隐（1898—1934），福建闽侯人，女作家。著有散文小说集《灵海潮汐》等。

这是一篇关于恋爱的美文。作者特别强调恋爱的极端重要性，"恋爱是人类生活的中心"，接着对以性欲伪充恋爱的行为进行了批驳。在作者看来，恋爱是"伟大无私的至上情操""美丽的象征"，这样庄严而美妙的事情绝不是什么游戏，她是超越了现实利益的，也是不惧威胁和利诱的。文章虽然不长，但内涵丰富，读来发人深思。

我似乎看见你了

□［中国］庐隐

异云，亲爱的！

在星期四一天之内，我收到你三封信，我把每一封看过之后，呆呆地坐在寂静的屋里，我遥望着对面的沙发。呵，异云，我似乎看见你了！你神秘而含情的眼，充满天真热情的唇，都逼真地在我心眼里跳动。这时候，我极想捉住这一切，但当我立起身来，我才知道这完全是我心里的幻觉。唉，异云，亲爱的！我们真是不能分离呢！

我来到世界上，什么样的把戏也都尝试过了。从来没有一个了解我的灵魂的人，现在我在无意中遇到你。我们第一次见面，就是基于心灵的认识。异云，你想我是怎样欣幸？我常常——为了你的了解我而欢喜到流泪。真的，异云，我常常想，上天让我认识你，一定是叫你来补偿我此前所受的坎坷。最初我是世故太深了，不敢自沉于陶醉中，但现在我知道我自己的错误，我真太傻！此后我愿将整个身心交付你，希望你为了我增加生命的勇气，同时我因为你也敢大胆创造一个新的世界了。

悲观虽是我的根性，但是环境也很有关系，现在以及将来我愿我能扩大悲观的范围，为一切不幸者同情，而对于我自己的生活力求充实与美满。

从前我总觉得我是命运手中的泥，现在我知道错了。我要为了你纯洁的爱，用大无畏的精神自造命运。唉，异云！你所赐予我的真不能以量计了。

我常常想到你——尤其是你灵魂的脆弱最易受伤——使我不放心！我希望你此后将一切的苦恼都在我面前倾吐，我愿意替你分担，如果碰到难受的时候，你就飞到我面前来吧。亲爱的，我愿为你而好好做人，自然我也愿为你牺牲一切，只要我们俩能够互相慰藉、互相帮助，走完这一条艰辛的人生旅程，别的阻碍应当合力摧毁它。异云，我自然知道，而且相信你也是绝对同情的。

你学校的功课很忙，希望你不要使你的灵魂接受其他的负担，好好注意你的身体。至于我呢？近来已绝对不想摧残自己了。从前我觉得没有前途，所以希望早些结束；现在我正在努力创造新生命，我又怎能不好好保养？爱人，请你放心罢。

无聊的朋友我也不愿常和他们鬼混，而且我的事情也不少，同时还要努力创作，所以以后我也极力避免无谓的应酬。异云，望你相信我，只要你所劝告我的话，我一定听从——因为你是爱我的。

诗人来信说些什么？星期六三点钟以后我准在家等你。亲爱的，我盼望今夜能在梦中见到你，并且盼望是一个美妙的热烈的梦呢！再谈吧，祝你高兴，我的爱人！

冷鸥

佳作赏析：

　　庐隐是一个热烈的女子，自小的家庭生长环境让她没有受到过多的封建礼教的束缚，成年的她更是灵魂深处浸透着叛逆的精神，被称为"新人物"。

　　面对爱情，曾经信奉单身主义的她接受了郭梦良的爱，不顾反对地与这个有妇之夫结了婚。在郭梦良去世后，她又遇到了小她十岁的李唯建。于是，她又勇敢地去爱了，她的爱热烈而奔放，她大胆地表白："亲爱的！我们真是不能分离呢！我愿为你牺牲一切！"

致佐藤富子

□［中国］郭沫若

最令我尊敬的妹妹：

你的信把我的眼泪催下来了。我这个无甚价值的微不足道的人，是不值得让你为我牺牲的呀……可我又确实是深深地深深地爱着你的。我太矛盾了。为了你的幸福，你永远的安全，我是赞同你父亲的主张的。你如果回到父母的怀抱，便不用为自己的生计发愁了。

天掉下来也会有人顶着，而你是丝毫也不会损失的。可是，我又舍不得你离开我，抛下我而去。如果是那样，我或许悲哀得难以支撑下去的。没有你闯入我的生活，我就不会有最近这段愉快的日子。我是被你从死亡的危险边缘上救转来的人。从你那里，我尝到了生活的甜水，人生的乐趣。

虽然，我也知道，我出国来学习的目的不是为了死，而是为了更好地活着，不是为了个人的小天地，还有为祖国为中华民族的大目标。可是我毕竟还是未经过风吹雨打的一棵稚嫩的小草，一遇到挫折，就受不了啦。一看到国家那样的腐败、黑暗、任人欺凌，一想到作为中国人在海外在日本所受到的歧视与轻蔑，我的自尊心便受到了莫大的侮辱，再加上我个人生活的不幸，因此，我脆弱的神经便再也难以支持了。

我给你说过，我曾经不只一次地想到了死。唉，多么软弱！多么没出息！一遇到困难，就想逃避，逃避不行，就想以死去超脱，这不是有志男儿之所为。现在想起来，我还在自我谴责着。但是能够唤起我的反省，引起我的自责，那全是你一人的功劳。没有你，我只会继续执迷着的。我深深地感激着你，我的玛利亚！

可是我多么的不争气，没出息，你出于真心的爱，把什么都不在乎，而我居然能够接受你的赐予，你的崇高的赐予。我是多么的不配，多么的大胆妄为啊！我恨我自己，恨不得痛打我一顿。我真心地向你谢罪呢。请你鞭打我，谴责我吧！那样，我心里会好受些。

妹妹啊！你为了我，居然同你的父亲、你的家庭，闹到如此绝情的地步，这也是我的罪孽呢！如果我不能给你带来幸福，带来欢乐，我将没有颜面在世上活着！我的妹妹呀！凭我这点本领，这份不成器的材料，你很可能要跟我一起蹈人苦海呢！那个时候，不用说你本人要后悔，更严重的是我将难以对得住你呢。

我的想法是，如果你还有什么办法，能使你的双亲同情你、原谅你最好了，当然同时也不妨碍你个人生活事业的选择。如果达不到这般的情景，那么，我们这两个可怜虫将成为水上的浮萍，世上的漂泊浪者了，我虽然还没有同家庭闹僵，但我并不打算依靠家庭生活的。

但是，也不是无路可走的。我们毕竟还年轻，有的是气力，实在不行，可以靠劳力为生计的。更何况还不至于到这般田地呢。还是下决心学点本领吧。我还是劝你进女校。女校毕业的医师或医护，他们的收入比你多一倍的。而且，在中国，这样的人才特别的缺乏。尤其是女医师或女医护，在中国是罕见的。如果你同意，下个月我就去把你接到我这儿来，我可以帮助你复习一下功课，以争取有把握地考上。请你再考虑一下吧。那个时候，我们就风雨同舟，靠着自己的拼搏去创造新生活吧。是天堂，是地狱，就看命运的安排了。

妹妹，我的玛利亚，我静候你的决定了。我目前正努力攻读我的功课，并在功课之外，增加学习一些中国的、外国的人文科学知识。天地之大，岂能容不下我们这两个可怜虫！而且，我还有志于闯出一条自己的路来，一条对国家与民族切实有用的路……妹妹，请你振作起精神来，重新审视一下我们的现在与未来吧！如果认准了，我们就共同向着未来奔去。我是无路可退的。我是逆水行舟，不进则退。为了你，我只能前进，不可后退，也不想后退。我的命运在你手里把握着。我听候你的决定与安排。

这是我经过思考再三后写出的信。因此，拖了一点时间。可我的心是早已飞到你的身边了。再见吧，妹妹！

你的不成器的哥哥
十一月七日夜半

佳作赏析：

郭沫若（1892—1978），四川乐山人，作家、学者。有诗集《女神》，历史剧《屈原》，学术论著《中国古代社会研究》《甲骨文研究》等。

1914年，郭沫若赴日本留学。1916年，佐藤富子在日本东京圣路加医院与郭沫若相识相恋，为此她断绝了与父母的关系。这封信就是郭沫若在此背景之下写给佐藤富子的。在信中，郭沫若一方面劝佐藤富子听从父母的建议，回到父母身边；一方面又向佐藤富子表达爱意，表示将接她到自己这边来，两个人共同努力奋斗开启新生活。矛盾的言论折射出郭沫若矛盾的心情：既想让爱人回到父母身边过上安定的生活，但又舍不得心爱的人从此离自己而去，真可说是左右为难，一种既悲观又乐观的复杂情感弥漫其间。

析『爱』

□ ［中国］俞平伯

名能便人，又能误人。何谓便？譬如青苍苍在我们头上的，本来浑然一物，绝于言诠，后来我们勉强叫它作"天"。自有天这一名来表示这一种特殊形象，从此口舌笔墨间，便省了无穷描摹指点的烦劳了。何谓误？古人所谓"实无名，名无实"，自是极端的说法。名之与实相为表里，如左右骖，偶有龃龉，车即颠覆。就常理而言，名以表实；强分析之始为二，其实只是一物的两面，何得背道而驰呢？但人事至迹，思路至纷，名实乖违竟是极普遍、极明确的一件事了。每每有一名含几个微殊——甚至大殊的实相的，也有一实相具多数的别名的。此篇所谈的爱，正是其中的一个好例。因名实歧出而言词暧昧了，而事实混淆了，而行为间起争执了。故正名一道，无论古今中外，不但视为专科之业，且还当它布帛米菽般看待。即如敝国的孔二先生，后人说他的盛德大业在一部断烂朝报式的《春秋》上，骤德似伤滑稽。我八岁时读孟子到"孔氏成《春秋》而乱臣贼子惧"，觉得这位孟老爹替他太老师吹得实在太凶。《春秋》无非是在竹片上画了些乱七八糟的痕迹，正和区区今日属稿的稿纸不相上下，既非刀锯桁杨，更非手枪炸弹，乱臣贼子即使没有鸡蛋般的胆子，亦何惧之有？或者当时的乱臣贼子，大都是些"银样镴枪头"也未可知。若论目今的清时盛世，则断断亦不如此的。

但在书生的眼中，正名总不失为有生以来的一桩大事。孔丘说："必也正名乎？"我们接说："诚然！诚然！"只是一件，必因此拉扯到什么"礼乐刑罚"上面去，在昔贤或者犹可，在我辈今日则绝不敢的。断断于一字一名的辨，而想借此出出风头包办一切，真真像个笑话。依我说，这种考辨仿佛池畔蛙鼓，树梢萤火，在夏夜长时闹了个不亦乐乎，而其实了不相干的。这好占糇贬。但绿蛙青萤尚且不因此而遂不闹了，何况你我呢。下面的话遂不嫌其饶舌了。

咱们且挑一个最习见的名试验一下罢。自从有洋鬼子进了中国，那些礼义廉耻，孝悌忠信……即使不至于沦胥以丧，也总算不得时新花样了。孔二先生尚以"圣之时者"的资格，享受两千年的冷猪肉，何怪现在的上海人动辄要问问"时不时"呢。所谓仁者爱人，可见仁亦是爱的一种，孔独标榜仁的一字。现在却因趋时，舍仁言爱。区区此衷，虽未能免俗。亦总可质之天日了。（但在禁止发行《爱的成年》——甚至波及《爱美的戏剧》那种政府的官吏心目中，这自然是冒犯虎威的一桩大事。）

恐怕没有比这个字再出风头的了，恐怕没有比这个字再通行的了，恐怕没有比这个字再受糟蹋的了。"古之人也"尚且说什么博爱兼爱，何况吃过洋药的，崭新簇新的新人物，自然更是你爱我爱，肉麻到一个不亦乐乎。其实这也稀松太平常，满算不了怎么一回大事。每逢良夜阑珊，猫儿们在房上打架，您如清眠不熟，倦拥孤衾，当真的侧耳一听，则"迷啊呜"的叫唤，安知不就是爱者的琴歌呢。——究竟爱的光辉曾否下逮于此辈众生？我还得要去问问 behaviorists，且听下回分解。我在此只算是白说。——上海的话无非是说明上逢古之圣人，今之天才，下至阿黄阿花等等，都逃不了爱恨的羁缚。其出风头在此，其通行在此，其受糟蹋亦在此。若普天下有情人闻而短气，则将令我无端的怅怅了。

上也罢，下也罢，性爱初无差等，即圣人天才和阿黄阿花当真合用过一个，也真是没法挽回的错误。分析在此是不必要的。这儿所说的爱，是用一种广泛的解释，包含性爱在内，故范围较大。我爱，你爱，他爱，名为爱则同，所以为爱则异。这就是名实混淆了，我以为已有"正"的必要了。我们既把"爱"看作人间的精魂，当然不能使"非爱"冒用它的名姓，而觍然受我们的香火。你得知道，爱的一些儿委曲要酝酿人间多少的惨痛。我们要歌咏这个爱，顶礼这个爱，先得认清楚了它的法相。若不问青红皂白，见佛就拜，岂不成了小雷音寺中的唐三藏呢？

此项分析的依据不过凭我片时的感念，参以平素的观察力，并不是有什么科学的证验的。自然，读者们如审察了上边胡说八道的空气，早当付之一笑，也绝不会误会到这个上面去的，我以为爱之一名，依最普通的说法，有三个歧诠：（一）恋爱的爱，（二）仁爱的爱，（三）喜爱的爱。它们在事实上虽不是绝对分离地存在着，但其价值和机能迥非一类。若以一名混同包举，平等相看，却不是循名责实的道理。下边分用三个名称去论列。

恋是什么？性爱实是它的典型（typical form）。果然，除性爱以外，恋还有其他的型，如纯挚的友谊就是恋爱之一种，虽然不必定含性的意味。恋是一种原始的冲动，最热烈的，不受理性控制的，最富占有性的，最 aggressive 的。说得好听话，当这境界是人已两泯，充实圆足，如火的蓬腾，如瀑的奔放，是无量精魂的结晶，是全生命的顶潮。说得不好听点，这就是无始无名的一点痴执，是性交的副产物，人和动物的一共相。恋之本身既无优劣，作如何观，您的高兴罢。

它的特色是直情戏行，不顾利害，不析人我。为恋而牺牲自己，固然不算什么，但为恋而损及相对方，却也数见不鲜的。效率这个观念，在此竟不适用。恋只是生命力的无端浪费，别无意义可言，别无目的可求。使你我升在五色云中，是它的力，反之，使你我陷入泥涂亦未始非它所致。它是赏不为恩，罚不为罪的。因所谓赏罚，纯任自然，绝非固定不变，亦非有意安排下的。有人说恋是自私的情绪，我以为是不恰当的。在白热的恋中融解了，何有于人我相？故舍己从人算不得是伟大，损人益己算不得强暴。即使要说它自私，也总是非意识的自私罢。权衡轻重，计较得失，即非恋的本旨了。若恋果如此，非恋无疑。

有明哲的审辨工夫的，我们叫它为仁，不叫它为恋的。明仁的含义初不必多引经据典，只是"己所不欲勿施于人"这个解释便足够了。在先秦儒家中有两个习用的名，可以取释这差别的，就是恋近乎忠，仁近乎恕。忠是什么？是直。恕是什么？是推。一个无所谓效率，一个是重效率的。如我恋着您，而您的心反因此受伤，这是我所不能完全任咎的。但我如对您抱着一种仁爱的心，而丝毫无补于您，或者反而有损，这就算不得真的仁者了。强要充数，便是名实乖违了。仁是凭着效果结账的，恋是凭着存心结账的。心藏于中不可测度，且其究竟有无并不可知，所以世上只有欺诳的恋人，绝无欺诳的仁者。没有确实仁的行为，决不能证明仁的存在。恋则不然。它是没有固定的行径的。给你甜头固然是它，给你吃些苦头安知不是它呢？若因吃了苦便翻脸无情了，则其人绝非多情子可知。双方面的，单方面的，三角形的，多角形的同是恋的诸型，同为恋的真实法相，故恋是终于不可考量的。水的温冷唯得尝者自知，而自知又是最不可靠的，于是恋和欺诳遂始终同在着。恋人们宁冒这被诳的险，而闯到温柔乡中去。由此足以证"恋是生命力的无端浪费"这句话的确实不可移了。

有志于仁的见了这种浪子，真是嘴都笑歪了。他说，那些无法无天的浑小子懂得什么成熟的爱。爱不在乎你有好的心没有（我知道你有没有呢！），而在乎你有好的行为没有。在历程之中要有正当的方法，在历程之尾要有明确的效果。这方算成立了爱的事实。您要和人家要好，多少要切实给他一点好处，方能取信，否则何以知道你对他有好感呢？即使你不求人知，而这种 plato 式的爱有什么用呢？这番话被恋人们听见了，自然又不免摇头叹息。"这真是夏虫不可与语冰啊！"

其实依我说，仁确是一种较成长的爱恨，虽不如恋这般热烈而迫切。无疑，这是人类所独有，绝不能求之于其他众生间的。它是一种温和的情操，是已长成的，是有目的，有意义的，是能切实在人间造福的。它决没有自私的嫌疑，故它是光明的；它能成己及物，故它是完全的；当它的顶潮，以慎思明辨的结果而舍己从人，故它是伟大的。所谓博爱兼爱这些德行，都指这一种爱型而言，与恋爱之爱，风马牛不相及的。

以恋视仁，觉得它生分凡俗；以仁视恋，觉得它狭小欺诳。实则都不免是通蔽相妨之见。我们不能没有美伴良友，犹之我们不能离开社会一亲。对于心交还要用权衡，固然损及浑然之感。对于外缘，并权衡亦没有了，动辄人己两妨，岂不成了大傻瓜了吗？在个人心中，恋诚然可贵，而在家庭社会之间，仁尤其要紧。慈的父母，孝的儿女，明智的社会领袖，都应当记得空虚的好心田是不中用的，真关痛痒的是行为。要得什么果子，得先讲讲怎么样栽培。方法和效验不可视为尘俗的。

原来超利害的热恋，只存在于成熟的心灵们互相团凝的时候。这真是稀有的畸人行径，一则要内有实力，二则要外有机会，约不是人人可行，时时可行的。我们立身行事，第一求自己能受用，第二求别闹出笑话；可行方行，可止即止，不要鲁莽灭裂，干那种放而不收的事。一刹那的热情固可珍重，日常生活中理性控制着的温情更当宝贵——且自安于常人罢。譬如布帛菽米，油盐酱醋，家家要用，而金刚石只在皇冕上，贵妇人发际炫耀着。一样的有用（需要即是用），但怕用不同。一样的可贵，但所以贵不同。常与非常本指定的高下。就一般人说法，适者为贵，则常之身价每在非常之上。虽圣人复生，天才世出，不易斯言。

恋与仁虽是直接间接的两型，而都属于爱的范畴内。喜便不然了。喜爱连称，但喜实非爱。明喜非爱，并非难事，举一例便知。

谢太傅问诸子侄："子弟亦何预人事而正欲使其佳？"诸人莫有言者。车骑答曰："譬如芝兰玉树，欲使生于庭阶耳。"（《世说新语》）——拿子弟当作芝兰玉树，真是妙不可言。试看稍微阔绰的人家，谁不盼望"七子八婿""儿女成行"，来做庭前的点缀！但一般普通人家，固不能一例说。他们的观念只是"养儿防老，积谷防饥"。不拿子弟做花草，却拿儿子做稻麦了。上一个不

过是抚摩玩赏的美术品，后一个却是待他养命的实用品了。(《新潮》二卷四号六七九页）

芝兰玉树罗列庭阶，可喜之至了，但何预于爱？无意中生了儿子却可用他来"防老"，可喜之至了，但何预于爱？若以这些为爱，则主人对于蓄养的鸡猫鹰犬，日用的笔墨针线，岂慧尽是欢苗爱叶了？通呢不通？

更可举一可笑之实例，以明喜爱之殊。如男女们缔婚，依名理论，实为恋的事情，而社会上却通称"喜事"。所可喜者何？无非男的得了内助，女的得了靠山，在尊长方面得人侍奉，在祖宗方面得有血食。子子孙孙传之无穷，而"不孝有三，无后为大"之惧可以免夫！一言蔽之，此与做买卖的新开张，点起大红蜡烛，挂起大红联幢时之喜，一般无二。因性质同，故其铺排、陈设，典礼无不毕同。一样的大红蜡笺对联，无非一副写了"某某仁兄大人嘉礼"，一副为了"某某宝号开张之喜"罢了。有何不同？有何不同！其实呢，您如精细些，必将发现其中含有喜剧的错误，甚至于悲剧的错误呢。只因喜与恋一字之差，而普天之下痴男怨女，每饮恨吞声，至于没世而不知所以然。谁为为之？孰令致之？大家都说不出来，于是大家依样画葫芦罢，牵牵连连地随入苦狱，且殃及于儿女罢。红红绿绿、花花絮絮的热闹，我每躬逢其盛，即不禁多添一番惆怅，一种寥寂。在大街上，如碰见抬棺材的，我心中不自主的那么一松；如碰见抬花轿的，我就心中那么一紧。弛张的因由，我自己亦说不清楚，总之，当哀不哀，当乐不乐，神经错乱而已。在名实乖违的世界上，住一个神经错乱的我，您难道不以为然吗？

闲话少说。试比较论之，恋在乎能人我两忘，仁在乎能推己及人，喜则在乎以人徇己。恋人的心中，你即我，我即你。仁人的目中，你非我而与我等，与我同类。若对于某物的喜悦，只是"你是我的，你是为我的"这点计较心、利用心而已。有何可喜？你为我所有，为我所用，为我作牛马，为我作点缀品等因故。反之，你不然，则变喜成怒，变亲成仇，信为事理之当然了，何足怪呢！这种态度以之及物，是很恰当的。掉了一颗饭米，担心天雷轰顶；走一步道，怕踹死了蚂蚁致伤阴骘。像这种心习真是贤者之过了。泛爱万物，我只认为一种绮语而已。但若用及物的态度来对待人，甚至于骨肉之亲，则不免失之过薄，且自薄了。名实交错，致喜爱不分。以我的喜悦施于人，而责人以他的爱恋相报；不得，则坐以不情之罪。更有群盲，不辨黑白，从而和之。一面挟制弱者使他不及知，使他知而不敢言。这真是锻炼之狱！

依我断案，这不仅是自私，且是恶意的自私；不仅是欺诳，且是存心的欺诳；不仅是薄待某一个人，且是侮辱一切人（连他自己在内）；不仅是非爱，且是爱的反对。以相反的实，蒙相同的名，然后循名责报，期以必得；不得，则以血眼相视，而天下的恶名如水赴壑，终归于在下者。用这种方术求人间的安恬，行吗？即使行，心里安吗？即使悍然曰安，能久吗？"正名"的呼声原无异于夏蝉秋虫。但果真有人能推行一下，使无老无幼，无贤无愚，无男无女，饮食言动之间，一例循名责实，恐怕一部二十四史都要重新写过才好呢。说虽容易，不过这个推一下的工夫，自古以来谁也做它不动。我们也无非终于拥鼻呻吟而已。

所谓"言各有当"，恋以自律（广义的我），仁以待人，喜以及物，是不可移置的。以恋待人失之厚，及物则失之愈厚；以喜待人失之薄，律己则失之愈薄。报施之道亦然。名实相当，得中，则是；相违，过犹不及，则非。名实违忤至今日已极，以致事无大小，人无智愚，外则社会，内则家庭，都摇摇欲坠，不可终日似的。爱之一名在今日最为习见，细察之，实具直接的和间接的两型，机能互异；而喜且为貌似的赝品。以这两种因由，我作《析爱》一文。

佳作赏析：

俞平伯（1900—1990），浙江德清人，作家、学者。有诗集《冬夜》，散文集《燕知草》《燕郊集》，学术论著《红楼梦辨》等。

俞平伯作为著名的文史大家，知识渊博，讨论起"恋爱"这样的话题也透着浓浓的学术味，且能讲出前人未曾讲过的新理论、新观点。这篇《析"爱"》讨论的"爱"是广义的爱，既包括男女之间的情爱、性爱，也包括仁爱的爱、喜爱的爱。作者旁征博引，引经据典，将自己的一家之言娓娓道来，颇能引发人们的思考。

夫妇之间

□［中国］王了一

五伦之中，夫妇最早。若不先有夫妇，就不会有所谓父子兄弟。至于君臣，更是后起的事。也许有人说，应该是朋友最早，因为应该先是男女恋爱，然后结为夫妇。这话也有相当的理由。不过，依《旧约》里说，亚当和夏娃是上帝所预定的夫妇，他们并没有经过恋爱的阶段。由此看来，仍该说是夫妇最早。至少，西洋人不会反对我这一种说法。

上帝对夏娃说："你必恋慕你丈夫，你丈夫必管辖你。"这是夏娃听信了蛇的话之后，上帝对女人的处分。这两句话就是万世夫妇的祸根，一切夫妇之间的妒忌和争吵，都是由此而起。近来有人说结婚是爱情的坟墓，这话应该是对的，不信试看中国旧小说里，才子和佳人经过了许多悲欢离合，著书的人无不津津乐道，一到了金榜题名，洞房花烛，那小说也戛然而止，岂不是著者觉得再说下去也就味同嚼蜡了吗？

为什么结婚是爱情的坟墓呢？因为结婚之后爱情像启封泄气的酒，由醉人的浓味渐渐变为淡水的味儿；又因油盐酱醋把两人的心腌得五味俱全，并不像恋爱时代那样全是甜味了。成了家，妻子便把丈夫当作马牛：磨房主人对于他的马，农夫对于他的牛，未尝不知道爱护，然而这种爱护比之热恋的时候却是另一种心情！成了家，丈夫便把妻子当作狗，既要她看家，又要她摇尾献媚！对不住许多配偶，我这话一说，简直把极庄严正经的"人伦"描写得一钱不值。但是，莫忘了我所说的是"爱情的坟墓"：那些因结了婚而更升到了"爱情的天堂"的人，是犯不着为看了这一段话而生气的。

古人说："妻不如妾，妾不如妓，妓不如偷。"这话已经不合时代了。现在该说"婚不如姘"。某某高等民族最聪明，正经配偶之外往往另有外遇。正经配偶为的是油盐酱醋，所以女人非有二十万以上的财产就不容易嫁出去，男人若有巨万的家财，白发红颜也不妨相安，外遇为的是醇酒，就非十分倾心的人不轻易以身相许了。据说感情好的夫妻也不妨有外遇，因为富于热情的人，他的热情必须有所寄托，然而热情和感情是可以并行不悖的，凡为了夫或妻有外遇而反目的人简直是观念太旧，脑筋不清楚。天啊！若依这种说法，我想有许多"痴心女子"，在结婚之前唯恐她的心上人不热情，结婚以后，却又唯恐他太热情了。

随你说观念太旧也好，脑筋不清楚也好，夫妇之间往往免不了吃醋。占有欲是爱情的最高峰吗？有人说不，一千个不。但是，我知道有人不许太太让男理发匠理发，怕他的手亲近她的红颜和青丝；又有人不许太太出门，若偶一出门，回来他就用香烟烙她的脸，要摧毁她的颜色，让别人不再爱她，以便永远独占。

夫妇反目，也是难免的事情。但是，老爷撅嘴三秒钟，太太揉一会儿眼睛，实在值不得记入《起居注》。甚至老爷把太太打得遍体鳞伤，太太把老爷拧得周身青紫，有时候却是增进感情的要素，而劝解的人未必不是傻瓜。莫里哀在《无可奈何的医生》里，叙述斯加拿尔打了他的妻子，有一个街坊来劝解，那妻子就对那劝解者说："我高兴给他打，你管不着！"真的，打老婆、逼投河、催上吊的男子未必为妻所弃，也未必弃妻；揪丈夫的头发，咬丈夫的手腕的女人也未必预备琵琶别抱。倒反是有些相敬如宾的摩登夫妇，度了蜜月不久，突然设宴话别，搅臂去找律师，登离婚广告，同时还相约常常通信，永不相忘。

从前常听街坊劝被丈夫打了的妻子说："丈夫丈夫，你该让他一丈。"这格言并没有很多的效力。在老爷的字典里是"妇者伏也"，在太太的字典里却是"妻者齐也"。甚者于太太把自己看得比老爷高些。从前有一个笑话说，老爷提出"天地""乾坤"等等字眼，表示天比地高，乾比坤高；太太也提出"阴阳""雌雄"等等字眼，表示阴在阳上，雌在雄上。至于现代夫妇之间，更是太太们有一种优越感。其实，若要造成家庭幸福，最好是保持夫妇间的均势，不要让东风压倒西风，也不要让西风压倒东风。否则我退一尺，他进十寸，高的越高，高到三十三重天堂，为玉皇大帝盖瓦，低的越低，低到一十八层地狱，替阎罗老子挖煤，夫妇之间就永远没有和平了。

佳作赏析：

王了一（1900—1986），原名王力，广西博白县人，语言学家。著有《中国现代语法》《中国音韵学》《汉语史稿》《古代汉语》《龙虫并雕斋琐语》等。

人世间最亲近的人，除了父母，就是夫妻之间了，而正如作者所言，夫妻之间的关系其实是其他伦理关系的基础。而夫妻之间的事情也是最多的，从确定关系期间的谈情说爱，到结婚后的夫妻相处，从互相吃醋到反目成仇。相敬如宾的夫妻不见得感情真好，而平时你打我骂的可能是爱的另一种表现。夫妇之间的是是非非，往往并不是其他人所能理解和说清的。文章语言犀利，幽默诙谐，说理透彻，堪称佳作。

漱玉

□ ［中国］石评梅

永不能忘记那一夜。

黄昏时候，我们由嚣扰的城市，走进了公园，过白玉牌坊时，似乎听见你由心灵深处发出的叹息，你抬头望着青天闲云，低吟着："望云惭高鸟，临水愧游鱼……"

你挽着我的手靠在一棵盘蜷虬曲的松根上，夕阳的余晖，照临在脸上，觉着疲倦极了，我的心忽然搏跳起来！沉默了几分钟，你深呼了一口气说："波微！流水年华，春光又在含媚的微笑了，但是我只有新泪落在旧泪的帕上，新愁埋在旧愁的坟里。"我笑了笑，抬头忽见你淡红的眼圈内，流转着晶莹的清泪。我惊疑想要追问时，你已跑过松林，同一位梳着双髻的少女说话去了。

从此像微风吹皱了一池春水，似深渊潜伏的蛟龙蠕动，那纤细的网，又紧缚住我。不知何时我们已坐在红泥炉畔，我伏在桌上，想静静我的心。你忽然狂笑摇着我的肩说："你又要自找苦恼了！今夜的月色如斯凄清，这园内又如斯寂静，哪能让眼底的风景逝去不来享受呢？振奋起精神来，我们狂饮个醺醉，我不能骑长鲸，也想跨白云，由白云坠在人寰时，我想这活尸也可跌她个粉碎！"你又哈哈地笑起来了！

葡萄酒一口一口地啜着，冷月由交织的树纹里，偷觑着我们，暮鸦栖在树阴深处，闭上眼静听这凄楚的酸语。想来这静寂的园里，只有我们是明灯绿幛玛瑙杯映着葡萄酒，晶莹的泪映着桃红的腮。

沉寂中你忽然提高了玉琴般的声音，似乎要哭，但没有哭，轻微的咽着悲酸说："朋友！我有八年埋葬在心头的隐恨！"经你明白的叙述之后，我怎能不哭，怎能不哭？我欣慰由深邃死静的古塔下，掘出了遍觅天涯找不到的同情！我这几滴滴在你手上的热泪，今夜才找到承受的玉盂。真未料到红泥炉畔，这不灿烂，不热烈的微光，能照透了你严密的心幕，揭露了这八年未示人的隐痛！上帝呵！你知道吗？虚渺高清的天空里，飘放着两颗永无归宿的小星。

在那夜以前，没有想到地球上还有同我一样的一颗心，同我共溺的一个海，爱慰藉我的你！去年我在古庙的厢房卧病时，你坐在我病榻前讲了许多幼小时的过去，提到母亲死时，你也告诉过我关乎醒的故事。但是我哪能想到，悲惨的命运，系着我同时又系着你呢？

漱玉！我在你面前流过不能在别人面前流的泪，叙述过不能在别人面前泄漏的事，因此，你成了比母亲有时还要亲切的朋友。母亲何曾知道她的女儿心头埋着紫兰的荒冢，母亲何曾知道她的女儿，怀抱着深沉在死湖的素心——唯有你是地球上握着我库门金钥的使者！我生时你知道我为了什么生，我死时你知道我是为了什么死。假如我一朝悄悄地曳着羽纱，踏着银浪在月光下舞蹈的时候，漱玉！唯有你了解，波微是只有海可以收容她的心。

那夜我们狂饮着醇醴，共流着酸泪，小小杯里盛着不知是酒，是泪？咽到心里去的，更不知是泪，是酒？

红泥炉中的火也熄了，杯中的酒也空了。月影娟娟地移到窗上，我推开门向外边看看，深暗的松林里，闪耀着星光似的小灯。我们紧紧依偎着，心里低唤着自己的名字，高一步、低一步地走到社稷坛上，一进了那圆形的宫门，顿觉心神清爽，明月吻着我焦炙的双腮，凉风吹乱了我额上的散发，我们都沉默地领略这刹那留在眼中的美景。

那时我想不管她是梦回，酒醒，总之：一个人来到世界的，还是一个人离开世界；在这来去的中间，我们都是陷溺在酿中沉醉着，奔波在梦境中的游历者。明知世界无可爱恋，但是我们不能不在这月明星灿的林下痛哭！这时偌大的园儿，大约只剩我俩人。谁能同情我们呢？我们何必向冷酷的人间招揽同情，只愿你的泪流到我的心里，我的泪流到你的心里。

那夜是悱恻哀婉的一首诗，那夜是幽静孤凄的一幅画，是写不出的诗，是画不出的画。只有心可以印着她，念着她！归途上月儿由树纹内，微笑地送我们。那时踏着春神唤醒的小草，死静卧在地上的斑驳花纹，冉冉地飘浮着一双瘦影，一片模糊中，辨不出什么是树影，什么是人影？

可怜我们都是在静寂的深夜，追逐着不能捉摸的黑影，而驰骋于荒冢古墓间的人！

宛如风波统治了的心海，忽然因一点外物的诱惑，转换成几欲死寂的沉静；又猛然为了不经意遭逢，又变成汹涌山立的波涛，簸动了整个的心神。我们不了解，海涛为什么忽起忽灭，但我们可以这样想，只是因那里有个心，只是因那里有个海吧！

我是卷入这样波涛中的人，未曾想到你也悄悄地沉溺了！因为有心，而且心中有罗曼舞踏着，这心就难以了解了吗？因为有海，而且海中有巨涛起伏着，这海就难以深测了吗？明知道我们是错误了，但我们的心情，何曾受了理智的警告而节制呢！既无力自由处置自己的命运，更何力逃避系缠如毒蟒般的烦闷？它是用一双冷冰的手腕，紧握住生命的火焰。

纵然有天辛飞溅着血泪，由病榻上跃起，想拯救我沉溺的心魂，哪知我潜伏着的旧影，常常没有现在，忆到过去的苦痛着！不过这个心的汹涌，她不久是要平静。你是知道的，自我去年一月十八日坚决地藏裹起一切之后，我的愿望既如虹桥的消失，因之灵感也似乎麻木，现在的急掠如燕影般的烦闷，是最容易令她更归死寂的。

　　我现在恨我自己，为什么去年不死，如今苦了自己，又陷溺了别人，使我更在隐恨之上建了隐痛；坐看着忠诚的朋友，反遭了我的摧残，使他幸福的鲜花，植在枯寂的沙漠，时时受着狂风飞沙的撼击！

　　漱玉！今天我看见你时，我不敢抬起头来。你双眉的郁结，面目的黄瘦，似乎告诉我你正在苦闷着呢！我应该用什么心情安慰你，我应该用什么言语劝慰你？

　　什么是痛苦和幸福呢？都是一个心的趋避，但是地球上谁又能了解我们？我常说："在可能范围内赐给我们的，我们同情地承受着；在不可能而不可希望的，我们不必违犯心志去破坏他。"现在我很平静，正为了枯骨的生命鼓舞愉乐！同时又觉着可以骄傲！

　　这几天我的生活很孤清，去了学校时，更感着淡漠的凄楚：今天接到Celia的信，说她这次病，几次很危险的要被死神接引了去，现在躺在床上，尚不敢转动；割的时候误伤了血管，所以时时头晕发烧。她写的信很长，在这草草的字迹里，我抖颤地感到过去的恐怖！我这不幸的人，她肯用爱的柔荑，捡起这荒草野冢间遗失的碎心，盛入她温馨美丽的花篮内休养着，我该如何地感谢她呢？上帝！祝福她健康！祝福她健康如往日一样！

　　这几夜月真爱人，昨夜我很早就睡了，窗上的花影树影，混成一片。静极了，虽然在这雕梁画栋的朱门里，但是景致宛如在三号一样，只缺少那古苍的茅亭，和盘蜷的老松树。我看着月光由窗上移到案上，案上移到地上，地上移到床上，洒满在我的身上。那时我静静地想到故乡锁闭的栖云阁，门前环抱的桃花潭，和高岗上姐姐的孤坟。母亲上了栖云阁，望见桃花潭后姐姐的坟墓，一定会想到漂泊异乡的女儿。

　　这时月儿，照了我，照了母亲，照着一切异地而怀念的人。

佳作赏析：

　　石评梅（1902—1928），山西平定人，现代作家。著有《偶然草》《涛语》等。

石评梅作为敢于向旧社会、旧制度反抗的激进女子，是十足的性情中人。在这篇激情澎湃的书信中，石评梅向自己的知心朋友诉说着自己的所思、所想、所念。文章有叙事，有抒情，有心理活动，有感情流露。种种情绪混杂在一起，一股颓废绝望却又不屈不挠的气息弥漫其间，令人震撼。

朝霞映着我的脸

□〔中国〕石评梅

　　上了车便如梦一样惊醒了我，睁眼看扰攘的街市上已看不见你们。我是极寂寞地归来。月光冷冰冰地射到我白围巾上，惨白得像我的心。一年之前我也在这样月光下走过。如今，唉！新痕踏在旧痕上，新泪落到旧泪之上，孤清的梅仍幽灵似的在这地球上极无聊地生存着。明知道人生如梦，万象皆空，然而我痴呆得心有时会糊涂起来，我总想尽方法使我遗弃一切，忘掉一切。不过，事实上，适得其反，在我这颗千疮百洞的心上，朋友，你是永也不知道她的。我心幕有一朝一夕让风吹起你看时，一定要惊吓这样的糜烂和粉碎，二十年来我受了多少悲哀之箭和铁骑的践踏，都在这颗交付无人的小心上。

　　看见冷清的月儿，和凄寒的晚风吹着，我在兰陵春半醉半醒的酒已随风飞去，才想到我们这半天的梦又到了惊醒的时候。

　　就是在这种心情下，读你那充满了热诚和同情的信，可以说这是我年来第一次接收朋友投给我的惠敬，我是感激地流下泪来！我应该谢谢上帝特赐我多少个朋友来安慰我这在孤冢畔痛哭的人。

你大概还不十分知道我从前的生活。一年之前，是脸上永没有笑容，眼泪永远是含在眼眶里的；一天至少要痛哭几次，病痛时常缠绕着我。如今，我已好了，我能笑，我能许久不病，我能不使朋友们看见我心底的创痛和咽下去的泪，我已经好了，朋友！一年前，你不信问问清，便知那时憔悴可怜的梅，绝不是现在这样达观快活的梅。这样，你还有什么不放心？况且有你这样幸福天真可爱的孩子逗我笑，伴我玩，我又哪好意思再不高兴呢。朋友呵！你说是不是？

我今天未接你信以前，你从清处走后，清便告诉我你对我的心，怕我忧伤的心，那时我已觉到难受！为什么我这样的人，要令人可怜和同情呢！因之，我便想到一切，而使我心境不能再勉强欢笑下去。你不觉得吗？你再回来时我已变了！到兰陵春我更迷惘，几次我眼里都流出泪来，使我不能把眼闭上。朋友！我到了不能支配自己、节制自己的时候，不仅朋友们看见难过，自己也恨自己太不强悍。每次清娇憨骄傲地说到萍时，我便咽着泪下去，我是不能在人前骄傲的，我所能骄的，只有陶然亭畔那抔黄土。写到这里，我的泪不自禁地迸射出来。朋友呵！这是我深心底永不告人的话，今天大概为了醉，为了你那封充满热诚同情的信，令我在你面前画我心上的口供。然而你不准难受，也不准皱眉头，更不要替我不安。我这样生活，如目下，是很快乐的，是很可自慰的。有朝一日你们都云散各方，遗弃忘掉了我时，我自己也会孤寂地在生与死的路上徘徊。朋友！你不要太为我想罢！我是一切都完了的人，只有我走完我的途径，就回到永久去的地方了。我只祷告预祝弟弟们、妹妹们、朋友们桃色的梦甜蜜罢！大概所谓新生命，就是从我一年前沉郁烦结的生活中，到如今漫无边际、浪漫快活的生活中的获得。我已寻到了，朋友！我还有什么新生命？

"忘掉它"，我愿努力去忘掉它，但到我不能忘掉的时候，朋友！你不要视为缺憾罢！一溜笔，写了这许多，赶快收住。

从此我们不提这些话吧！我是愿你们不要知道我夜里是如何过去的，我只要你们知道我白天是如何忙碌和快活才好。在幸福如你朋友面前，我更不愿提及这些不高兴的话，原谅我这一次吧！

写到此，不写了。写下去是永不完的。告诉你我一年多了，未曾写给人这样真诚而长的信，这样赤裸地把心拿出来写这长的信，朋友！愿你接收了梅姊今夜为了你信的真诚所挥洒的眼泪！

愿人间那些可怕的隔膜、误会永远不到我们中间来，因之，我这封信是毫无顾忌、毫无回避地写的，是我感谢这冷酷、残忍、无情的人间一颗可爱的亮星而写的。昨夜写到这里我睡了，今朝，酒已醒了，便想捺住不投邮，又想何必令你失望呢。朝霞现在映着我的脸，我心里很快活呢！

梅

十五年十一月十八日晨

佳作赏析：

在石评梅的一生里，有两段恋情令她刻骨铭心。一段是刚到北京时的初恋，还有一段就是轰动一时的"评宇恋"。

作为早期的学生运动领袖，高君宇在组织学生活动中结识石评梅，并为她所深深吸引，为了表达自己的心意，他在红叶上手书"满山秋色关不住，一片红叶寄相思"，不料他被初恋伤透的石评梅拒绝了。但此后二人仍保持了深厚的情谊，直到高君宇积劳成疾去世，石评梅才彻底明了和接受了他的爱情，无奈已是天人相隔，此后的石评梅便时刻沉浸在对高君宇的思念中，"孤清的梅仍幽灵似的在这地球上极无聊地生存着"。高君宇逝世后的第三年，石评梅也随他而去。根据石评梅的遗愿，他们一起合葬在陶然亭旁，墓碑上刻"春风青冢"四字。

致妻子

□〔中国〕闻一多

贞：

　　此次出门来，本不同平常，你们一切都时时在我挂念之中，因此盼望家信之切，自亦与平常不同。然而除三哥为立恕的事，来过两封信外，离家将近一月，未接家中一字。这是什么缘故？出门以前，曾经跟你说过许多话，你难道还没有了解我的苦衷吗？出这样的远门，谁情愿，尤其在这种时候？一个男人在外边奔走。千辛万苦，不外是名与利。名也许是我个人的事，但名是我已经有了的，并且在家里反正有书可读，所以在家里并不妨害我得名。这回出来唯一目的，当然为的是利。讲到利，却不是我个人的事，而是为你我，和你我的儿女。何况所谓利，也并不是什么分外的利，只是求将来得一温饱，和儿女的教育费而已。这道理很简单，如果你还不了解我，那也太不近人情了！这里清华北大南开三个学校的教职员，不下数百人，谁不抛开妻子跟着学校跑？连以前打算离校，或已经离校了的，现在也回来一齐去了。

你或者怪了我没有就汉口的事，但是我一生不愿做官，也实在不是做官的人，你不应勉强一个人做他不能做不愿做的事。我不知道这封信写给你，有用没有。如果你真是不能回心转意，我又有什么办法？儿女们又小，他们不懂，我有苦向谁诉去？那天动身的时候，他们都睡着了，我想如果不叫醒他们，说我走了，恐怕第二天他们起来，不看见我，心里失望，所以我把他们一个个叫醒，跟他说我走了，叫他再睡。但是叫到小弟，话没有说完，喉咙管硬了，说不出来，所以大妹我没有叫，实在是不能叫。本来还想嘱咐赵妈几句，索性也不说了。我到母亲那里去的时候，不记得说了些什么话，我难过极了。出了一生的门，现在更不是小孩子，然而一上轿子，我就哭了。母亲这大年纪，披着衣裳坐在床边，父亲和驷弟半夜三更送我出大门，那时你不知道是在睡觉呢还是生气。现在这样久了，自己没有一封信来，也没有叫鹤、雕随便画几个字来。我也常想到，四十岁的人，何以这样心软。但是出门的人盼望家信，你能说是过分吗？到昆明须四十余日，那么这四十余日中是无法接到你的信的。如果你马上就发信到昆明，那样我一到昆明，就可以看到你的信。不然，你就当我已经死了，以后也永远不必写信来。

多 　一九三八年二月十五日

佳作赏析：

闻一多（1899—1946），湖北浠水人。诗人。代表作有新诗集《红烛》《死水》等。

这是闻一多随当时的西南联大迁往昆明途中写给家中妻子的信。在信中闻一多向妻子解释了自己抛妻弃子到外面工作的苦衷和缘由，叙述了自己离家时的痛苦，对妻子不能理解和支持他的工作提出异议，希望妻子尽快回信，同时表达了对妻子、对家人的思念和牵挂之情。文章情真意切，令人动容。

致贞

□ ［中国］闻一多

贞：

　　在昆明所发航空信想已收到。我们五月三日启程来蒙自，当日在开远住宿（前信说在壁虱寨，错误），次日至壁虱寨（地图或称碧色寨）换车，行半小时，即抵蒙自。到此，果有你们的信四封之多，三千余里之辛苦，得此犒赏，于愿足矣！你说以后每星期写一信来，更使我喜出望外。希望你不失信。如果你每星期真有一封信来，我发誓也每星期回你一封。在先总以为蒙自地方甚大，到此大失所望。数十年前，蒙自本是云南省内第一个繁荣的城市，但当法国人修滇越铁路的时候，愚蠢的蒙自人不知为何誓死反对他通过。于是铁路绕道由壁虱寨经过，于是蒙自的商务都被开远与昆明占去，而自己渐渐变为一个死城了。到如今，这里没有一家饭馆，没有澡堂，文具店里没有糨糊与拍纸簿，广货店里没有帐子。

　　这都是我到此后急于需要的东西，而发现他都没有。然而有些现象又非常奇怪。这里有的是大洋楼，例如法国海关，法国医院，歌胪士洋行等等，都是关着门没有人住的高楼大厦，现在都以每年三两元的租金租给联合大学作校舍了。自从蒙自觉悟当初反对铁路通过之失策，于是中国自己筑了一条轻便铁道，从壁虱寨经过蒙自与个旧，以至石（屏），名曰壁个石铁路（我们从壁虱寨换车来到蒙自，便是这条铁路）。但是蒙自觉悟太晚了，他的繁荣仍旧无法挽回。直到今天，三百多学生，几十个教职员，因国难关系，逃到这里来讲学，总算给蒙自一阵意外的热闹，可惜这局面是暂时的，而且对于蒙自的补益也有限。总之，蒙自地方很小，生活很简单。因为有些东西本地人用不着，我们却不能不用的，这些东西都是外来的，价钱特别贵，所以我们初到此需要一笔颇大的"开办费"。但这些东西办够了，以后恐怕就有钱无处用了，归根的讲，我们住蒙自还是比住昆明省强。

前天经过开远的时候，遇见殷先生全家新从海道来，往昆明去。殷太太当然问起你，殷益蕃和他们大妹望着我笑，虽然没有说话，但我明白他们心里是在说"闻立鹤闻立雕呢？"余肇池先生现在就住在我隔壁，余太太和他们全家住在昆明，大概不搬到蒙自来，反正蒙自到昆明，快车只一天路程。张荫麟在昆明，他太太住在香港，暂时不来。汪一彪在昆明，太太快来了。此外一时想不起，就住在我隔壁房间的讲，陈寅恪、浦薛凤、沈乃正家眷都未来。但也有租好房子，打算接家眷的，如朱佩弦、王化成等是也。问你安好！

一九三八年五月五日

佳作赏析：

这是闻一多在云南蒙自写给妻子的信。闻一多先叙述了自己到昆明后收到家中数封家信的喜悦心情，然后和妻子约定每周至少一封家信，互道平安的同时也便于沟通信息。接着闻一多向妻子介绍了蒙自的相关情况和自己的生活，也提到了一些同事好友的情况。与上一封赴昆明途中写给妻子的信相比，这一篇的情绪明显舒缓了许多，行文也更加平实。

致霓君（一）

□［中国］朱湘

　　我爱：我前几天看到一件很有趣味的东西，一尺长的鱼，一阵总有几十个，在船走过的时候，飞起来。他们能飞几丈，几十丈远，飞时翅膀看得很清楚。鱼是很好看，可惜我不能抓住一条寄回给你看看。前天在檀香山，船停一天，我们大家多上岸玩。在一个"鱼介博物馆"内看到许多稀奇古怪的东西，有鸡一样大的虾子，两个大钳子，还有各种各样的鱼。有的扁的只有三分厚；圆的像一个桃子，有些嘴长得特别长，好像臭虫同猪的嘴一样。鱼的颜色更是好看得不得了，有些黑花上面满是黄点子，好像豹皮一般；有些上半截鹅黄，下半截淡青，好像女人穿的衣裳同裙子，腰间还有两条黑条子，那就像系一条黑缎边的淡青腰带。妹妹，我的妹妹，你说这好看不？这些鱼印的有照片，我已经买了一份。等到到了学校之处，寄信方便之时，我就寄给你看看，收着——不过这些照片比起活的来，差得远了。因为活的身体透明，并且在水中游来游去，极其灵活，正像你的照片虽然照得很好看，到底不如见面之时，我能听见你讲话。

　　我不曾离开上海的时候，一个人住在青年会，极其想你，做了一首诗。一直想写给你看，偏偏事情太忙不能有时候写下来。如今很闲空，我的精神又好，所以就此写出来：

　　　　戍卒边关绿草被秋风一夜吹黄，
　　　　戈壁的平沙连天铺起浓霜，
　　　　冷气悄无声将云逐过穹苍——
　　　　我披起冬裳，不觉想到家乡。
　　　　家乡现在是田中弥漫禾香，
　　　　闪动的镰刀似蚕食过青桑，
　　　　朱红的柿子累累叶底深藏。
　　　　鸡雏在谷场，噪着争拾余粮。
　　　　灯擎光似豆照她坐在机旁，
　　　　一丝丝的黑影在墙上奔忙，
　　　　秋虫畏冷倚墙根切切凄伤。
　　　　儿子卧空床梦中时唤爷娘。
　　　　一声雁叫拖曳过塞冷关荒，
　　　　它携侣呼朋同去暖的南方，
　　　　在絮白芦花之内亿卧常羊。
　　　　独留我徊惶，在这萧索边疆。

　　这首诗大意是说丈夫出外当兵（戍卒），秋天冷了，穿起妻子替他作的棉衣，不觉想起家乡来（第一段）。他想秋天家乡正是割稻子的时候（第二段）。到了夜间，妻房一定是对着灯光在机子旁边坐着织布，他们两个生的小孩子一定是睡在那张本来是三个人卧的床上，在梦中还叫父亲呢，哪知道父亲如今是在万里之外了（第三段）！这父亲听到一声雁叫，便自恩道："这鸟儿尚且能带着母鸟去南边避寒，偏我不能回家，这是多苦的事呀（第四段）！"

这首诗有些字怕你不知意思，我就解释一下：边关是长城；戈壁是蒙古的大沙漠之名称，在长城北；穹苍是天；弥漫是充满；镰刀是割稻；累累是多；鸡雏是小鸡；灯擎是点灯芯的豆油灯；塞、关都是长城；携是带；侣是伴，就是妻子（母雁）；絮白芦花是同棉花一样白的芦花；常羊是游玩；徊惶是徘徊，就是走来走回；萧索是荒凉，边疆是靠近外国的地方。

我爱：小东要雇奶妈，就早已嘱咐过了，不必再提。小沅定名叫海士，因为他是上海怀的，士就是读书人，士农工商的士。从前孔夫子说过一句话，叫作"仁者乐山，智者乐水"，意思就是说，慈善的人爱山，因山是结实的；聪明人爱水，因为水是流动的：小沅是海水旁边怀的，我替他起个号叫伯智，就是希望他作一个聪明的人。"伯"是行大，聪明的人同尖巧的人不一样。聪明的人向大地方看，尖巧的人只看小的，尖巧人只是想着害人。小东定名叫雪，因为你到北京，头一次看见雪，刚巧那时你便怀了小东。并且雪是很美的一件东西，它好像一朵花，干的雪你仔细看一看就知道它是六角形，好像一朵花有六瓣花瓣，所以古人说"雪花六出"。她号燕支（燕字读作烟字一样，不是燕子的燕），因为古时候有一座山，叫燕支，在北方古代匈奴国的皇后，她们不叫皇后，叫阏氏（就是燕支这二字），便是因为此故。小东是在北方怀的，所以号叫这个。我替你取的号叫霓君（这两个字我如今多么亲多么爱），是因为你的名字叫采云，你看每天太阳出来时候或是落山时候，天上的云多么好看，时而黄，时而红，时而紫，五彩一般（彩字同），这些云也叫作霓，也叫作霞（从前我替你取号叫季霞，是同一道理，但是不及霓君更雅）。古代女子常有叫什么君的，好像王昭君便极其有名。

说到这里，我可以告诉你一个笑话：从前汉朝有一文人，叫东方朔（姓东方，名朔），这人极其好开玩笑。有一天皇帝祭地皇菩萨（这祭叫社），不用说，桌上自然是供一大块猪肉了，这块肉（大半是半个猪，或者整个）照规矩祭完神以后，由皇帝下令，叫大官分了带回家去。有一次这位东方先生性子急（不知是不是他的太太叫他十二点钟回去吃中饭，那天祭祀费时太多，已经一两点钟了，他怕回去太迟，太太要不依，说他只管自己，不顾别人等他，或者说他偷去会女相好，谈话谈忘记掉了，不记得回来吃饭了），无论如何，总是他过于性急，不等汉武帝下令，他自己就在身边拔下了宝剑来（古人身边都带宝剑）在猪肉上头割了一块就走。但是被皇帝知道了，叫他说出道理，如若说不出，便推出午门斩首（这自然是皇帝同他开玩笑，因为皇帝很喜欢他说笑话）。这位东方先生毫不在乎地说：我割肉你应当夸奖我才对，为何反来责备我呢？你看我拔出剑来就割，这是多么勇敢！我割的刚好是自家分内应得的，不曾割别人的一点，这是多么清廉！拿肉回去给我的"细君"，这又是多么仁爱！细君就是"小皇帝""小先生"，就是说的他太太。皇帝一场大笑，放他走了，并且叫人跟着送一只整猪到他家里去。东方先生的太太自然是说不出的快活。本想骂她的先生一场的，也不骂了。

这是提起君字，想到的一段故事。以后做文章的人读书的人叫妻子作细君，便是这样起来的。这个故事，我的霓君，我的细君，我的小皇帝，你看这有点趣味吗？我如今在外国省俭自己，寄钱给你，别的同学是不单不寄钱回家，有时还要家里寄钱，你看我比起东方朔先生来，也差不多吧？我想我寄回家的钱，总不止买一头猪罢？亲爱的霓妹妹，今天上午把三样功课都考了，心放下了。我近来身体好，望你不要记挂。夏天书已念完一半，快得很，就要秋天了。一到秋天，精神更好，等阳历十一月我去找一家照相馆照一张便宜一点的相。你自己身体也要保重，省得我记挂。哀情小说千万不要看了。如若有时闷点，到亲戚朋友家中走动走动。小沅小东近来都很好吗？夏天里不要买街上零食给他们，最危险，最容易传染病，年纪越小，越要多睡觉。夏天里房中可以常常多洒些臭药水，这几个钱决不可省，雇老妈子雇奶妈子都要老实、干净，千万不能要脸上身上长了疤疤结结，长了疮的，那最危险。我接到你六月十二号的信说你不怪我当初，我听到真快活。我说的比仿嫖婊子，是比仿，并不是我同某某某有什么不干不净，不过那时候我心中有时对不起你，这是我请你忘记的事情。

你头痛是因为过于操心，又过于想我。最爱最亲爱的妹妹，再过几年我们就永远团圆，我们放宽了心，耐烦等着吧，你自己调养自己，爱惜身子，就如爱惜我的身子一样。因为你的身子就是我的身子。我也当然爱惜我的身子，因为我的身子就是你的身子。我们两个本是一个分离不开的。你务必把心放开一些，高高兴兴，把这几年过了，那时我们就享福了。

永远是你的亲亲沅

七月二十五日

佳作赏析：

朱湘（1904—1933），安徽太湖人，诗人、散文家。著有诗集《夏天》《草莽集》《石门集》《永言集》，散文集《中书集》等。

这是朱湘写给爱人的信，字里行间充满温情。在信中他向霓君介绍了自己在国外游玩的情形，与爱人共同分享快乐时光；将自己以前写就的诗歌附上，而且担心自己心爱的人不懂诗的意思还做了详细的解释，足见其细心；后面又讲了一个笑话。最后嘱托霓君一定要爱惜身体，两个人共同努力，将来一起享受美好生活。生动的文笔，诙谐的语言，细心的关怀和呵护溢于笔端，不难想象朱湘对爱人的深情厚谊。

致霓君（二）

□ ［中国］朱湘

　　我爱的霓妹：昨晚作了一个梦，梦到你，哭醒了。醒过来之后，大哭了一场。不过不能高声痛快地哭一场，只能抽抽噎噎的，让眼泪直流到枕衣上，鼻涕梗在鼻孔里面。今天是礼拜，我看书看得眼睛都痛了，半是因为昨夜哭过的缘故，今天有太阳，这在芝加哥算是好天气了。天上虽然没有云，不过薄薄的好像蒙上了一层灰，看来凄惨的很。正对着我的这间房（在二层楼上）从窗子中间，看见一所灰色的房子，这是学校的，一点声音也听不见，好像死人一般。房子前面是一块空地基，上面乱堆着些陈旧的木板。我看着这所房子，这片地，心里说不出的恨他们。我如今简直像住在监牢里面，没有一个人说一句知心的话，有时看见一双父母带着子女从窗下路上走过去：这是礼拜日，父亲母亲工厂内都放了工，所以他们带了儿子女儿出门散步。我看见他们，真是说不出的羡慕。我如今说起来很好听，是一个留学生，可是想象工人一样享一点家庭的福都不能够，这是多么可怜又多么可恨。我写到这里，就忽地想起你当时又黄又瘦的面貌来，眼眶里又酸了一下。只要在中国活得了命，我又何至于抛了妻子儿女来外国受这种活牢的罪呢。

霓君，我的好妹妹，我从前的脾气实在不好，我知道有许多次是我得罪了你，你千忍万忍忍不住了，才同我吵闹的。不过我的情形你应该明白。我实在是在外面受了许多的气，并且那时一屁股的欠债，又要筹款出洋，我实在是不知怎样办是好。我想你总可以饶恕我吧？这次回家之后，我想一定可以过得十分美满，比从前更好。

写这行的时候，听到一个摇篮里的小孩在门外面哭，这是同居的一家新添的孩子，我不知何故，听到他的哭声，心中恨他，恨他不是小沅小东，让我听了。我又想到你的温柔，你对我的千情万意，分开了，不能见面，不能立刻见面，说一句知心话，彼此温存一下，像从前在京城旅馆内初见面时那样温存一下。你还记得当时你是怎样吗？我靠在你身旁坐下，你身上面的一股热气直扑到我的脸上（我想我当时的热气也一定扑到了你的脸上）。我当时心里说不出的痒痒。后来我要摸你的手，我偷偷地摸到握住，你羞怯怯的好像新娘子一样，我当时真是说不出的快活。天哪，天哪，但望两三年后，夫妻都好，再能尝尝那种爱情的美味吧。

佳作赏析：

与上一封书信中的轻松快活相比，这封信给人的感觉有些压抑。朱湘向霓君倾诉了自己独自一人在海外留学的苦处和孤独：夜里独自流泪，看到楼下有父母带着儿女散步不由得触景伤情，听到隔壁小孩子的哭声也想到了自己的孩子。在信的结尾，朱湘提到了两个人初次见面温存的场景，给这封充满伤感的信平添了几分温情。

别蕙

□［中国］柔石

　　只两心知道，谁懂得一声惘惘时的勉强欢笑，正是离情浓郁的心泪！难洒呀，难洒呀，半醒半睡的魂儿，更缠绕着千条万条的丝，揪揪扭扭地斜倦着，追叙了过去，祝愿着未来，重重的一切，沉浮在我俩之间，蕙妹，怎能丢开手，随着今宵去呀！

　　明镜般月，高悬在墙东，寒寒深影处，似有人来窥窃我俩了。不，还是无情的催促，催促！蕙妹呀，你不要用头眠着我，让我吻个口干罢；你不要用臂挽着我，让我握个手疲罢！谁想在此后，再能受你怀茶饮，再能受你脔肉吃，还能让我在青草色般的蓐茵床儿睡眠呀！向那边去，何昔是重来的日子，路与天一般长，怕只能瞩明月之西去，望白云之东来，寄问一声——蕙妹好也否？

　　你说留我到明朝，明朝也是匆匆的。蕙妹呀，去的太速，悔那昔（夕）辞得太早。总之，亦在我俩的不得已间，一条没法的运命所注定的路呀！蕙妹，还是丢开手，随着今宵去罢！

柔石（1902—1931），浙江宁海县人，作家。主要作品有长篇小说《旧时代之死》，中篇小说《三姊妹》《二月》等。

这是柔石写给爱人的几段文字。与其说这是一篇散文，不如说更像是诗歌。短短几段文字，诗化的语言、浓烈的抒情，缠绵不断。略带文言文意味的文字，频繁出现的排比句，使得文章的节奏感极强，别有一番韵味。

不要组织家庭
——贺竹英、静之同居

□ [中国] 章衣萍

从远远的江南传来的消息，知道竹英和静之在黄鹤楼畔已实行同居了。竹英这次不远千里地从杭州跑到武昌，为了爱情而牺牲伊的学业，为了爱情而不顾家庭和朋友的非难，在这样只贪金银和虚荣的中国妇女社会里，在这样朝三暮四毫无主张的中国妇女社会里，竹英这种崇高的纯洁的精神是值得崇拜的。像这样特立独行的女子，可算不枉了少年诗人静之三年来的相思！

半年以来，我除了那不得不写的一个人的信外，旁的朋友的信一概都疏了，关于静之的近况，也就十分隔膜。但时时闻道路上的传言，说是竹英和静之的爱情已经淡薄。我虽然不曾写信给静之，然而我的心中是很替静之痛苦的，因为我是一个受过失恋痛苦的人，懂得失恋的难堪滋味。后来胡博士北返，在中央公园偶然闲谈，才知道竹英和静之的爱情还是像火一般的热。到那时，我已明白那不幸的消息全是幸灾乐祸的人们假造出来的。把旁人的流泪的事实来当作茶余酒后的笑谈，这原是残忍的人们的恶根性。在地球没有破灭以前，人们这种下流的恶根性也许不会有铲除的希望罢！

我这番知道竹英和静之同居了，自然是非常欢喜，但一方面也有点害怕。我曾亲眼看见，许多恋爱的青年男女，一到了同住以后，男的便摆起丈夫模样了，女的也"只得努力做一个好家婆"了，过了一两年生下了小孩，便什么爱情也消灭了，所谓以恋爱结合的男女，其结果竟同旧式婚姻一般，这是我非常痛心的！我希望，希望竹英和静之他们俩能够永远保持现在这样崇高的恋爱的精神。——中国的社会实在太沉闷了，整千整万的人们简直在一个模子里面生活，他们永远不会知道模子外还有世界。竹英和静之对于他们的旧家庭大概没有什么关系了，我更希望他们不要组织什么新家庭，我是根本反对什么家庭的，就这样亲亲切切地恋爱，就这样勤勤恳恳地工作，就这样浪漫地愉快地度过这几十年的有限人生，也尽可满足了。朋友们，这条浪漫的恋爱的自由道路上，你们俩如能携着手儿走去，你们不要嫌寂寞呵，看，看我和我的"天使"以及那无数的"亚当"和"夏娃"飘飘地飞到这条路上来！

我望着天上的自由的浮云，为黄鹤楼畔的一对朋友祝福！

佳作赏析：

章衣萍（1902—1946），安徽绩溪人。著有《情书一束》《古庙集》《秋风集》等作品。

有句话说得好：婚姻是爱情的坟墓。这话其实是有几分道理的，因为爱情是浪漫的，两个人情到深处，可以忘掉其他的人和事，完全沉浸其中；而婚姻是现实的，一旦结婚了，就要面对生活中的衣食住行，关注家里的老人以及不久就要出世的孩子，这些无疑都会对原先浪漫的爱情造成严重的影响。章衣萍敏锐地看到了这一点，因此劝两位已经同居的朋友不要结婚组织家庭，就这样同居过一辈子，这样才算浪漫，才算真正的恋爱。其冲破旧婚姻制度的精神可嘉，但光同居不结婚是否现实呢？毕竟生活是现实的，不可能光由浪漫的爱情构成，作者的观点和想法可能过于理想化了。

寄给一个失恋人的信（一）

□ 〔中国〕梁遇春

秋心：

在我这种懒散心情之下，居然呵开冻砚，拿起那已经有一星期没有动的笔，来写这封长信，无非是因为你是要半年才有封信。现在信来了，我若使又迟延好久才复，或者一搁起来就忘记去了，将来恐怕真成个音信渺茫，生死莫知了。

来信你告诉我你起先对她怎样钟情想由同她互爱中得点人生的慰藉，她本来是何等的温柔，后来又如何变成铁石心人，同你现在衰颓的生活，悲观的态度。整整写了二十张十二行的信纸，我看了非常高兴。我知道你绝对不会想因为我自己没有爱人，所以看别人丢了爱人，就现出卑鄙的笑容来。若使你对我能够有这样的见解，你就不写这封悱恻动人的长信给我了。我真有可以高兴的理由。在这万分寂寞一个人坐在炉边的时候，几千里外来了一封八年前老朋友的信，痛快地暴露他心中最深一层的秘密，推心置腹般娓娓细谈他失败的情史，使我觉得世界上还有一个人这样爱我，信我，来向我找些同情同热泪，真好像一片洁白耀目的光线，射进我这精神上之牢狱。最叫我满意是由你这信我知道现在的秋心还是八年前的秋心。八年的时光，流水行云般过去了。现在我们虽然还是少年，然而最好的青春已过去一大半了，所以我总是爱想到从前的事情。八年前我们一块游玩的情境，自然直率的谈话是常浮现在我梦境中间，尤其在讲堂上睁开眼睛所做的梦的中间。你现在写信来哭诉你的怨情简直同八年前你含着一泡眼泪咽着声音讲给我听你父亲怎样骂你的神气一样。但是我那时能够用手巾来擦干你的眼泪，现在呢？我只好仗我这枝秃笔来替我陪你呜咽，抚你肩膀低声的安慰。秋心，我们虽然八年没有见一面，半年一通讯，你小孩时候雪白的脸，桃红的颊同你眉目间那一股英武的气概却长存在我记忆里头，我们天天在校园踏着桃花瓣散步，树荫底下石阶上面坐着唧唧哝哝的谈天，回想起来真是亚当没有吃善恶树上的果子前乐园的生活。当我读关于美少年的文学，我就记起我八年前的游伴。无论是述 Narcissus 的故事，Shakespeare 百余首的十四行诗，Gray 给Bonstetten 的信，Keats 的 Endymion，Wilde 的 Dorian Gray 都引起我无限的愁思而怀着久不写信给我的秋心。十年前的我也不像现在这么无精打采的形象，那时我性情也温和得多，面上也充满有青春的光彩，你还记着我们那一回修学旅行吧？因为我是生长在城市，不会爬山，你是无时不在我旁边，拉着我的手走上那崎岖光滑的山路。你一面走一面又讲好多故事，来打散我恐惧的心情。我那一回出疹子，你瞒着你的家人，到我家里，瞧个机会不给我家人看见跑到我床边来。你喘气也喘不过来似的讲："好容易同你谈几句话！我来了五趟，不是给你祖母拦住，就是被你父亲拉着，说一大阵什么染后会变麻子……"这件事我想一定是深印在你心中。忆起你那时的殷勤情谊更觉得现在我天天碰着的人的冷酷，也更使我留恋那已经不可再得的春风里的生活。提起往事，徒然增加你的惆怅，还是谈别的吧。

　　来信中很含着"既有今日，何必当初"的意思。这差不多是失恋人的口号，也是失恋人心中最苦痛的观念。我很反对这种论调，我反对，并不是因为我想打破你的烦恼同愁怨。一个人的情调应当任它自然地发展，旁人更不当来用话去压制它的生长，使他堕到一种莫名其妙的烦闷网子里去。真真同情于朋友忧愁的人，绝不会残忍地去扑灭他朋友怀在心中的幽情。他一定是用他的情感的共鸣使他朋友得点真同情的好处，我总觉"既有今日，何必当初"这句话对"过去"未免太藐视了。我是个恋着"过去"的骸骨同化石一样的人，我深切感到"过去"在人生的意义，尽管你讲什么"从前种种譬如昨日死，以后种种譬如今日生"同 Let bygones be bygones。"从前"是不会死的。不算形质上看不见，它的精神却还是一样地存在。"过去"也不至于烟消火灭般过去了，它总留下深刻的足迹。理想主义者看宇宙一切过程都是向一个目的走去的，换句话就是世界上物事都是发展一个基本的意义的。他们把"过去"包在"现在"中间一齐望"将来"的路上走，所以 Emerson 讲"只要我们能够得到'现在'，把'过去'拿去狗子罢了"。这可算是诗人的幻觉。这么漂亮的肥皂泡子不是人人都会吹的。我们老爱一部一部地观察人生，好像舍不得这样猪八戒吃人参果般用一个大抽象概念解释过去。所以我要深深地领略人生的味的人们，非把"过去"当作有它独立的价值不可，千万不要只看作"现在"的工具。由我们生来不带乐观性的人看来，"将来"总未免太渺茫了，"现在"不过一刹那，好像一个没有存在的东西似的，所以只有"过去"是这不断时间之流中站得住的岩石。我们只好紧紧抱着它，才免得受漂流无依的苦痛，"过去"是个美术化的东西，因为它同我们隔远看不见了，它另外有一种缥缈不实之美。好像一块风景近看瞧不出好来，到远处一望，就成个美不胜收的好景了。为的是在物质上已经不存在，只在我们心境中憧憬着，所以"过去"又带了神秘的色彩。对于我们含有 Melancholy 性质的人们，"过去"更是个无价之宝。Hawthorne 在他《古屋之苔》书中说："我对我往事的记忆，一个也不能丢了。就是错误同烦恼，我也爱把它们记着。一切的回忆同样地都是我精神的食料。现在把它们都忘丢，就是同我没有活在世间过一样。"不过"过去"是很容易被人忽略去的。而一般失恋人的苦恼都是由忘记"过去"，太重"现在"的结果。实在讲起来失恋人所失丢的只是一小部分现在的爱情。他们从前已经过去的爱情是存在"时间"的宝库中，绝对不会丢失的。在这短促的人生，我们最大的需求同目的是爱，过去的爱同现在的爱是一样重要的。因为现在的爱丢了就把从前之爱看得一文也不值，这就有点近视眼了。只要从前你们曾经真挚地互爱过，这个记忆已很值得好好保存起来，作这千灾百难人生的慰藉，所以我意思是："今日"是"今日"，"当初"依然是"当初"，不要因为有了今日这结果，把"当初"一切看作都是镜花水月白费了心思的。爱人的目的是爱情，为了目前小波浪忽然舍得将几年来两人辛辛苦苦织好的爱情之网用剪子铰得粉碎，这未免是不知道怎样去多领略点人生之味的人们的态度了。秋心我劝你将这网子仔细保护着，当你感到寂寞或孤栖的时候，把这网子慢慢张开在你心眼的前面，深深地去享受它的美丽，好像吃过青果后回甘一般，那也不枉你们从前的一场要好了。

照你信的口气，好像你是天下最不幸的人，秋心你只知道情人的失恋是可悲哀，你还不晓得夫妇中间失恋的痛苦。你现在失恋的情况总还带三分Romantic的色彩，她虽然是不爱你了，但是能够这样忽然间由情人一变变作陌路之人，倒是件痛快的事——其痛快不下给一个运刀如飞杀人不眨眼的刽子手杀下头一样。最苦的是那一种结婚后二人爱情渐渐不知不觉间淡下去。心中总是感到从前的梦的有点不能实现，而一方面对"爱情"也有些麻木不仁起来。这种肺病的失恋是等于受凌迟刑。挨这种苦的人，精神天天痿痹下去，生活力也一层一层沉到零的地位。这种精神的死亡才是天地间唯一的惨剧。也就因为这种惨剧旁人看不出来，有时连自己都不大明白，所以比别的要惨苦得多。你现在虽然失恋但是你还有一肚子的怨望，还想用很多力写长信去告诉你的唯一老朋友，可见你精神仍是活泼跳动着。对于人生还觉得有趣味——不管詈骂运命，或是赞美人生——总不算个不幸的人。秋心你想我这话有点道理吗？

秋心，你同我谈失恋，真是"流泪眼逢流泪眼"了。我也是个失恋的人，不过我是对我自己的失恋，不是对于在我外面的她的失恋。我这失恋既然是对于自己，所以不显明，旁人也不知道。因此也是更难过的苦痛。无志的呜咽比号啕叫是更悲哀得多了。我想你现在总是白天魂不守舍地胡思乱想，晚上睁着眼睛看黑暗在那里怔怔发呆，这么下去一定会变成神经衰弱的。我近来无聊得很，专爱想些不相干的事。我打算以后将我所想的报告给你，你无事时把我所想出的无聊思想拿来想一番，这样总比你现在毫无头绪的乱想，少费心力点吧。有空时也希望你想到哪里笔到哪里般常写信给我。两个伶仃孤苦的人何妨互相给点安慰呢！

佳作赏析：

梁遇春（1906—1932），福建闽侯人。作家。著有散文选集《春醪集》《泪与笑》等。

多年不见的"发小儿"给作者来信倾诉自己的失恋，这是朋友间一种难得的信任。也正因为这样，所以作者才写了这封长信作为回复。在信中，作者回忆了两个人童年真挚的友情，对朋友作了安慰，谈及了自己对于恋爱的看法。需要指出的是，作者其实也是失恋的人，正所谓"同病相怜"，所以对于朋友的痛苦是深有体会的，但他还要强打精神去安慰对方。"问世间情为何物，直教人生死相许"，感情生活中的困惑和烦恼许多人都会碰到，还是看开一些比较好。

无情的多情和多情的无情

□〔中国〕梁遇春

　　情人们常常觉得他俩的恋爱是空前绝后的壮举，跟一切芸芸众生的男欢女爱绝不相同。这恐怕也只是恋爱这场黄金好梦里面的幻影吧。其实通常情侣正同博士论文一样地平淡无奇。为着要得博士而写的论文同为着要结婚而发生的恋爱大概是一样没有内容吧。通常的恋爱约略可以分作两类：无情的多情和多情的无情。

　　一双情侣见面时就倾吐出无限缠绵的话，接吻了无数万次，欢喜得淌下眼泪，分手时依依难舍，回家后不停地吟味过去的欣欢——这是正打得火热的时候。后来时过境迁，两人不得不含着满泡眼泪离散了，彼此各自有个世界，旧的印象逐渐模糊了，新的引诱却不断地现在当前。经过了一段若即若离的时期，终于跟另一爱人又演出旧戏了。此后也许会重演好几次。或者两人始终保持当初恋爱的形式，彼此的情却都显出离心力，向外发展，暗把种种盛意搁在另一个人身上了。这般人好像天天都在爱的旋涡里，却没有弄清真是爱哪一个人，他们外表上是多情，处处花草颠连，实在是无情，心里总只是微温的。他们寻找的是自己的享乐，以"自己"为中心，不知不觉间做出许多残酷的事，甚至于后来还去赏鉴一手包办的悲剧，玩弄那种微酸的凄凉情调，拿所谓痛心的事情来解闷消愁。天下有许多的眼泪流下来时有种快感，这般人却顶喜欢尝这个精美的甜味。他们爱上了爱情，为爱情而恋爱，所以一切都可以牺牲，只求始终能尝到爱的滋味而已。他们是拿打牌的精神踱进情场，"玩玩罢"是他们的信条。他们有时也假装诚恳，那无非因为可以更玩得有趣些。他们有时甚至于自己也糊涂了，以为真是以全生命来恋爱，其实他们的下意识是了然的。他们好比上场演戏，虽然兴高采烈时忘了自己，居然觉得真是所扮的角色了，可是心中明知台后有个可以洗去脂粉、脱下戏衫的化妆室，却拿人生最可贵的东西爱情来玩弄，他们跟人生开玩笑，真是聪明得近乎于大傻子了。这般人我们无以名之，名之为无情的多情人，也就是洋鬼子所谓 Sentimental（易动情感的）了。

上面这种情侣可以说是走一程花草缤纷的大路。另一种情侣却是探求奇怪瑰丽的胜境，不辞跋涉崎岖长途，缘着悬岩峭壁屏息而行，总是不懈本志，从无限苦辛里得到更纯净的快乐。他们常拿难题来试彼此的挚情，他们有时现出冷酷颜色。他们觉得心心既相印了，又何必弄出许多虚文呢？他们心里的热情把他们的思想毫发毕露地照出，他们的感情强烈得清晰有如理智。天下抱定了成仁取义决心的人干事时总是分寸不乱、行若无事的，这般情人也是神情清爽、绝不慌张的，他们始终是朝一个方向走去，永久抱着同一的深情，他们的目标既是如皎月之高悬，像大山一样稳固，他们的步伐怎么会乱呢？他们已从默然相对无言里深深了解彼此的心曲，他们哪里用得着绝不能明白传达我们意思的言语呢？他们已经各自在心里矢誓，当然不作无谓的殷勤话儿了。他们把整个人生搁在爱情里，爱存则存，爱亡则亡，他们怎么会拿爱情做人生的装饰品呢？他们自己变为爱情的化身，绝不能再分身跳出圈外来玩味爱情。聪明乖巧的人们也许会嘲笑他们态度太严重了，几十个夏冬急水般的流年何必如是死板板地过去呢？但是他们觉得爱情比人生还重要，可以情死，绝不可为着贪生而断情。他们注全力于精神，所以忽于形迹，所以好似无情，其实深情，真是所谓"多情却似总无情"。我们把这类恋爱叫作多情的无情，也就是洋鬼子所谓 Passionate（热情的）了。

但是多情的无情有时渐渐化作无情的无情了。这种人起先因为全借心中白热的情绪，忽略外表，有时却因为外面惯于冷淡，心里也不知不觉地淡然了。人本来是弱者，专靠自己心中的魄力，不知道自己魄力的脆弱，就常因太自信了而反坍台。好比那深信具有坐怀不乱这副本领的人，随便冒险，深入女性的阵里，结果常是冷不防地陷落了。拿宗教来做比喻罢。宗教总是有许多仪式，但是有一般人觉得我们既然虔信不已，又何必这许多无谓的繁文缛节呢，于是就将这道传统的玩意儿一笔勾销，但是精神老是依着自己，外面无所附着，有时就有支持不起之势，信心因此慢慢衰颓了。天下许多无谓的东西所以值得保存，就因为它是无谓的，可以做个表现各种情绪的工具。老是扯成满月形的弦不久会断了，必定要有弛张的时候。睁着眼睛望太阳反见不到太阳，眼睛倒弄晕眩了，必定斜着看才行。老子所谓"无"之为用，也就是在这类地方。

拿无情的多情来细味一下罢。乔治·桑在她的小说里曾经隐约地替自己辩护道："我从来绝没有同时爱着两个人。我绝没有，甚至于在思想里。属于两个人，无论在什么时候，这自然是指当我的情热继续着。当我不再爱一个男人的时候，我并没有骗他。我同他完全绝交了。不错，我也曾设誓，在我狂热时候，永远爱他，我设誓时也是极诚意的。每次我恋爱，总是这么热烈地，完全地，我相信那是我生平第一次，也是最后一次地真恋爱。"乔治·桑的爱人多极了，这是谁都知道的事情，但是我们不能说她不诚恳。乔治·桑是个伟大的爱人，几千年来像她这样的人不过几个，自然不能当作常例看，但是通常牵情的人们的确有他可爱的地方。他们是最含有诗意的人们，至少他们天天总弄得欢欣地过日子。假使他们没有制造出事实的悲剧，大家都了然这种飞鸿踏雪泥式的恋爱，将人生渲染上一层生气勃勃、清醒活泼的恋爱情调，情人们永久是像朋友那样可分可合，不拿契约来束缚水银般转动自如的爱情，不处在委曲求全的地位，那么整个世界会青春得多了。唯美派说从一而终的人们是出于感觉迟钝，这句话像唯美派其他的话一样，也有相当的道理。许多情侣多半是始于恋爱，而终于莫名其妙的妥协。他们忠于彼此的婚后生活并不是出于他们恋爱的真挚持久，却是因为恋爱这个念头已经根本枯萎了。法朗士说过："当一个人恋爱的日子已经结束，这个人大可不必活在世上。"高尔基也说："若使没有一个人热烈地爱你，你为什么还活在世上呢？"然而许多应该早下野，退出世界舞台的人却总是恋栈，情愿百无聊赖地多过几年那总有一天结束的生活，却不肯急流勇退，平安地躺在地下，免得世上多一个麻木的人。"生的意志"（Will to live）使人世变成个血肉模糊的战场。它又使人世这么阴森森地见不到阳光。在悲剧里，一个人失败了，死了，他就立刻退场，但是在这幕大悲剧里许多虽生犹死的人们却老占着场面，挡住少女的笑涡。许多夫妇过一种死水般的生活，他们意志消沉得不想再走上恋爱舞场，这种忠实有什么可赞美呢？他们简直是冷冰的，连微温情调都没有了，而所谓Passionate（热情的）的人们一失足，就掉进这个陷阱了。爱情的火是跳动的，需要新的燃料，否则很容易被人世的冷风一下子吹熄了。中国文学里的情人多半是属于第一类的，说得肉麻点，可以叫作卿卿我我式的爱情，外国文学里的情人多半是属于第二类的，可以叫作生生死死的爱情，这当有许多例外，中国有尾生这类痴情的人，外国有屠格涅夫、拜伦等描写的玩弄爱情滋味的人。

佳作赏析：

无情的多情和多情的无情，是两种不同的爱情形式。但无论是"无情"，还是"有情"，似乎都不是爱情的常态。"无情"属于冷情，"多情"又属滥情，仿佛秋千的两个极端。

真正的爱情，应该是恰如其分的吧。惟其如此，才是爱的真谛。

致柔石

□〔中国〕冯铿

　　我沉溺在精神的斗争中十天！现在，我快乐了，你看，我是一个能够把意志克服了本身阶级性的强者！

　　你把我的精神占领了去！坦白地告诉你：十天以来，不，自看了你的《二月》以后，一种神秘的、温馨的情绪萦绕着我，差不多每一件事物，每一个时间、空间我的心里总是充塞了这样不可救药的情绪，弄得自己简直莫名其妙，好像完全转换了另一个人！"这就是恋爱么？为什么呢？"这之间，还参加了不断地实际问题的冲突，然而，好似一个第三者，一件什么东西把我又蒙蔽了——那种心情，简直抒写不出来！

　　现在，完全明白了！我真快乐！告诉你好么？"自第一次碰见你便觉得给你吸引了去，以后，读了那样的文章更加着了迷！这是什么呢？是完全依照着自己本身过去残余的甚至是几千年以来遗留下来的所谓缠绵幽婉的儿女之情而沉溺了的一回事！"这不是可耻的心情么？不是我们现在所不需要的缓和了××的心情么？——至于说，照那样的恋爱可以有利于我们的事业，这简直是自欺欺人的解答！那样的恋爱看看就要陷入到几千年所摆脱不去的窠臼里面，是自私，高超，幽雅等等的结晶。比方说，在公园中月夜，凄清在那种低回幽怨的情绪底下的我便起了如下的念头："我们沉醉在这样可爱的秋月底下，这样令人迷惑的桂花香里吧！什么都应该抛弃，我们找一处隔绝尘寰的幽居来尽量沉醉吧……"好可怕的欲念呀！总之，结论是：在我们一辈子里，尤其是像你我这样过去深受了那种思想毒害的人物，所谓爱情，一定是离开群众的，神秘而玄渺的东西！是不是呢？

我这女人自来就给不了解的，虽然从前曾经用生命来爱我——像上面那样的爱的方式——而同居数载的他也未能十分充足地了解我。至于你，我敢相信你是更不能了解的（日后，你便一定能够，但现在不能肯定），而你竟爱上了我，为什么呢？不是像我同样的，完全基于神秘玄渺的那种理想么？惟其因为你我的出发点是大部分的相同，所以，你我便全都陷于不能自拔的境地！

如果说，在我们现在之间存在的是爱情，那么，这爱情完全是可轻蔑的，神秘而又玄渺的，承继了世纪以来的制度而产生的东西！这不是新的爱情，不是伟大雄浑的爱情！

好，错处是在我的，因为是女人，所以世纪以来的缠绵幽婉的女人所特有的可耻的情绪便趁着机会占领了我。然而我胜利了，很快乐地克服了它！至于你，我相当佩服你的强毅，你委实比我高明，不过，也还差得远，离我们所需要的人性。努力呀！太阳是光明的，血是鲜红的，跃动起来呀，我们的心脏！

新的爱情我们是创造不出来的，这有许多理由；而旧的爱情我们也该抛弃它了，这也有许多理由！历史的车轮背负了我们生活在这个时代，我们就把它抓住好了！

我们大家都是好兄弟，好朋友，我们互相策勉，我们互相搀扶着走上创造和寻求真理的道路！

"我们，我们是同学，是……"仅记着这样的话罢！可敬爱的同学呀！

在这里我和你紧紧地握着手掌！

我的金鱼依旧很悠然地游着泳，可是，我对它笑起来！

我好快乐，因为我解决了一个难以解答的问题！

希望你帮助我鼓足勇气！太阳是光明的，热血是鲜红的！

一九三〇年十月十四日早上

佳作赏析：

冯铿（1907—1931），广东潮州人。主要作品有诗集《春宵》，短篇小说集《铁和火的新生》，剧本《胎儿》等。

冯铿和柔石是中国现代文学史上的一对革命情侣。他们二人在革命、文学上有许多共同语言，最终走到了一起。这封充满激情的情书就是冯铿写给柔石的，在信中她大胆向柔石表达了爱意，这种女追男的情况在当时是十分超前的。两个人的感情并不仅仅是平常意义上的男欢女爱，更是革命和文学事业上互相帮助、策勉的好伙伴。

花床

□［中国］缪崇群

冬天，在四周围都是山地的这里，看见太阳的日子真是太少了。今天，难得雾是这么稀薄，空中融融的混合着金黄的阳光，把地上的一切，好像也照上一层欢笑的颜色。

我走出了这黝暗的小阁，这个作为我们办公的地方（它整年关住我！），我扬着脖子，张开了我的双臂，恨不得要把谁紧紧地拥抱了起来。

由一条小径，我慢慢地走进了一个新村。这里很幽静，很精致，像一个美丽的园子。可是那些别墅里的窗帘和纱门都垂锁着，我想，富人们大概过不惯冷清的郊野的冬天，都集向热闹的城市里去了。

我停在一架小木桥上，眺望着对面山上的一片绿色，草已经枯萎了，唯有新生的麦，占有着冬天的土地。

说不出的一股香气，幽然地吹进了我的鼻孔，我一回头，才发现了在背后的一段矮坡上，铺满着一片金钱似的小花，也许是一些耐寒的雏菊，仿佛交头接耳地在私议着我这个陌生的来人：为探寻着什么而来的呢？

我低着头，看见我的影子正好像在地面上蜷伏着。我也真的愿意把自己的身子卧倒下来了，这么一片孤寂宁馥的花朵，她们自然地成就了一张可爱的床铺。虽然在冬天，土下也还是温暖的罢？

在远方，埋葬着我的亡失了的伴侣的那块土地上，在冬天，是不是不只披着衰草，也还生长着不知名的花朵，为她铺着一张花床呢？

我相信，埋葬着爱的地方，在那里也蕴藏着温暖。

让悼亡的泪水，悄悄地洒在这张花床上罢，有一天，终归有一天，我也将寂寞地长眠在它的下面，这下面一定是温暖的。

仿佛为探寻什么而来，然而，我永远不能寻见什么了，除非我也睡在花床的下面，土地连接着土地，在那里面或许还有一种温暖的、爱的交流？

佳作赏析：

缪崇群（1907—1945），江苏人。主要作品有《晞露集》《归客与鸟》《夏虫集》等。

这是一篇充满诗情画意的文字。作者在冬天的晴日下漫步，看到了矮坡上的小花，引发了"花床"的联想，勾起了对远方亡失伴侣的思念。虽然是寒冷的冬天，但正如作者所说："埋葬着爱的地方，在那里也蕴藏着温暖。"作者对生死看得很透，在他看来，能和自己心爱的人一起长眠于"花床"之下是一件幸福的事情。文章的主题是悼念逝去的爱人，但一股清新之风扑面而来，堪称佳作。

致萧军

□〔中国〕萧红

均：

今天我才是第一次自己出去走个远路，其实我看也不过三五里，去的是神保町，那地方的书局很多，也很热闹，但自己走起来也总觉得没什么趣味，想买点什么，也没有买，又沿路走回来了。觉得很生疏，街路和风景都不同，但有黑色的河，那和徐家汇一样，上面是有破船的，船上也有女人、孩子，也是穿着破烂衣裳，并且那黑水的气味也一样，像这样的河巴黎也会有！

你的小伤风既然伤了许多日子也应该管他，吃点阿司匹林吧！一吃就好。

现在我庄严地告诉你一件事情，在你看到之后一定要在回信上写明！就是第一件你要买个软枕头，看过我的信就去买！硬枕头使脑神经很坏。你若不买，来信也告诉我一声，我这边买两个给你寄去，不贵，并且很软。第二件你要买一张当作被子来用的有毛的那种单子，就像我带来的那样的，不过更该厚点。你若懒得买，来信也告诉我，也为你寄去。还有，不要忘了夜里不要（吃）东西。没有了。以上这就是所有的这封信上的重要事情。

照相机你现在也有用了，再寄一些照片来。我在这里多少有点苦寂，不过也没什么，多写些东西也就添补起来了。

旧地重游是很有趣的，并且有那样可爱的海！你现在一定洗海澡去了好几次了？但怕你没有脱衣裳的房子。

你再来信说你这样好那样好，我可说不定也去，我的稿费也可以够了。你怕不怕？我是和（你）开玩笑，也许是假玩笑。

你随手有什么我没看过的书也寄一本两本来！实在没有书读，越寂寞就越想读书，一天晚上不说话，再加上一天到晚也不看一个字我觉得很残忍，又像我从（前）在旅馆一个人住着的那个样子。但有钱，有钱除掉吃饭也买不到别的趣味。

祝好。

萧上八月十七日

佳作赏析：

萧红（1911—1942），黑龙江呼兰人。著有《呼兰河传》《生死场》《回忆鲁迅先生》等。

这是萧红写给萧军的一封信。在信中，萧红叙述了自己在日本期间的生活情况，与此同时，她几乎下命令似的要求萧军买几样东西，从中可以看出她对自己爱人身体和生活上的关心。与那些充满浪漫色彩、激情澎湃的情书相比，萧红的信中讲的都是一些生活琐事，而正是这些看似不起眼的琐事反映出萧红和萧军之间那深厚而细腻的感情。

希望固然有

□ ［中国］萧红

均：

因为夜里发烧，一个月来，就是嘴唇，这一块那一块的破着，精神也烦躁得很，所以一直把工作停了下来，想了些无用的和辽远的想头。

买了三张画，东墙上一张，北墙上一张。一张是一男一女在长廊上相会，廊口处站着一个弹琴的女人。还有一张是关于战争的，在一个破屋子里把花瓶打碎了，因为喝了酒，军人穿着绿裤子就跳舞。我最喜欢的是第三张，一个小孩睡在檐下了，在椅子上，靠着软枕。旁边来了的大概是她的母亲，在栅栏外肩扛着大镰刀的大概是她的父亲。那檐下方块石头的廊道，那远处微红的晚霞，那茅草的屋檐，檐下开着的格窗，那孩子双双垂着的两条小腿，真是好。不瞒你说，因为看到了那女孩好像看到自己似的，我小的时候就是那样，所以我很爱她。

这里没有书看，有时候自己很生气。看看《水浒》吧！看着看着就睡着了，夜半里的头痛和噩梦对于我是非常坏。前夜就是那样醒来的，而不敢再睡了。

我的那瓶红色酒，到现在还是多半瓶，前天我偶然借了房东的锅子烧了点菜，就在火盆上烧的（对了，我还没有告诉你，我已经买了火盆，前天是星期日，我来试试）。小桌子，摆好了，但吃起来不是滋味，于是反受了感触，我虽不是什么多情的人，但也有些感触，于是把房东的孩子唤来，对面吃了。

地震，真是骇人，小的没有什么，上次震得可不小，两三分钟，房子格格地响着，表在墙上摇着。天还未明，我开了灯，也被震灭了，我梦里梦憧地穿着短衣裳跑下楼去。房东也起来了，他们好像要逃的样子，隔壁的老太婆叫唤着我，开着门，人却没有应声，等她看到我是在楼下，大家大笑了一场。

纸烟向来不抽了，可是近几天忽然又挂在嘴上。胃很好，很能吃，就好像我们在顶穷的时候那样，就连块面包皮也是喜欢的。点心之类，不敢买，买了就放不下。也许因为日本饭没有油水的关系，早饭一毛钱，晚饭两毛钱，中午两片面包、一瓶牛奶。越能吃，我越节制着它。我想胃病好了也就是这个原因。但是闲饥难忍，这是不错的。但就把自己布置到这里了，精神上的不能忍也忍了下去，何况这一个饥呢？

又收到了五十元的汇票，不少了。你的费用也不小，再有钱就留下你用吧，明年一月末，照预算是够了的。

前些日子，总梦想着今冬要去滑冰，这里的别的东西都贵，只有滑冰鞋又好又便宜。旧货店门口，挂着的崭新的，简直看不出是旧货，鞋和刀子都好，十一元，还有八九元的也好。但滑冰场一点钟的门票五角，还离得很远，车钱不算，我合计一下，这干不得。我又打算随时买一点旧画，中国是没处买的，一方面留着带回国去，一方面围着火炉看一看，消消寂寞。

均，你是还没过过这样的生活，和蛹一样，自己被卷在茧里去了。希望固然有，目的也固然有，但是都那么远和那么大。人尽靠着远的和大的来生活是不行的，虽然生活是为着将来而不是为着现在。

窗上洒满着白月的当儿，我愿意关了灯，坐下来沉默一些时候，就在这沉默中，忽然像有警钟似的来到我的心上："这不就是我的黄金时代吗？此刻。"于是我摸着桌布，回身摸着藤椅的边沿，而后把手举到面前，模模糊糊的，但确认定这是自己的手，而后再看到那单细的窗棂上去。是的，自己就在日本，自由和舒适，平静和安闲，经济一点儿也不压迫，这真是黄金时代，是在笼子过的。从此我又想到了别的，什么事来到我这里就不对了，也不是时候了。对于自己的平安，显然是有些不惯，所以又爱这平安，又怕这平安。

均，上面又写了一些怕又引起你误解的一些话，因为一向你看得我很弱。

吟

十一月十九日

佳作赏析：

这是萧红写给萧军的另一封信，此时两人感情已经出现了裂痕。具有东北男人脾性的萧军，脾气暴躁，而富于反抗精神的萧红不甘成为他的附属品。于是，二人的争斗不可避免了。在信中我们可以看到，萧红的生活有了暂时的安稳，病情也有所好转，但到日本的不适和孤独也伴随着她。在这个"自由和舒适，平静和安闲，经济一点儿也不压迫"的地方，虽然是萧红的"黄金时代"，但她觉得"是在笼子过的"。

致胡也频

□ [中国] 丁玲

爱人：

　　先说这时候，是十一点半，夜里。大的雷电已响了四十分钟，是你走后的第二次了。雨的声音也庞杂，然而却只更显出了夜的死寂。一切的声音都消失了，唯有那无止的狂吼的雷雨和着怕人的闪电在人间来示威。我是不能睡去的，但也并不怎样便因这而更感到寂寞和难过，这是因为在吃晚饭前曾接到一封甜蜜的信，是从青岛寄来的。大约你总可猜到这是谁才有这荣幸吧。不能睡！一半为的雷电太大了，即便睡下去，也不会睡着，或更会无聊起来，一半也是为的人有点兴奋，愿意来同我爱说点话。在这样的静寂的雨夜里，和着紧张的雷雨的合奏，来细细的像我爱就在眼前一样地说一点话，不是更有趣味吗？（这趣味当然还是我爱所说的："趣味的孤独。"）

　　电灯也灭了，纵使再能燃，我也不能开，于是我又想了一个老法子，用猪油和水点了一盏小灯，这使我想起五年前在通丰公寓的一夜来。灯光微小的很，仅仅只能照在纸上，又时时为水爆炸起来，你可以从这纸上看出许多小油点。我是很艰难的写着这封信，自然也是有趣味的。

再说我的心情吧，我是多么感谢你的爱。你从一种极颓废、消极、无聊赖的生活中救了我。你只要几个字便能将我的已灰的意志唤醒来，你的一句话便给我无量的勇气和寂寞的生活去奋斗了。爱！我要努力，我有力量努力，不是为了钱，不是为了名，即使为偿补我们分离的苦绪也不是，是为了使我爱的希望不要失去，是为的我爱的欢乐啊！过去的，糟蹋了，我的成绩太惭愧，然而从明天起我必须遵照我爱的意思去生活。而且我是希望爱要天天来信勉励我，因为我是靠着这而生存的。

你刚走后，我是还可以镇静，也许是一种兴奋吧，不知为什么，从前天下午起，就是从看影戏起便一切全变了，××邀我去吃饭，我死也不肯，××房里也不去，一人蹲在家里只想哭。昨天一清早，楼下听差敲房门（因为××也没有用娘姨）说有快信，我糊里糊涂地爬起来，满以为是你的来信，高兴得了不得，谁知预备去看时，才知道是×××来的，虽说他为我寄了十一元钱来，我是一点也不快乐的，而且反更添了许多懊恼了。下午一人在家（××两个看电影去了），天气又冷，烧了一些报纸和《红黑》《华严》，人是无聊得很，几次想给你写信，但是不敢写，因为我不敢告诉你我的快死的情形，几次这样想，不进福民也算了，不写文章也算了，借点钱跑到济南去吧。总之我还是不写，我想过了几天再写给你，说是忙得很便算了。一直到晚上才坐在桌边，想写一首诗，用心想了好久，总不会，只写了四句散文，自己觉得太不好，且觉得无希望，所以又只好搁笔了。现在抄在下面你看看，以为如何（自然不会好）：

> 没有一个譬喻，
> 没有一句凑当的成语；
> 即使伟大的诗人呵，

也体会不到一个在思念着爱人的心情。

唉！频！你真不晓得一个人在自己烧好饭又去吃饭时的心情，我是屡次都为了这而忍不住大哭起来的。

楼下听差我给了他一块钱，因为我常常要他开门和送信。因此自己觉得更可怜了，便也曾哭过的。

今天一起身看见天气好，老早爬起来，想振作，吃了一碗现饭，便拿了《壁下译丛》到公园去了。谁知太阳靠不住，时隐时现，而风却很大，我望着那蠢然大块压着的灰色的重云，我想假使我能在天上，也不会快乐的了。我不久便又踽踽地走回来了。下午××两人又去看电影，邀我去，我不愿，我是宁可一人在家思念我的爱而不愿陪人去玩，说得老实点，说是想依着别人去混过无聊的时日。在丁玲是不干的。可是天气还是冷，你知道，一冷我是无办法，所以在黄昏我便买了半块钱的炭回来了。现在还是很暖和的一边烤着火，一边为你写信。若是没有一点火，我是不坐下来的。

现在呢，人很快乐。有你一切都好，有你爱我，我真幸福，我会写文章的。而且我决定安心等到暑假再和你相聚，照我们的计划做去，而且也决心，也宣誓以后再不离开了。

雷电已过去，只下着小雨，夜是更深了。灯也亮了，人也倦了，明天再谈吧，祝我的爱好好地睡！我真的是多么甜蜜而又微笑地吻了你来信好几下呢！

一点差十分

你爱的曼珈

佳作赏析：

丁玲（1904—1986），原名蒋伟，字冰之。湖南临澧人。中国当代女作家。

代表作品有《莎菲女士的日记》《太阳照在桑干河上》等。

　　这是丁玲写给爱人胡也频的信。在信中，丁玲叙述了自己半夜睡不着起来在微弱小油灯下写信的情形。丁玲用倒叙的手法，向胡也频讲述了自己一天中的所作所为，表达了自己对两个人爱情的看法，还附上了自己写的诗歌，字里行间流淌着对爱人的思念之情。

不算情书

□〔中国〕丁玲

我这两天心都不离开你，都想着你。我以为你今天会来，又以为会接到你的信，但是到现在五点半钟了，这证明了我的失望。

我近来的确是换了一个人，这个我应该告诉你，我还是喜欢什么都告诉你，把你当一个我最靠得住的朋友，你自然高兴我这样，我知道你"永远"不会离弃我的，因为我们是太好，我们的相互的理解和默契，是超过了我们的说话，超过了一般人所能理解的地位。其实我不告诉你，你也知道，你已经感觉到，你当然高兴我能变，能够变得好一点，不过也许你觉得我是在对你冷淡了，你或者会有点不是你愿意承认的些微的难过。就是这个使得你不敢在我面前任意说话，使你常常想从我这里逃掉。你是希望能同我痛痛快快谈一次天的，我也希望我们把什么都说出，你当然是更愿意听我的意见的，所以我无妨在这里多说一点我自己，和你。但是我希望得听你详细的回答。

好些人都说我：我知道有许多人背地里把我作谈话的资料的时候是这样批评，他们不会有好的批评的，他们一定总以为丁玲是一个浪漫（这完全是骂人的意思）的人，以为是好用感情（与热情不同）的人，是一个把男女关系看作有趣和随便（是撒烂污意思）的人。然而我自己知道，从我的心上，在过去的历史中，我真真的只追过一个男人，只有这个男人燃烧过我的心，使我起一些狂炽的（注意：并不是那么机械的可怕的说法）欲念。我曾把许多大的生活的幻想放在这里过，我也把极小的极平凡的俗念放在这里过，我痛苦了好几年，我总是压制我。我用梦幻做过安慰，梦幻也使我的血沸腾，使我只想跳，只想捶打什么，我不扯谎，我应该告诉你，我现在可以告诉你了（可怜我在过去几年中，我是多么只想告诉你而不能），这男人是你，是叫着"××"的男人。也许你不会十分相信我这些话，觉得说过了火，不过我可以向你再加解释。易加说我的那句话有一部分理由，别人爱我，我不会怎样的，蓬子说我冷酷，也是对的。我真的从不尊视别人的感情，所以我们过去的有许多事我们不必说它，我们只说我和也频的关系。

我不否认，我是爱他的，不过我们开始，那时我们真太小，我们像一切小孩般好像用爱情做游戏，我们造作出一些苦恼，我们非常高兴地就玩在一起了。我们什么也不怕，也不想，我们日里牵着手一块玩，夜里抱着一块睡，我们常常在笑里，我们另外有一个天地。我们不想到一切俗事，我们真像是神话中的孩子们一样过了一阵。到后来，大半年过去了，我们才慢慢地落到实际上来，才看出我们是一个男人和一个女人，是被一般人认为夫妻关系的。当然我们好笑这些，不过我们却更相爱了，一直到后来看到你，使我不能离开他的，也是因为我们过去纯洁无疵的天真；一直到后来，使我同你断绝，宁肯让我一个人知道，我是把苦痛隐藏在心头，也是因为我们过去无疵的天真，和也频逐渐对于我的热爱。

可怕的男性的热爱，总之，后来不必多说它，虽说我自己也是一天一天对他好起来，总之，我和他相爱得太自然太容易了，我没有不安过，我没有幻想过，我没有苦痛过，然而对于你，真真是追求，真有过宁肯失去一切而只要听到你一句话，就是说"我爱你！"你不难想着我的过去，我曾有过的疯狂，你想，我的眼睛，我不肯失去一个时间不望着你，我的手，我一得机会就要放在你的掌握中，我的接吻……

　　我想过，我想过（我现在才不愿骗自己说出老实话）同你到上海去，我想过同你到日本去，我做过那样的幻想。假使不是也频我一定走了。假使你是另外一付性格，像也频那样的人，你能够更鼓励我一点，说不定我也许走了。你为什么在那时不更爱我一点，为什么不想获得我？我走了，我们在上海又遇着，我知道我的幻想只能成为一种幻想，我感到我不能离开也频，我感到你没有勇气，不过我对你一点也没有变，一直到你离开杭州。你可以回想，我都是一种态度，一种意属于你的态度，一种把你看得最愿信托的人看。我对你几多坦白，几多顺从，我从来没有对人那样过。你又走了，我没有因为隔离便冷淡下我对你的情感，我觉得每天在一早醒来，那些伴着鸟声来我心中的你的影子，是使我几多觉得幸福的事。每每当我不得不因为也频而将你的来信烧去时，我心中填满的也还是满足。我只要想看这世界上有那么一个人，我爱着他，而他爱着我，虽说不见面，我也觉得是快乐，是有生活的勇气，是有生下的必要的。而且我也痛苦过，这里面不缺少矛盾，我常常想你，我常常感到不够，在和也频的许多接吻中，我常常想着要有一个是你的就好了。我常常想能再睡在你怀里一次，你的手放在我心上。我尤其当着有月亮的夜晚，我在那些大树的林中走着，我睡在石栏上从叶子中去望着星星，我的心跑到很远很远，一种完全空的境界，那里只有你的幻影。"唉，怎么得再来个会晤呢，我要见他，只要一分钟就够了。"这念头常常抓住我，唉，××！为什么你不来一趟，你是爱我的，你不必赖，你没有从我这里跑开过一次，然而你，你没有勇气和热情，你没有来，没有在我要你的时候来，你来迟了一点，你来的时候我不愿意见你了。所以只给了你一个不愉快的陈迹。从这时起，我们形式上一天一天的远了。你难过过，你又愿意忘记我，你同另外的女人好了。我呢，我仍旧不变我对你抱着绝对的相信，我还是想你，忍着一切，多少次只想再给你一封信，多少次只想我们再相见，可是忍耐过去了。我总认为你还是爱我的，我永远是爱着你，依靠着你，我想着你爱我，不断地，你一定关心我得厉害，我就更高兴，更想向上，更感觉

139
·
纯情私语卷

着不孤单，更感觉充实而愿意好好做人下去。这些话我同你说过，同昭说过，同乃超也说过，你不十分注意，他们也不理解，可是我真的这样生活了几年，只有蓬子知道我不扯谎。我过去同他说到这上面，讲到我几年隐忍在心头的痛苦，讲到你给我永生不可磨灭的难堪。后来我们又遇着了。自然，我们又碰在一块儿了，我们的确永远都要在一块儿的，你没有理我，每次我们遇见，你都在我的心上投下了一块巨石，使我有几天不安，而且不仅是遇见，每次当也频出去，预知了他又要见着你时，我仿佛也就不安地又站在你的面前了。我不愿扰乱你，我也不愿扰乱也频，我不愿因为我是个女人，我来用爱情扰乱别人的工作，我还是愿意我一个吃苦，所以在这一期间是没有人可以看到我的心境的。一直到最近的前一些日子，在北四川路看到你，看到你昂然从我身后大踏步地跑到我的前面去，你不理我，你把我当一个不相识者，你把我当一个不足道者的那样子，使我的心为你的后影剧烈地跳着，又为你的态度伤心着。我恨你，我常常所气愤地想："哼，你以为我还在爱你吗？"但是我永远不介意你给我的不尊敬，我最会原谅你，我想在马路上再一次看见你，看你怎么样，而且我常在你住的那一带跑起来。你总是那么不睬我的，实际上，假如我不愿离开你，我又得常常和你见面，这事非常使我不如意，我只好好好地向你做一次解释，希望你把我当一个男人，不要以为我还会和你麻烦（就是说爱你）。我们现在纯粹是同志，过去的一切不讲它，我们像一般同志们那样亲热和自然，不要不理我，使我们不方便。我当然解释得很好，实际上是需要这样解释，而且我也已经习惯了忍耐的，所以结果是很好。然而我始终是爱着你，每次和你谈后，我就更快乐，更有着要生的需要，只想怎么好好做人。每次到恨自己的时候，到觉得一切都无希望的时候，只要你一来，我又觉得那些想象太好笑了，我又要做人，到现在我有这样的稳定，我的无聊的那些空想头，几至完全没了，实在是因为有你给我的勇气，××！只有你，只有你对我的希望，和对于我的个人的计划，一种向正确路上去的计划，是对我有最大的帮助的。这都是些不可否认的历史。我说的最近吧。

　　我已经是比较有理性有克制的人了，然而我对你还是有欲望，我还是做梦，梦想到我们的生活怎么能联系在一起。想着我们在一张桌上写文章，在一张椅子上读书，在一块做事，我们可以随便谈什么，同其他的人比更不拘束些，更真实些，我们因为我们的相爱而更有精神起来，更努力起来，我们对人生更不放松了。我连最小的地方也想到了，想到你的头发一定可以洗干净（因为有好几次看到你的头发脏）。想到你的脾气一定可以好起来，而你对同志间的感情也可以更好起来，我觉得你有些地方是难于使人了解的，当然我能了解你那些。而我呢，我一定勤快，因为你喜欢我那样，我一定要有理性，因为你喜欢我那样，我一定要做一个最好的人，一点小事都不放松，都向着你最喜欢我的那么做去，当然我不是说我是因为一个男人才肯好好地活。然而事实一定是那样，因为有了你，我能更好好的做人，我确实可以更好点是无疑的。而且这绝不是坏的事，不过，这好像还是些梦想，我觉得不知为什么我们总不能联系起来，总不能像一般人平凡地生活下去，这平凡就是你所说的健全。所以我总是常常要对你说，希望你能更爱我一点就好。所以我常常有点难过，我不知应该怎样来对你说出我新有的梦幻。这是，我最近的过去是这样的，一直到写信以前都这样。

而我现在呢，我稍稍有点变更，因为我看见你那么无主意，我愿意。……我不想苦恼人，我愿意我们都平平静静地生活，都做事，不再做清谈了。……

这封信本来预备写得很长的，可是今天在见你之后，心绪又乱了起来，我不能续下去了。有许多话觉得不愿说下去了，觉得这信也不必给你，我真是一个不中用的人，希望你能干，你强。这样我可以惭愧，可以痛苦，可以一切都不管，可以只知好好做人了。勉励我，像我所期望于你的那样，帮助我，因为我的心总是向上的。我这时心乱得很。好，祝你好，我永远的朋友！

一九三一年八月十一日

压了两天，终于想还是寄给你的好。这没有说完的一半话，就是说，我改变了，你既是喜欢的，你就不要以为我对你冷淡而心里难过，又对我疏远起来。那是要几多使我灰心的！帮助我，使我好好地做人。希望你今天会来。

十三日上午

一夜来，人总不能睡好。时时从梦中醒来，醒来也还是像在梦中，充满了甜蜜，不知有多少东西在心中汹涌，只想能够告诉人一些什么，只想能够大声地笑，只想做一点什么天真、愚蠢的动作，然而又都不愿意，只愿意停留在沉思中，因为这里被你的影子占据满了，你的声音和一切形态，还有你的爱，我们的爱情，这只有我们两人能够深深体会的，没有俗气的爱情！我望着墙，白的，我望着天空，蓝的，我望着冥冥中，浮动着尘埃，然而这些东西都因为你，因为我们的爱而变得多么亲切于我了呵！今天是一个好天气，比昨天还好，像三月里的天气一样。我想到，我只想能够再挨在你身边，不倦地走去，不倦地谈话，像我们曾有过的一样，或者比那个更好。然而，不能够，你为事绊着，你一定有事。我呢，我不敢再扰你，用大的力将自己压住在这椅子上，想好好地写一点文章，因为我想我能好好写文章，你会更快乐些，可是文章写不下去，心远远飞走了，飞到那些有亮光的白上，和你紧紧抱在一起，身子也为幸福浮着……

本来我有许多话要讲给你听，要告诉你许多关于我们的话，可是，我又不愿写下去。等着那一天到来，到我可以又长长地躺在你身边，你抱着我的时候，我们再尽情地说我们的，深埋在心中，永世也无从消灭的我们的爱情吧。

我告诉你的而且我要你爱我的！

你的"德娃利斯"

一九三二年一月五日

丁玲与胡也频生活了一段时间以后，胡也频被反动势力杀害。一段时间以后，另一个男人闯进了丁玲的生活，也就是丁玲在这封信中提到的爱人。在这封信中，丁玲坦诚地谈了自己过去与胡也频的相关情况，表达了对爱人炽热的爱，可以看出，丁玲是一个敢想、敢爱、敢恨的新女性，坦率、耿直。

红豆

□ ［中国］ 陆蠡

听说我要结婚了，南方的朋友寄给我一颗红豆。

当这小小的包裹寄到的时候，已是婚后的第三天。宾客们回去的回去，走的走，散的散，留下来的也懒得闹，躺在椅子上喝茶嗑瓜子。

一切都恢复了往日的冲和。

新娘温娴而知礼的，坐在房中没有出来。

我收到这包裹，我急忙地把它拆开。里面是一只小木盒，木盒里衬着丝绢，丝绢上放着一颗莹晶可爱的红豆。

"啊！别致！"我惊异地喊起来。

这是 K 君寄来的，和他好久不见面了。和这邮包一起的，还有他短短的信，说些祝福的话。

我赏玩着这颗红豆。这是很美丽的。全部都有可喜的红色，长成很匀整细巧的心脏形，尖端微微偏左，不太尖，也不太圆。另一端有一条白的小眼睛。这是豆的胚珠在长大时联系在豆荚上的所在。因为有了这标识，这豆才有异于红的宝石或红的玛瑙，而成为蕴藏着生命的酵素的有机体了。

我把这颗豆递给新娘。她正在卸去早晨穿的盛服，换上了浅蓝色的外衫。

我告诉她这是一位远地的朋友寄来的红豆。这是祝我们快乐，祝我们如意，祝我们吉祥。

她相信我的话，但眼中不相信这颗豆为何有这么多的涵义。她在细细地反复检视着，洁白的手摩挲这小小的豆。

"这不像蚕豆，也不像扁豆，倒有几分像枇杷核子。"

我怃然，这颗豆在她的手里便失去了许多身份。

于是，我又告诉她这是爱的象征，幸福的象征，诗里面所歌咏的，书里面所写的，这是不易得的东西。

她没有回答，显然这对她是难懂，只干涩地问：

"这吃得么？"

"既然是豆，当然吃得。"我随口回答。

晚上，我亲自到厨房里用喜筵留下来的最名贵的佐料，将这颗红豆制成一小碟羹汤，亲自拿到新房中来。

新娘茫然不解我为何这样殷勤，友爱的眼光落在我的脸上，嘴唇微微一噘。

我请她先喝一口这亲制的羹汤。她饮了一匙，皱皱眉头不说话，我拿过来尝一尝，这味辛而涩的，好像生吃的杏仁。

我想起一句古老的话，呵呵大笑地倒在床上。

佳作赏析：

陆蠡（1908—1942），浙江天台人，作家。著有散文集《海星》《竹刀》《囚绿记》等。

新婚之日，远方的朋友千里迢迢寄来一颗红豆，并附上祝福的话。对于这一颗颇具浪漫色彩和纪念意义的礼物，新郎官欣喜不已，而新娘则有些不解。

新郎特意将红豆煮成羹汤请新娘品尝，没想到味道却不尽如人意。爱情、友情交织在一起，而结尾作者的一句"我想起一句古老的话，呵呵大笑地倒在床上"则暗带双关，令人好奇不已，回味无穷。

春野

□〔中国〕陆蠡

江风吹过寂寞的春野。

是余寒未消的孟春之月。

本来，我们不是牵上双手么？

沿着没有路径的江边走去，目送着足畔的浪花，小蟹从石缝中出来，见人复迅速逃避。

畦间的菜花正开。

走到这古废的江台前面，我们回来，互相握紧着双手。

江风吹过葱茏的春野。

是微懊的仲春之月。

本来，我们不是靠坐在一起，在这倾斜的坡前？

我们是无言，我们拈拨着地上的花草：紫花地丁，蒲公英，莎草，车前。

当我看见了白花的地丁而惊异的算是一种空前的发现时，你笑我，因为你随手便抓来几朵了。这并不是稀珍的品种。

将窃衣的果实散在你的头发上，像吸血的牛绳粘住拉不松去。

你懊怒了。

用莎草的细梗在地面的小圆洞洞里钓出一条大的肥白的虫来，会使你吓一大跳。我原是野孩子出身啊！

蒲公英的白浆，在你的指上变黑了。

江风吹着苍郁的春野。

春已暮。

本来，我们不是并肩立在一起，遥数着不知名的冢上的纸幡？

纸钱的灰在风中飞舞。过了清明了。

在林中的一角，我们说过相爱的话。

不，我们只不过说过互相喜悦的话罢了。

你的平洁的额际的明眸，令人想起高的天和深的湖水。我在你的瞳睛中照见我自己的脸，我爱你的眸子啊！

你也在望着我的眼睛，但它们是鲁钝、板滞、朦胧。

"我便爱你这板滞和朦胧啊！"

感谢你给我的幸福。

江风吹过寥落的春野。

过了一年，两年，十年，我们都分散了。

也许我们遇见竟不会相识。

现在，只有我一人踏过这熟识的春野。

我知道这郊野的每一个方角，且喜这山间没有伸进都市的触角来呢。那边是石桥，一块石板已塌到水里去了。那边有一株树，表皮上刻着我不欢喜的而你也不欢喜的字，随着树皮拉长开来，怪难看的——因此我恨削铅笔的小刀，到现在我都没有买过一把——目前也许拉得更长了。还有被我们烧野火时燔毁了的石条，缝中长出了荆棘罢。

雨后润湿的地土，留下我的脚印。印在这地土上的，只有我的孤单的脚印。

豌豆的花正开。

脸上扑过不知名的带着绒毛的花的种子。

高的天和深的湖水令我想起你的眼睛来呢。

我仍是赍负着这板滞的蒙眬的眼睛。红丝笼上了它们的巩膜。不久，我会失去这蒙眬的眼睛，随着我的所有。

我会忧郁么？不，既然你是幸福。

我不过偶然来这郊游罢了。

佳作赏析：

春暖花开，一个人在江边漫步，触景伤情，怀念故人。作者的叙述既是写实，又带有几分浪漫色彩。曾经的恋人，青葱的岁月，一切都随着时间的流逝、世事的变迁而远去了，甜蜜的回忆也好，痛苦的思念也罢，都已成过眼云烟。文章语言舒缓，意境悠远，结尾一句"我不过偶然来这郊游罢了"，平淡中透着深义，引人深思。

不速之客

□ [中国] 郑振铎

这里离上海虽然不过一天的路程，但我们却以为上海是远了，很远了。每日不再听见隆隆的机器声，不再有一堆一堆的稿子待阅，不再有一束一束来往的信件。这里有的是白云，是竹林，是青山，如果整日地靠在红栏杆上，看看山，看看田野，看看书，那么，便可以完全与外面的世界隔绝。偶然地听着鸟声叽咯叽咯的啭着，或一只两只小鸟，如疾矢似的飞过槛外，或三五丛蝉声漫长地和唱着，却更足以显出山中的静谧与心中的静谧来。

然而我们每天却有两次或三次是要与上海及外面世界接触的：一次便是早晨八时左右邮差的降临，那是照例总有几封信及一束日报递来的。如果今天邮差迟了一点来，或没有信件，我们心里便有些不安逸。"我有信没有？"一见绿衣人的急步噔噔噔地上了楼，便这样的问；有时在路上遇见了，那时时间是更早，也便以这同样的问题问他。他跑得满头是汗，从邮袋中取了信件日报出来，便又匆匆地转身下楼了。

我到了山中不到三天，已与这个邮差熟悉。因为每次送这一带地方邮件的总是他。据他说，今年上山的人不到三百。因为熟悉了，在中途向他要信时，他当然不会不给的。

再一次是下午五时左右：那时带了外面的消息来的，又是邮差，且又是同样的那个邮差，不过这一次是靠不住的，有时来，有时不来。

最后一次是夜间九、十时左右，那时是上海或杭州的旅客由山下坐了轿子来的时候。因为滴翠轩的一部分是旅馆，所以常常有旅客来。我的房间隔壁，有两间空房，后面也有一间，这几个房间的住客是常常更换的。有时是官僚，有时是军人，有时是教育家，有时是学生——我还曾在茶房扫除房间时，见到一封住客弃掉的诉说大学生活的苦闷的信——有时是商人，有时是单身，有时是带了女眷。虽然我是不大同他们攀谈的，但见了他们的各式各样的脸，各式各样的举动，也颇有趣。不过他们来时，往往我们已经睡了。

第二天一清晨，便听见老妈子们纷纷传说来的是什么样的人。有时，座谈得迟了，便也看见他们上山。大约每一两夜总有一批人来。一见轿夫挑夫的喧语，呼唤茶房的声音，楼梯上杂乱匆促的足步声，便知山客是又多了几个了。

有时，坐在廊前，也看见对山有灯火荧荧的移动。老妈子们便道："又有人上山了。"刘妈道："一个，两个，还有一个，妈妈呀，轿子多着呢！今天来的人真不少呀！"这些人当然不是到滴翠轩来的，因为到滴翠轩是走老路近，而对山却是新路，轿夫们向来不走的。走新路的，都是到岭上各处别墅上去的。

第一次和第二次的外面消息，是我们所最盼望的，因为带来的是与我们有关的消息。尤其热忱地候着的是我。因为，箴没有和我同来，我几次写信去，总催她快些上山来。上海太热，是其一因，还有……

别离，那真不是轻易说的。如果你偶然孤身做客在外，如果你不是怕见你那母夜叉似的妻，如果你没有在外眷恋了别一个女郎，你必定会时时地想思到家中的她，必定会有一种说不出的离情别绪萦挂在心头的，必定会时时地因事，因了极小极小的事，而感到一种思乡或思家之情怀的。那是每个人都是这个样子的，毋庸其讳言。即使你和她向来并不怎么和睦，常常要口角几声，隔了几天，且要大闹一次的，然而到了别离之后，你却在心头翻腾着对于她的好感。别离使你忘了她的坏处，而只想到了她，特别是她的好处。

也许你们一见面，仍然再要口角，再要拍桌子，摔东西的大闹，然而这时却有一根极坚固极大的无形的情线把你和她牵住，要使你们互相接近。你到了快归家时，你心里必定是"归心如箭"；你到了有机会时，必定要立刻地接了她出来同住。有几个朋友，在外面当教员的，一到暑假，经过上海回家时，必定是极匆忙地回去，多留一天也不肯。"他是急于要想和他夫人见面呢。"

大家都嘲笑似的谈着。那不必笑，换了你，也是要如此的。

这也毋庸讳言，我在这里，当然的，时时要想念到她。我写了好几封信给她，邀她来。"如果路上没有伴，可叫江妈同来。"但她回了信，都说不能来。我们大约每天总有一封信来往，有时有两封信，然而写了信，读了信，却更引起了离别之感。偶然她有一天没有信来，那当然是要整天的不安逸的。

"铎，你不在，我怎么都不舒服，常常地无端生气，还哭了几次呢。你什么时候才能回来呢？"这是她在我走了第二日写来的信。

凄然的离情，弥漫了全个心头，眼眶中似乎有些潮润，良久，良久，还觉得不大舒适。

听心南先生说，有两位女同事写信告诉他，要到山上来住。那是很好的机会，可以与箴结伴同行的。我兴冲冲地写了信去约她。但她们却终于没有成行，当然她也不来了。我每天匆匆地工作着，预备早几天把要做的工做完。她既不能来，还是我早些回去吧。

有一次，我写信叫她寄了些我爱吃的东西来。她回信道："明后天有两位你所想不到的人上山来，我当把那些东西托他们带上。"

这两位我所想不到的人是谁呢？执了信沉吟了许久，还猜不出。也许是那两位女同事也要来了吧？也许是别的亲友们吧？我也曾写信去约圣陶、予同他们来游玩几天，也许会是他们吧？

一天过去了，两天过去了，这两位还没有到，我几乎要淡忘了这事。

第三夜，十点钟的左右，我已经脱了衣，躺在床上看书。倦意渐渐迫上眼睑，正要吹灭了油灯，楼梯上突然有一阵匆促的杂乱的足步声。这足步到了房门口，停止了。是茶房的声音叫道：

"郑先生睡了没有？楼下有两位女客要找你。"

"是找我么？"

"她说是要找你。"

我心头扑扑地跳着。女客？那两位女同事竟来了么？匆匆地穿上了睡衣，黑漆漆地摸到楼梯边，却看不出站在门外的是谁。

"铎，你想得到是我来了么？"这是箴的声音，她由轿夫执的灯笼光中先看见了我，"是江妈伴了我来的。"

这真是一位完全想不到的不速之客！

在山中，我的情绪没有比这一时更激动得厉害的了。

一九二六年十一月二十八日

佳作赏析：

郑振铎在商务印书馆工作期间，总编辑高梦旦先生的小女儿高君箴，闯入了他的生活。她欣赏郑振铎人品好，有才华，有情人终成眷属，他们幸福的结合了。我们从《不速之客》这篇优美的文字可以看到正在爱恋中的男女主人公的爱恋心理，多么情意缠绵，正如古人所说，一日不见如三秋兮！一位完全想不到的"不速之客"，令作者激动不已。

致张兆和的信（一）

□［中国］沈从文

"求你将我放在你心上如印记，带在你臂上如戳记。"我念诵着雅歌来希望你，我的好人。

你的眼睛还没掉转来望我，只起了一个势，我早惊乱得同一只听到弹弓弦子响中的小雀了。我是这样怕与你灵魂接触，因为你太美丽了的缘故。

但这只小雀它愿意常常在弓弦响声下惊惊惶惶乱窜，从惊乱中它已找到更多的舒适快活了。

在青玉色的中天里，那些闪闪烁烁的星群，有你的眼睛存在：因你的眼睛也正是这样闪烁不定，且不要风吹。

在山谷中的溪涧里，那些清莹透明的山泉，也有你的眼睛存在：你眼睛我记着比这水还清莹透明，流动不止。

我侥幸又见到你一度微笑了，是在那晚风散放的盆莲旁边。这笑里有清香，我一点都不奇怪，本来你笑时是有种比清香还能沁人心脾的东西！

我见到你笑了，还找不出你的泪来。当我从一面篱笆前过身，见到那些嫩紫色牵牛花上附着的露珠，便想：倘若是她有什么不快事缠上了心，泪珠不是正同这露珠一样美丽，在凉月下会起虹彩吗？

我是那么想着，最后便把那朵牵牛花上的露珠用舌子舔干了。怎么这人哪，不将我泪珠穿起？你必不会这样来怪我，我实在没有这种本领。我头发白的太多了，纵使我能，也找不到穿它的东西！

病渴的人，每日里身上疼痛，心中悲哀，你当真愿意不愿给渴了的人一点甘露喝？

这如像做好事的善人一样，可怜路人的渴涸，济以茶汤。恩惠将附在这路人心上，做好事的人将蒙福至于永远。

我日里要做工，没有空闲。在夜里得了休息时，便沿着山涧去找你。我不怕虎狼，也不怕伸着两把钳子来吓我的蝎子，只想在月下见你一面。

碰到许多打起小小火把夜游的萤火，问它："朋友朋友，你曾见过一个人吗？"它说："你找那个人是个什么样子呢？"

我指那些闪闪烁烁的群星："哪，这是眼睛。"

我指那些飘忽白云："哪，这是衣裳。"

我要它静心去听那些涧泉和音："哪，她声音同这一样。"

我末了把刚从花园内摘来的那朵粉红玫瑰在它眼前晃了一下："哪，这是脸。"

这些小东西，虽不知道什么叫作骄傲，还老老实实听我所说的话。但当我问它听清白没有，只把头摇了摇就想跑。

"怎么，究竟见不见到呢？"——我赶着它追问。

"我这灯笼照我自己全身还不够！先生，放我吧，不然，我会又要绊倒在那些不忠厚的蜘蛛设就的圈套里……虽然它也不能奈何我，但我不愿意同它麻烦。先生，你还是问别的吧，再扯着我会赶不上她们了。"——它跑去了。

我行步迟钝，不能同它们一起遍山遍野去找你——但凡是山上有月色流注到的地方我都到了，不见你的踪迹。

回过头去，听那边山下有歌声飘扬过来，这歌声出于日光只能在墙外徘徊的狱中。我跑去为他们祝福：

你那些强健无知的公绵羊啊！

神给了你强健却吝了知识：

每日和平守分地咀嚼主人给你们的窝窝头，

疾病与忧愁永不凭附于身；

你们是有福了——阿门！

你那些懦弱无知的母绵羊啊！

神给了你温柔却吝了知识：

每日和平守分地咀嚼主人给你们的窝窝头，

失望与忧愁永不凭附于身；

你们也是有福了——阿门！

世界之霉一时侵不到你们身上，

你们但和平守分地生息在圈牢里：

能证明你主人的恩惠——

同时证明了你主人的富有；

你们都是有福了——阿门！

当我起身时，有两行眼泪挂在脸上。为别人流还是为自己流呢？我自己
还要问他人。但这时除了中天那轮凉月外，没有能做证明的人。

我要在你眼波中去洗我的手，摩到你的眼睛，太冷了。

倘若你的眼睛真是这样冷，在你鉴照下，有个人的心会结成冰。

一九二五年

　　沈从文（1902—1988），湖南凤凰人，作家、学者。有短篇小说集《八骏图》，中篇小说《边城》，长篇小说集《长河》，散文集《湘行散记》，学术论著《中国服装史》等。

　　沈从文作为散文大家，写起情书来也不同寻常、文采斐然。在这篇不长的文字中，沈从文运用比喻、排比等多种修辞手法，将张兆和的美丽容颜描绘得惟妙惟肖，将自己对她的爱慕、思念之情表达得淋漓尽致。天下哪个女子见了这样的情书能不怦然心动呢？

致张兆和的信（二）

□ ［中国］沈从文

　　我原以为我是个受得了寂寞的人。现在方明白我们自从在一起后，我就变成一个不能同你离开的人了。三三，想起你，我就忍受不了目前的一切。我想打东西，骂粗话，让冷气吹冻自己全身。我明白我同你离开越远反而越相近。但不成，我得同你在一起，这心才能安静，事也才能做好！

　　这船已到了柳林岔。我生平还是第一次看到这样好看的地方——千方积雪，高山皆作紫色，疏林绵延三四里，林中皆是人家的白屋顶。我的船便在这种景致中，快快地在水上跑，什么唐人宋人画都赶不上，看一年也不会厌倦。奇怪的是，本省的画家，从来不知向这么好的景物学习。学校中教员还是用个小瓶插一朵花，放个橘子，在那里虐待学生"写生"，其实是在那里"写死"！

　　三三，我这时还是想起许多次得罪你的地方，我的眼睛是湿的，模糊了。我先前对你说过："你生了我的气时，我便特别知道我如何爱你。"我眼睛湿湿地想着你一切的过去！我回来时，我不会使你生气面壁了。我在船上学会了反省，认清了自己种种的错处。只有你，方那么懂我并且原谅我。

我就这样一面看水一面想你。我快乐，我想应同你一起快乐；我闷，就想你在我必可以不闷；我同船老板吃饭，我盼望你也在一起吃饭。我至少还得在船上过七个日子，还不把下行的日子计算在内。你说，这七个日子我怎么办？我不能写文章就写信。这只手既然离开了你，也只有这么来折磨它了。

为了只想同你说话，我便钻进被盖中去，闭着眼睛。你听，船那么"呀呀"地响着，它说："两个人尽管说笑，不必担心那掌舵人。他的职务在看水，他忙着。"船真的"呀呀"地响着。可是我如今同谁去说？我不高兴！

梦里来赶我吧，我的船是黄的。尽管从梦里赶来，沿了我所画的小镇一直向西走。我想和你一同坐在船里，从船口望那一点紫色的小山；我想让一个木筏使你惊讶，因为那木筏上面还种菜；我想要你来使我的手暖和一些。我相信你从这纸上可以听到一种摇橹人的歌声，因为这张纸差不多浸透了好听的歌声！

一切声音皆像冷一般地凝固了，只有船底的声音，轻轻地轻轻地流过去。这声音使你感觉到它，几乎不是耳朵而是想象。这时真静，这时心是透明的，想一切皆深入无间。我在温习你的一切。我称量我的幸运，且计算它，但这无法使我弄清一点点。为了这幸福的自觉，我叹息了。倘若你这时见到我，我就会明白我如何温柔！

一切过去的种种，它的结局皆在把我推到你的身边和心边，你的一切过去也皆把我拉近你的身边和心边。我还要说的话不想让烛光听到，我将吹熄了这只蜡烛，在暗中向空虚去说！

佳作赏析：

沈从文在对张兆和展开了长期追求以后终于赢得美人心，两个人正式确立了恋爱关系，走到了一起。而此后沈从文对于张兆和的关心和爱恋不仅没有淡化，反而更加浓烈了。这封信就写于沈从文回老家湘西探亲途中，与张兆和的短暂分别引发了沈从文无尽的情思，苦苦的思念变成了动人的文字，可见沈从文对张兆和的爱恋之深。

致白英

□〔中国〕田汉

白英女士：

我应该写"白蛾女士"罢，据说这是你替自己取的名字，W 君和 Z 君在广州组织光明社，你飞蛾似的慕着他们的光明，所以才用这个名字的，但是有一句俗话说得太不好了："飞蛾扑灯，自取烧身之祸。"你慕光明固好，但自取烧身之祸，却不必的。所以我想替你找别的同声字。我曾写过一个戏，名叫《咖啡店之一夜》，这戏的女主人公我偶然使她叫"白秋英"，我不好全然用剧中人物的名称，只减损中间一字，就写作白英了。我并没有向你把这理由说明，但你昨夜来书写作白英，那么你自己也承认了，是不是？

你昨晚的信，是说要等着我严厉地回答的，但我这回答的开首，似乎就一点也不严厉，我怎么好对着一个含着眼泪，伸着手，向着我走来的女孩子说很严厉的话呢？我是不能的。

但，白英女士，你既然又将走入人生的歧途，或许重要坠入你所谓"恶魔的手里"的时候，让我给你一些忠告罢！

你的来信最使我不敢苟同的，是：知道我这样戏弄人是不对的，这也是我一时的错误。

"戏弄人？"我最怕听一个女孩子讲出"戏弄"两个字！"戏弄"者，是不长进的女孩子们滥用她们那小而又小的才智，廉卖她们那丑而又丑的爱娇，赚人家来了，而她又走开的意思。但当她自以为得计的时候，她不知她的灵魂早已着了万劫不拭的污点，她的生命早已失去千修难得的光辉，"戏弄人者人恒戏弄之"，这是一定不易的真理，这才真是"飞蛾扑灯，自取烧身之祸"呢！所以哲人戒人"玩火"。

"这是我一时的错误"，姑娘，这真是你一时的错误吗？你假如承认戏弄人是不对，是错误，那么你的错误该不是一时的了？你似乎一直戏弄着人，也一直被人戏弄着，这真是你的悲剧！你说你现在完全明白了吗？恐怕未必吧？一个聪敏的女子不容易明白她们说着什么，做着什么，她容易犯罪，容易忏悔，容易又回到"魔鬼的手里"，这是我看得太多的事！

据说你常常自比"茶花女"，我来和你谈一谈茶花女罢：我不愿意听你们三位那异口同声的感伤的文学，我只望你慢慢地知道茶花女究竟是怎么一种人物，她在说着什么？做着什么？

（马格里脱）人家给我的别名是什么？

（法维尔）茶花女。

（马格里脱）为什么？

（法维尔）因为你只戴这一种花。

（马格里脱）那就是说，我所爱的只有这一种花，把别种花送给我是无用的，我碰了别种花的香气就病。

这就是小仲马所创造的女性的特征了。她只爱这一种花，碰了别种花的香气就病，这里可以看见她的人格的统一。

姑娘！你不是也有你所爱的花吗？听说你爱的是蔷薇花，你曾取这个花名做你的名字，啊！白蔷薇！这是多么美丽，多么清纯的象征啊！你真是学茶花女的，便应该始终配着这朵花，做你人格的象征，指示你一生的运命；你不应该那么轻易地把那朵花揉碎了，扔掉了！

现在许我述一述我对你的印象罢：我和 H 先生到广州的那晚，T 先生便高兴地对我们说：

这儿有一位交际之花很仰慕你们，今天安排到码头去接你们呢！

那天晚上我们这两个旅行者就加入那大佛寺灯红酒绿鬓影衣香的玻璃厅，听 Foxtrot 的音乐了。我们刚一坐定，台上的音乐已完，电光一换，T 先生引着一个把漆黑的短发蓬蓬地梳在后面，褐缎短衫，青色舞裙的女郎，含着微笑，轻盈地走向我们的桌边来了：

这就是今天安排接你们的那位女士，密司白。

这女郎自然就是你了！实在你给我的第一印象虽不很深，却不能算坏。

"田先生，你接到了我的信，大概你会觉得奇怪，为什么我会写信给你呢？你知道我是谁么？我姓白，名蛾。我来上海的宗旨，是想找一个仁慈的妈妈，田先生，我希望你能够很爽快地答复我，说'好，我就做你的妈妈吧！'那么，我真不知多么畅快！上船的时间快到了，你想一个孩子希望她妈妈的心多么急切，可是夏天的日子又是多么难挨，啊，也许会是你女儿的白蛾上。"

初得这封信时，我确是免不了许多诧异，不知道我哪来这一个女儿！及阅 Z 君的信，才知道你到上海来的缘故。我不曾把你当作一新来的旅客，我只觉得你好像一个迷了路的小白鸽儿回到了她的母巢。那一天你随即同 w 君们到我的家见我的母亲，看我的排戏，看排我新做的"南归"。你听到那漂泊者接了手杖，戴上帽，提好行囊，背好 Guitar，用小刀刮去一年前在树皮上雕下的情诗，拾起一年前留下的破鞋，哀吟：

　　我，我要向遥遥无际的旅途流浪！

　　鞋啊，何时我们同倒在路旁，

　　同被人家深深的埋葬的时候，你们不都哭了吗？

　　你回旅馆去的时候，不马上吃饭也不写你的感想，说南国是穷的，是"悲哀"的吗？

　　不错，姑娘，南国是穷的，是悲哀的，但我们不能不严格地订正你的错误。他是穷而不断地干的，悲哀而热烈地奋斗的，他们将眼泪深深地葬了，他们将毫不瞻顾，踌躇地去建设国民的叙事诗年代。

　　后来你们搬到××坊了。Z君来告诉我，你这新生的玫瑰是何等的有勇气，能耐劳苦，你每晨乱头粗服地提着篮亲自走到新新里来买菜，其实这算得了什么，我们无产阶级里的女人们每天都这么做的，女人要有了阶级的自觉，才能保持她的尊严，革命前住在 Munich 的俄国亡命的女同志们有一句口号，极值得中国的女孩子们警醒，就是："没有一件衣服是不合新俄国女子穿的。"她们的衣服真是褴褛驳杂啊！但并不有损一个有革命勇气的新女人的美。只有穷的女孩子而拼命要学阔小姐们的样子的那才是丑，不但是丑，而且她们非因此而坠入你所谓"恶魔的手里"不可，这是必然的。

　　你刚到我家的时候，认识你的 K 小姐私下告诉我：这孩子是危险的女人！我知道，正因为危险，所以是好女人。

　　实在南国的女性谁不带几分危险性？我们怕的倒不是危险，而是下流；危险不失为罪恶的花，下流便是罪恶的渣滓。我知道你决不如此，而且女人的危险性十有八九都是和自己过不去的。

　　姑娘，我听说你跳舞之外，又会驰马、操车、游泳，很使我艳美。但一听到身体几年间给你自己摧残得很厉害，又何等使我黯然啊！听说你咯血之后，随又抽烟；卧病之后，随又游泳。这简直是自杀！简直是不想活了！茶花女是做了她境遇的牺牲，她的自我摧残是含有一种深恶绝痛。十数年来，受着命运颠簸的你！也自有你的深恶绝痛在罢？但以我所知，大部分的责任，似乎要让你的性格去负担。你怀着空漠的大望投到社会里来，想要得到你的光荣，你的快乐，但你的性格在那里作祟。使你得了些虚浮的、徒然摧残自己、毁灭自己的快乐，却一点没有得到建设你自己的光荣！而那些所谓快乐在你现在的回忆中，又是多么的一种难堪的痛苦啊！

我不忍再拿这些话来使你痛苦了，听说昨天你甚至吃了过度的麻醉药，好容易才救转来，自然这也是激于一时的情感。不过生命是多么难得的啊！你别再戏弄它罢。

南国是穷的，但他的同情极丰富；南国是悲哀的，但他们的态度极勇敢，工作极愉快，队伍极严肃；他不戏弄人，也不许谁被戏弄。

心肠过热，遂不觉其言之长，你该要看累了罢？我也耽搁了许多有用的工夫，我只希望沙乐美公演后我们有机会来演一次"茶花女"，或者即请你来做剧中的女主人公，那样一来，你该知道茶花女是怎么一个有生活内容的女人，而绝不是胡闹的了。溽暑中人，诸希善自珍爱！

田汉

佳作赏析：

田汉（1898—1968），原名寿昌，湖南省长沙县人。著名剧作家。中华人民共和国国歌《义勇军进行曲》词作者。代表作有《田汉剧作选》等。

这是一封田汉写给白英的回信。从信中可知，白英女士仰慕田汉的才华，已经对这位戏剧作家产生了好感。田汉的这封回信在与白英讨论关于戏剧以及人生问题时，也暗暗透露着对这位文艺女青年的好感。两个人在戏剧和文艺上有着许多共同语言，最终走到了一起，成为中国文艺界的一段佳话。

致萧珊

□〔中国〕巴金

蕴珍：

　　我们已经领到衣服和通行证，明天下午便出发了。我们搭下午五点四十钟的火车，后天上午十一点光景到沈阳。在沈阳大约还有五天的勾留。有一位前些时候因公回国的志愿军某部的参谋长陪我们同去平壤。出国后的日程和行止，现在还未决定。总之，这是一封在北京发的告别信。在沈阳我还有信寄回。

　　珍，拿着一管新华笔，在明亮的电灯下，对着从抄本上裁下的纸，我不知道写些什么好。你明白我这时的心情。我的确有千言万语，却无法把它们全倾泻在纸上。从明天起我们离得更远了。但这不过是一个开始。在沈阳我照样会寄信给你。然后，我又往前走，在平壤，大约还有信寄出，但是我恐怕抽不出写长信的时间了。到三月下旬那才是我的新生活的开始，也就是我们真正的分别的开始。即使在几个月内我无法跟你通信，你不要为我担心，我一定会很健康地回来。以后信少，一则因为机会难得；二则，因为到部队以后我得先多跑多看，过一个时候才能够住下来，就是住下来时，也会有很多的工作。我会在工作中把自己锻炼得坚强，有用。我会吃苦，也会学习。起初一个月的生活大约不容易过，我得咬紧牙齿。但以后就不要紧了。我有决心。而且想到你，想到孩子，想到大家，这会给我增加勇气，我的心里永远有你。在艰苦中，我会叫着你的名字。在任何环境下我要做一个值得你爱的人。

再见，现在是六日夜十一点半，你应该安睡了。愿你安安稳稳地睡到天明。

祝好！

芾甘

一九五二年三月六日北京

佳作赏析：

巴金（1904—2005），四川成都人，作家、翻译家。有长篇小说《激流三部曲》，散文集《海行杂记》《随想录》等。

这是巴金1952年赴朝鲜抗美援朝战场前在北京给妻子写的信。在信中他向妻子简单介绍了赴朝前的准备情况，谈到接下来可能遇到的困难和写信的不便，表示自己一定会克服困难完成任务。在信的结尾，巴金表达了对妻子的爱意和祝愿，给这封仓促间写就的家信增添了几分温馨之情。

再忆萧珊

□ 〔中国〕巴金

　　昨夜梦见萧珊，她拉住我的手，说："你怎么成了这个样子？"我安慰她："我不要紧。"她哭起来。我心里难过，就醒了。

　　病房里有淡淡的灯光，每夜临睡前陪伴我的儿子或者女婿总是把一盏开着的台灯放在我的床脚。夜并不静，附近通宵施工，似乎在搅拌混凝土。此外我还听见知了的叫声。在数九的冬天哪里来的蝉叫？原来是我的耳鸣。

　　这一夜我儿子值班，他静静地睡在靠墙放的帆布床上。过了好一阵子，他翻了一个身。

　　我醒着，我在追寻萧珊的哭声。耳朵倒叫得更响了。……我终于轻轻地唤出了萧珊的名字：蕴珍。我闭上眼睛，房间马上变换了。

　　在我们家中，楼下寝室里，她睡在我旁边另一张床上，小声嘱咐我："你有什么委屈，不要瞒我，千万不能吞在肚里啊！"

　　在中山医院的病房里，我站在床前，她含泪望着我说："我不愿离开你。没有我，谁来照顾你啊？"

在中山医院的太平间，担架上一个带人形的白布包，我弯下身子接连拍着，无声地哭唤："蕴珍，我在这里，我在这里……"

我用铺盖蒙住脸。我真想大叫两声。我快要给憋死了。"我到哪里去找她？"我连声追问自己。于是我又回到了华东医院的病房。耳边仍是早已习惯的耳鸣。

她离开我十二年了。十二年，多么长的日日夜夜！每次我回到家门口，眼前就出现一张笑脸，一个亲切的声音向我迎来，可是走进院子，却只见一些高高矮矮的没有花的绿树。上了台阶，我环顾四周，她最后一次离家的情景还历历在目：她穿得整整齐齐，有些急躁，有点伤感，又似乎充满希望，走到门口还回头张望。……仿佛车子才开走不久，大门刚刚关上。不，她不是从这两扇绿色大铁门出去的。以前门铃也没有这样悦耳的声音。十二年前更不会有开门进来的挎书包的小姑娘。……为什么偏偏她的面影不能在这里再现？为什么不让她看见活泼可爱的小端端？

我仿佛还站在台阶上等待车子的驶近，等待一个人回来。这样长的等待！十二年了！甚至在梦里我也听不见她那清脆的笑声。我记得的只是孩子们捧着她的骨灰盒回家的情景。这骨灰盒起初给放在楼下我的寝室内床前五斗橱上。后来，"文革"收场，封闭了十年的楼上她的睡房启封，我又同骨灰盒一起搬上二楼，她仍然伴着我度过无数的长夜。我摆脱不了那些做不完的梦。总是那一双泪汪汪的眼睛！总是那一副前额皱成"川"字的愁颜！总是那无限关心的叮咛劝告！好像我有满腹的委屈瞒住她，好像我摔倒在泥淖中不能自拔，好像我又给打翻在地让人踏上一脚。……每夜，每夜，我都听见床前骨灰盒里她的小声呼唤，她的低声哭泣。

怎么我今天还做这样的梦？怎么我现在还甩不掉那种种精神的枷锁？悲伤没有用。我必须结束那一切梦境。我应当振作起来，即使是最后的一次。骨灰盒还放在我的家中，亲爱的面容还印在我的心上，她不会离开我，也从未离开我。做了十年的"牛鬼"，我并不感到孤单。我还有勇气迈步走向我的最终目标——死亡。我的遗物将献给国家，我的骨灰将同她的骨灰搅拌在一起，撒在园中，给花树做肥料。

闹钟响了。听见铃声，我疲倦地睁大眼睛，应当起床了。床头小柜上的闹钟是我从家里带来的。我按照冬季的作息时间：六点半起身。儿子帮忙我穿好衣服，扶我下床。他不知道前一夜我做了些什么梦，醒了多少次。

一九八四年一月二十一日

佳作赏析：

这是一篇感人肺腑的文章。此时的巴金已经步入暮年，疾病缠身，日常生活需要儿女们来照顾。此时的他不由得更加怀念起与自己相濡以沫几十年但却已逝去的爱人——萧珊。巴金心里有许多话想对萧珊说，但已经没有机会了，他只能将话埋在心里，将无尽的思念和悲痛埋在心里，只能在梦中去追寻爱人的身影。如此浓烈的深情令人动容。

恋 情

□〔中国〕张中行

　　恋情指一种强烈的想与异性亲近并结合的感情。这里说异性，是想只讲常态，不讲变态；如果也讲变态，那就同性之间也可以产生恋情。恋情是情的一种，也许是最强烈的一种。何以最强烈？先说说情的性质。小孩子要糖吃，得到，笑；不得，哭。笑和哭是表情，所表的是情。情是一种心理状态，在于"要"的得不得。要，通常称为"欲"，是根；情由欲来，是欲在心理上的明朗化。明朗，于是活跃，有力。这力，表现为为欲的满足而冲锋陷阵。这样说，如果照佛家的想法，视欲为不可欲，那情就成为助纣为虐的力量。有所欲、求，情立刻就来助威，其方式是，不得就苦恼，甚至苦到不可忍，其后自然是赴汤蹈火，在所不辞了。这样，比喻情为胡作非为，欲就成为主使。所以要进一步问，欲是怎么回事。荀子说："人生而有欲。"与生俱来，那就难得问何所为。正如《中庸》所说："天命之谓性。"天而且命，怎么回事，自然只有天知道。我们现在可以说得少神秘些，是生命的本质（以己身为本位外求）就是如此，生就不能无所求，求即欲，半斤八两，也好不了多少。所以还得回到荀子，承认人生的有欲，不问缘由，不问价值，接受了事。欲是有所求，恋情之根的欲，所求是什么？很遗憾，这里只能把自负为万物之灵的人降到与鸟兽（或再低，昆虫以及植物之类）同群，说，恋慕异性，自认为柏拉图式也好，吟诵"春蚕到死丝方尽，蜡炬成灰泪始干"也好，透过皮肉看内情，不过是为"传种"而已。传种何以如此重要？在承认"天命之谓性"的前提下，记得西方某哲学家曾说，种族的延续在人生中重于一切，所以个人不得不尽一切力量完成此任务，如恋爱失败即表示此任务不能完成，宁可自杀。如果这种认识不错，那就可以进一步设想，美貌以及多种称心如意，不过是为种族延续而设的诱饵，人都是主动上钩而不觉得。我闭门造车，缩种族生命为个人生命，说，因为有生必有死，而仍固执"天地之大德曰生"，只好退一步，用传种的办法以求生命仍能延续。延续有什么意义呢？我们不能知道，但逆天之命总是太难，所以也就只好承认"男女居室，人之大欲存焉"，就是说，到情动于中不得不发的时候，就发，去找异性寄托恋情。

上面所讲是走查出身的路子，或说多问客观本质而少顾及主观印象。所谓主观印象是当事人心中所感和所想，那就经常离本质的目的很远，甚至某一时期，真成为柏拉图式。这就是通常说的纯洁的爱，不计财富，不计地位，甚至不计容貌，只要能亲近，能结合，即使世界因此而一霎时化为乌有，也可以心满意足。这主观有很多幻想成分，幻想，不实，没有问题，也不好吗？我看是没有什么不好，因为，如果说人的一生，所经历都是外界与内心混合之境，这恋情之境应该算作最贵重的，稀有，所以值得特别珍视。珍视，自然仍是由自己的感情出发，至于跳到己身以外，用理智的眼看，就还会看到不少值得三思的情况。

先由正面说。一种情况是，有情人终于成为眷属。那恋情就有好的作用。理由有道理方面的，是一，双方的了解比较深，结合之后，合得来的机会就大得多；二，结合之后，风晨月夕，多有过去依恋的梦影，单是这种回味，也是一种珍贵的享受。理由还有事实方面的，旧时代，男女结合，凭父母之命，媒妁之言，结合之前几乎都是没有恋情，这就成为赤裸裸的传种关系，有的甚至一生没有依恋之情，如果算浮生之账，损失就太大了。

还有一种情况，是因为经历某种挫折，有情人未能成为眷属。有情的情有程度之差。数面之雅，印象不坏，时过境迁，渐渐淡薄甚至忘却的，这里可以不管。想谈的是情很浓厚，都愿意结合而未能结合的。这会带来强烈的痛苦，如何对待？如果当事人不是太易忘情的人，快刀斩乱麻，求苦变为不苦是不可能的。要在忍中求淡化。可以找助力。总的是时间，过去了，影子会逐渐由近而远，苦的程度也会随着下降。分的呢，一方面可以用理智分析，使自己确信，机遇会播弄任何人，如意和失意都是人情之常；另一方面可以用变境法移情。变有大变，如世间所常见，有的人由江南移到漠北，有小变，如由作诗填词改为研究某一门科学，目的都是打乱原来的生活秩序，使记忆由明朗变为模糊。这样，时间加办法，终于显出威力，苦就会由渐淡变为很少甚至没有。可是恋情的往事不虚，要怎么对待才好呢？可以忘却，是道人的办法。用诗人的眼看就大不应该，因为这是人生中最贵重的财富，不只应该保留，而且应该利用。如何利用？我的想法，可以学历代诗人、词人的精神，或写，或借来吟诵，如"此情可待成追忆，只是当时已惘然"之类，白首而温红颜时的旧梦，比读小说看戏，陪着创造的人物落泪，意义总深远得多吧？

再说反面的，是恋情也会带来一些不如意或不好处理的问题。其一是它总是带有盲目性，盲目的结果是乱走，自然就容易跌跤。可怕的是这盲目也来自天命，如前面所说，因为传种重于一切，于是情人眼里就容易出西施。换句话说是会见一个爱一个，就是时间不是很短，也是感情掩盖了理性，对于眼中的异性，只看见优点而看不见缺点。为结合而应该注意的条件，如是否门当户对（指年龄、地位、能力等），性格、爱好、信仰等是否合得来，都扔开不管了。这样为恋情所蔽，显而易见，结果必是：结合之后，隐藏的问题就接踵而来。诸多问题都由盲目来，有没有办法使盲目变为明目？理论上，对付情，要用理；可是实际上，有了恋情就经常是不讲理。这是说，求明目，很难。但是为了实利，又不当知难而退，所以还是不得不死马当活马治。可用的药主要是外来的，其中有社交的环境，比如有较多的认识异性的机会，这多会带来比较，比较会带来冷静，这就为理智的介入开了个小门，盲目性也就可以减少一些。环境之外，长者（包括家长、老师等）和友人的教导也会起些作用；如果能够起作用，作用总是好的，因为旁观者清。但是也要知道，外来的力量，只有经过内在的渠道才能显示力量，所以纵使恋情的本性经常是不讲理，为了减少其盲目性，我们还是不得不奉劝因有恋情而盲目的人，至少要知道，唯有这样的时候才更需要理智。

其二是恋情会引来广生与独占的冲突，其结果是必致产生麻烦和痛苦。广生是不只对一个人产生恋情，小说人物贾宝玉可作为典型的代表，宝、黛，他爱，降格，以至于香菱、平儿，他也爱。见如意的异性就动情，尤其男性，也来于"天命之谓性"，欢迎也罢，不欢迎也罢，反正有大力，难于抗拒。可惜是同时又想独占，也举小说人物为例，是林黛玉可为典型的代表，不能得宝玉，她就不能活下去。人生，饮食男女，男女方面的许多悲剧是从这种冲突来。怎么办？根治的办法是变"天命之谓性"，比如说，广生之情和独占之情，两者只留一个，冲突自然随着化为乌有。可是人定胜天终归只是理想，至少是不能不有个限度，所以靠天吃饭还是不成。靠自力，有什么办法呢？已经用过并还在用的办法是制度加道德，这会产生拘束的力量。拘束不是根除，就是说，力量是有限的。不过，如果我们既不能改变"天命之谓性"，又想不出其他有效的办法，那就只好承认，有限的力量总比毫无力量好。

其三，总的说个更大号的，是恋情经常与苦为伴。苦有最明显的，是动情而对方不愿接受，或接受而有情人终于未能成为眷属。苦有次明显的，是动情而前途未卜，因而患得患失，以至寝食不安；或前途有望而不能常聚，俗语所谓害相思，也就会寝食不安。人生有多种大苦。有的由自然来，如水旱（饥饿）、地震之类。有的由人祸来，如战争、政治迫害之类。与这类大苦相比，伴恋情而来的苦也许应该排在第一位，原因是一，几乎人人有份；二，最难忍。所以佛家视情欲为大敌，要用灭的办法以求无苦。这个想法，用逻辑的眼看相当美妙，因为灭掉情欲是釜底抽薪。可惜是一般人只能用肉眼看，那就即使明察苦之源也只好顺受，因为实际是没有舍去恋情的大雄之力。但苦总是不值得欢迎的，还有没有办法驱除？勉强找，是道家的。还可以分为上中下三等。上是得天独厚。庄子说，"其耆（嗜）欲深者其天机浅"，推想，或眼见，世间也有天机深的，那就会见可欲而不动情，心如止水，或至多是清且涟漪，不至起大的波涛，也就不会有大苦。中等是以道心制凡心，如庄子丧妻之鼓盆而歌，所谓任其自然。上等的路，仍是天命，自然就非人力所能左右。中等呢，道心在于人，但究竟太难了。所以容易走的路只有下等一条，是"知其不可奈何而安之若命"，用儒家的话说是忍。这不好吗？也未尝不可以说是好，因为对天命说，这是委婉的抵抗，对人事说，这是以恕道待之，所以庄子于"知其不可奈何而安之若命"之后，紧接着还加了一句，是"德之至也"。德之至，就是没有比这样更好的了。视无可奈何为德之至，也许近于悲观吗？那就还有一条路可走，是常人的，不问底里，不计得失，而安于"衣带渐宽终不悔，为伊消得人憔悴"也好。

佳作赏析：

张中行（1909—2006），河北香河人。著有《文言常识》《佛教与中国文学》《禅外说禅》等。

这是一篇讨论爱情的文章。作者从理论角度对爱情的由来、作用，爱情对于人类生活的正面影响、负面影响等作了通俗的论述。正如作者所言，爱情乃是"人生而有欲"，作为天性的一种，是每个人一生中都要经历的事情。其正面意义自不必说，负面的作用和影响也不容忽视，而其中的是是非非也并非三言两语可以说清楚。文章叙事清晰、说理严密，虽是理论性的文章，但读来丝毫不觉得枯燥，反觉妙趣横生，堪称佳作。

婚姻若是爱情的最高峰，从此便走向下坡路。婚能埋葬爱，偏偏常有掘墓人。

"结婚是恋爱的坟墓。"这句话在三十年代的青年中流行过。这是对中国古代的背叛。古时恋爱在婚后，不在婚前。婚前男女难得见面。即使由"青梅竹马"而结婚，缔结爱情也在婚后。或爱或不爱都在婚后显现出来。婚前恋爱不合法。

古代爱情以结婚为开幕，这以前是序曲。现代爱情以结婚为闭幕，这以后是尾声或续集。

古代文学中的爱情表现于离别时，暂别、久别、永别，所以总是"相思"，不论婚前婚后。现代文学中的爱情，同外国一致，重视结合之爱，把分离看作不幸，不是常态，认为爱情与婚姻如灵魂与肉体，不可分离。中国讲爱，必与情欲不分，称为"好色"。外国讲爱，可与"禁欲"相合，认为神圣。中外古今习惯想法，关于爱情和婚姻，有同有异。现代中国青年从清末起转向外国，由异趋同。从自己解说"茶花女"起，到后来抛弃以至不明白，甚至不知道，不相信，古代习惯想法和做法，由一面而反全面，对外国认一面为全面。从十九世纪末到二十世纪末，经历的路程不短。二十世纪二十年代中到三十年代中是矛盾转化的关键时期，主要在大小城市和读书青年中。经过对外对内大战，情况变化。似断非断。精神遗产在不自知觉中很难摆脱。男女间人的关系仿佛走到了从前的反面。

古时的婚后爱情在文学中见于"别"和"悼亡"。相聚时无心作诗，相别后，尤其是永诀之后，爱情在泪水中化为诗篇。如东坡居士苏轼的《江城子》：

> 十年生死两茫茫。不思量，自难忘，千里孤坟，何处话凄凉。纵使相逢应不识，尘满面，鬓如霜。昨宵幽梦忽还乡。小轩窗，正梳妆，相顾无言，唯有泪千行。料得年年肠断处，明月夜，短松岗。

"无言"，"有泪"，见如不见，不见如见，这种"相思"是永远的"求之不得"。"烂嚼红绒，笑向檀郎唾"。这样的诗是很稀少的。李商隐的"相见时难别亦难"才是多的。他寄妻子的诗也是在别后：

> 君问归期未有期，巴山夜雨涨秋池。
> 何当共剪西窗烛，却话巴山夜雨时。

把现在当过去，把未来当现在，以重圆代离别，以重复的词示缠绵，表现秋雨之夜的相思。真到对面夜话时还作诗不作？只怕又是"相对无言"，不能讲也不必讲话了，何况作诗。

在小说戏曲中可以明言欲，在诗文中只能暗示爱。人人认为两者不可分。人人认为两者必须一明一暗。贾宝玉还要以"吃胭脂"掩饰，不像《圣经·雅歌》那样开口便说"亲嘴"。这个词后来也改用文言译为"接吻"了。这和不叫"洋饭"而称"西餐"一样。中国文学，汉族的，本来如此，喜用代语，语感不同。

生离、死别、相思，是一面。另一面是爱与婚的矛盾，古时称为"命苦"，现在称为"不幸"，多见于不能出闺门之女，但游荡于外又能娶妾之男岂是真幸福，岂有真爱情？爱情是个人的。婚姻是家庭社会的。个人只能在家庭社会中出现，所以爱情只能在婚姻中允许。两者相矛盾时多而长，相和谐时少而短。这在文学中显现出来，正适合中国文学各特点中的两个，大家都知道却不大着重。一是一沾情字总以哀怨为重。一是明表少于暗表，单一解说少于多元多层解说。外国，包括印度、日本，不拘古代、现代，比较"直"。中国比较"曲"。只喜直说的外国人不会很喜欢中国文学的许多作品以及理论的"模糊"。有喜"曲说"的外国人则大为佩服，正如对《老子》《周易》。这两部书是"曲说"的祖师爷，文学的鼻祖。

《茶花女》从外国来，故事中仍是家庭社会压倒个人，因此可以接受。但是，在中国，不久，个人哀怨就激化了。"娜拉"又来，打开家庭大门。于是和"游侠""刺客"的"尚武""雄风"结合，哀怨迅速转为仇恨。仇人是谁？是家庭社会。首先猛烈攻击家庭，终于摧毁之。爱的理想近乎幻想，容易破灭，更引出对现实的仇恨。二十年代鲁迅的小说开动火车头，一发而不可收。从三十到四十年代，在内战外战的炮火中，青年们心中的火燃烧起来，"苦闷的象征"转眼化为仇恨的火焰。不仅对外，而且对内；不仅对敌，而且对家。先是自己不听别人话，后怨别人不听自己的话。恩爱可以眨眼成仇。"爱之欲其生，恶之欲其死。"中国叫情人为"冤家"，"打情骂俏""打是亲，骂是爱"，爱和恨和打骂合而为一，是世界上绝无仅有的。于是，"祝福"声中，"幸福的家庭"的哀怨催出惊人的烈火，一直烧下来。"伤逝"发展为"杀夫"，变化的枢轴是女子。中国的娜拉不是仅仅走出家门。

小说《祝福》指示这个变化的开始。祥林嫂死了。祥林嫂还活着。她再生为林市，出现于台湾李昂的小说《杀夫》中。这又是一个开始。两小说的作者不可相提并论，但两小说本身标志着青年男女对爱情婚姻的一变再变。

"仲夏夜之梦"醒了。"命运交响乐"转成"英雄交响乐"。"田园交响乐"再也没有了。这中间还可以加上四十年代张爱玲的《金锁记》。"金锁"顿开，再也锁不住了。后两部小说的作者是女的。

明显到大家都不觉得的是，这里有男女个人关系的变化，不仅是家庭社会的变化。

《祝福》是新时代的《寡妇赋》。小说和潘岳的赋相隔一千几百年，要回答的问题仍是一个：寡妇怎么办？两篇都没有明确的答案。曹丕等人的赋不必去查了，都不会有，若有也只是一个"守节"。祥林嫂为此而死。

小说《祝福》有多层多面意义，不等于戏剧电影的祥林嫂。单说这一位女人，两次做寡妇，但她的苦绝不只是守寡和再嫁又寡。即使三嫁而不寡，或者守寡不再嫁，她的问题仍不能解决。允许再嫁，不要求守节；死后无鬼，不致争妻；儿子不死，抚养长大。那就是寡妇的出路吗？未必。寡妇不过是这个符号下的物件，不能成为独立的个人，甚至不能做女人。这才是问题所在。

"寡妇赋"，不论古今哪一篇，是诗或是小说，都指的是女人的命运。我们常常忘记，女人的命运也就是男人的命运。单有一方不能成婚。一人也不能谈爱，只叫作"单相思"或"自我恋"。恋爱和婚姻都是男女的结合，缺一不可。女人苦，男人就会乐吗？除非是虐待狂，以施虐或受虐为乐，但那也只是一时的，不能是生活的全部。男女的命运是相连的，单从一边不能解决。不仅是爱，婚也一样。不过是婚姻必成为家庭，有社会约束，两人合成一个社会细胞。家庭乱纷纷，社会不能安定。爱情更难分割，其中个人和社会的比重，轻重不等，各人不同。本来婚和爱不是一回事，几千年都一样。婚内之爱可有可无，婚外之爱禁而不止。在爱和婚中，伤害别人的必然同时伤害自己，不过是伤人容易觉察，伤己不易觉察而已。更苦的是上帝安排，真正的爱情和婚姻，一人一生只能有一次，错过了就再也不能重复了。

女不寡，男不鳏，爱和婚的矛盾仍旧常有。无婚的爱是相思，无爱的婚无名，矛盾激化便"杀夫"，还有杀妻。

两人之爱千变万化，不易理出头绪，反而三人之爱涉及婚姻，较为简单，不过三角。若不论社会,只管个人,有些实有的故事出于三十年代,也许能显出什么。这不是庐隐在二十年代(一九二三)《海滨故人》中设计的几种模式,不是许地山在三十年代(一九三四)《春桃》中设计的三人成婚模式。

一个新失恋的男大学生,从极端苦痛转到愉悦,原来他常到一对同学夫妇那里去,不知怎么发现了这位女同学又美又聪明,能和他对答如流,毫不厌倦。丈夫坐在一旁当听众,偶尔插话,仿佛在欣赏妻子的优点。发现感情新大陆的人忍不住对我显示他的欢乐,把得意的对话和表演告诉我。我说,你在演"少年维特",很危险。他说:"我演的是歌德,不是维特。小说要结束,不能不让维特自杀。歌德和他的朋友夫妇还活得好好的。我已经失恋过,没有死,不会重复第二次。"那位丈夫不但不生气,反而欢迎这位朋友。后来我才明白,这是聪明人,知道这样才能守住夫人。我的朋友也同意,称之为爱情的散步。聪明的丈夫或妻子会这样,给爱情和婚姻出保险费,或者说是设安全阀。当然要选歌德,不能要维特式的傻瓜当散步同伴。那朋友必须聪明,记住爱情不是婚姻,应满足于灵魂的欣悦,不能把散步当赛跑。女的安排"兼爱",男的毫发无损,朋友自得其乐,鼎足三分,各得其所。难得三人巧合,大家愉快。那对夫妇毕业后回乡,欢欢喜喜,想必不久就会有娃娃出来保证家庭。那位朋友去日本留学,后文也足够一部小说。他的"散步论"只是认为封闭无效,当然不是提倡"三人同行"。

人生恋爱只有一次,此外都是散步。婚前爱常是游戏,如儿童。婚后爱应是散步,如老人,不可走得太远。爱和婚相连,但不是一回事,要有不同的处理。那位朋友本在着手写小说,题为《五丈原的秋风》,还用那女的名字的半边作笔名发表。可是后来不知是不是听从女友的意见,不写了,让我续写。我说,我只去卧龙岗,不到五丈原,也不参加桃园三结义。

散步成为赛跑终于跳高摔下的是另一对。男女在中学同学,进大学又同学,结了婚。男的早一年毕业,到另一地工作。不过半年,妻子和一个男同学相好了。丈夫得到消息赶回来。到达的前一天,那一对在旅馆中双双自尽了。自杀的男人当天在食堂吃中午饭时,一再高唱"风萧萧兮易水寒,壮士一去兮不复还"。没人料到他不是去演荆轲刺秦王，而是去陪情人实行日语的"心中"（殉情）。丈夫很理解妻子，对我说，假如那男子不是那样一个人，或者他能早到一天，女的是不会死的。问他怎么处理。回答：事已过去，何必再说？我知道另有三人同样而平安无事的。朋友只在中间一段时期填补空白。在过程中，他对我谈时，有一种古怪心情，可惜我不懂。

还有个"三人行"。两个青年不约而同给一个女孩子去信表示衷情。分别收到回信，约期去公园。届时两男先到，本是相识，互催对方离开。不料女的姗姗而来，一手拉住一个，唱："大家都是好朋友。"女的很高兴，同时有两个；男的很丧气，以后互相还是朋友，但都不理女的了。我劝他们仍和女的好。都摇头说，做不到，认为我是外行。我认为，女的聪明，男的笨。这是喜剧，明白的开心，不明白的流泪、生气。这不是不认真，因为这并不是结局。恋爱结婚不是抽签。

这些都是祥林嫂万万想不到的。《祝福》小说出现在二十年代中期。这些青年男女出现于三十年代，相隔不过十年左右。这时和以后虽仍有大量的祥林嫂，但也有比那时更多的聪明的青年人了。不识字的春桃便是一个。这是新宗教。许地山研究宗教，懂得爱情，创造出春桃，一般人难懂得其中玄妙。

祥林嫂到八十年代变成了林市。两人演的都是婚姻悲剧，和爱情不相干，两篇小说中都没有爱。《祝福》中有哀怨。《杀夫》中有仇恨。这正是中国文学中的特色。苦乐都是"销魂""黯然销魂""真个销魂"，极少出自内心的"欢喜赞叹"，如佛经中常说的。

在婚姻悲剧中看来吃亏的多是女人。实际上男人同样倒霉，不过未必自觉而且旁人看不出来或者不肯去看。这两出悲剧里，三个男的不都是死了吗？一方悲一方喜不是结局。

《祝福》已成为古典，不必多说。《杀夫》出现不过十年，地位不同，不妨谈谈。

两篇小说都用写实手法，又都有象征意味。《杀夫》更是写实其形而象征其义。《祝福》表现的不止是一个祥林嫂。《杀夫》在描述及语言中一方面夹杂细节及方言土语以示真实，另一方面又有不少象征说法。将人物列成符号画出关系很容易。明显的是几个三角关系。林市、母亲和叔叔。林市、丈夫陈江水、邻人阿罔官，还有几个三角，独独找不到"奸夫"。按照社会传统公共心理所构成的三角缺一个。实际并不缺。杀夫的妻和被杀的夫是两角。旁观的不用力的真实的杀人犯阿罔官加官府加观众加写新闻编报纸代表公共舆论的报馆是第三角。小说以新闻报道开头，又以联系母女两代归结为"冤孽"的舆论结尾。用意很多，着重在这一点。被虐杀而不死的林市报仇了。她只要模仿丈夫的行为便"以牙还牙"了。教唆犯看报应吧。老一套不适用了。看这些只有生存和生殖的生物是怎样生和怎样死的。然而既是人，号称"万物之灵"，和别的生物终究不同。有社会集体集团的传统行为规范，又有个人意志。孔圣人早已说过："三军可夺帅也，匹夫不可夺志也。"林市听见别人谈话，恍然大悟，宁可脚烫破被晒死也不再同别人一道去洗衣服听闲话了。这是个人意志从吃饭睡觉做活挨打受骂被伤害的机械生物运动中觉醒了。但是丈夫江水和阿罔官等权威还没有觉醒，还把林市当作连猫狗也不如的生物，当作有生命的物件。结果是"杀夫"。你杀猪如杀人。我杀人如杀猪。你把我当猪，我也把你当猪。无意识的模仿动作，归纳不进"奸杀"等等固定格式。那些格式里没有个人意志，出现了个人意志，这是新事物。旧格式陷入危机了，新格式还没有出来，"杀夫"不是终局。

林市的妈妈是谁？不就是祥林嫂吗？生她的和没生她的母亲，两个女人同是贫穷挨饿受辱受害的寡妇。一个被奸而被逐死去，一个被卖改嫁又寡而被迷信舆论杀死。可是女儿不同了，还是无意识，不自觉，可是动手报复了，离觉醒不远了。"以其人之道还治其人之身。"危险啊！会"冤冤相报"的。

"真是冤孽啊！"小说中的这最后一句是"人们也纷纷地说"的。这"冤孽"不解，"人"只是半个，不能得解脱。人类不能成为完全的真正的凭自由意志组成的互助互制约的集体。

《祝福》和《杀夫》这两篇"寡妇赋"相同又大不相同。同是"冤孽"而"报应"不同。再由婚姻溯爱情，试挖冤孽之根。

可注意的是古今同类诗文中都没有《雅歌》式的爱情。《雅歌》不是《吴歌》或《山歌》或《四季相思》小曲。

《雅歌》开头一句便说"他"，又说"你"。"你"和"我"结合是由于"他"。愿"他"和"我""亲嘴"，因"你"的爱情"美"。这种感情，中国人一般不懂。印度人能懂。几百年前印度古诗人游行教化，作情诗颂神传教，至今流传，被认为文学上品。中国作情诗的出家人只有西藏的六世达赖喇嘛仓央嘉措。汉族没有。仓央嘉措作的不算宗教诗。

男女结合有神性，这是"爱情"，不是中国固有的"相思"，形似实异。

男女对立，扩大到阴阳对立，这是中国特有的，弥漫于无数人的思想感情中，多半不自觉。非此即彼，而又"对立统一""对立斗争"，中国人很容易懂。一加一等于一，很难懂。若一正一负相加又等于零了。

《易经》和《老子》是中国这种思想的渊源，也是高峰。外国没有，所以外国人觉得稀罕，但也不懂，只有纳入他们的思想习惯框架才能懂。纳不入，更当作新奇来钻研，或者鄙视。

乾坤阴阳符号组成的八卦，再叠成六十四卦，本是双方平等排列组合的。若不分次序就只有四卦；三阳、三阴、二阳一阴、二阴一阳，即乾（天）、坤（地）、离（火）、坎（水）。作爻辞解释的人，在男权家庭组成的社会中，若是巫师，大概男比女多，所以排次序乾前坤后，乾上坤下，乾男坤女，分别尊卑。但也不尽然。卦爻在占卜时排先后是先下后上。"离"是火，一阴爻在两阳爻之中。"坎"是水，一阳爻在两阴爻之中。坎离相加。水在火上，阴在阳上，先阳后阴，是"即济"卦。离坎相合，火在水上，阳在阴上，先阴后阳，是"未济"卦。哪个为顺？这是现在《周易》的最后两卦，配合男女，象征着不可分离而序列可变。以"未济"终，表示无穷无尽。

这样以阴阳为符号组成的男女关系一直是中国人特有的爱情思想，也是婚姻结构，和外国的神性爱情不同。中国的神是排列秩序，组成单位是阴阳结合序列的家庭。高高在上的神是家长、族长、皇帝，代表整个秩序。忠孝节义，儒道佛等等在中国都出不了这个"乾坤圈"。"犯上"的也是要求自己成为"上"，不触犯秩序本身。这是几千年来差不多在每个男女思想感情或说心志中的，从生下来就在不知不觉中逐渐形成的、不可动摇的真理。家庭不等于爱情。"一以贯之"的是阴阳序列。婚姻要求"门"当"户"对，不管"人"。"人"也是以条件为主，如"征婚启事"。

中国文学中的爱情，即"相思"，都和婚姻相连。差不多都离不开两者的矛盾或调和。一直到《祝福》和《杀夫》，仍旧没有爱情，只有婚姻。这就是中国古今情况：没有爱情的婚姻，没有婚姻的爱情。要求先爱情后婚姻，两者一路结合，这是外来的，不合传统的，必然会有一个长时期是矛盾破裂多而谐和少。仅有两个人也必须一个为"长"，在易卦中兼代表第三爻，组成序列，才能稳定。

爱情在哪里？在无何有之乡，在偶然出现的新体诗里。"五四"当年情诗被诋为"新潮"。过了六十年，情诗仍被诋为"新潮"。《教我如何不想他》必须解说为情诗形式的爱国诗，才令人心安。

婚姻必排上下先后序列，这又包括了占有和归属。婚姻不比爱情，不是两个人的事。嫁娶是为了生子传宗接代。女人是资产，是物，是"求之不得"的东西，有"患得患失"的心情。不信任，不放心。"其未得也，患得之。既得之，患失之。"必然又是"苟患失之，无所不至矣。"这在《论语》中圣人早已预言了。情人互说属于对方，实是占有。夫妻之间，丈夫要占有妻子，妻子要占有丈夫，而且都垄断、专利。口中不言，心中有数。对方稍有"外遇"，"第六感"立刻汇报，局外人随即议论。这是婚姻的占有性。居然连爱情也被认为有占有性。有些人以为这是天然之理，无可怀疑，男人如同公鸡。要求对方听话、顺心，完全从属于我。面子上要像箭猪一样互相保持距离，"相敬如宾"。请将《雅歌》读一遍。那里是爱情，不是婚姻、家庭。"新妇"和情人一体。爱情是什么？是一时迷惑吧？爱情是盲目的？"月老"的红线是乱缠的？爱神不是"月老"，可以一致而不一定同一。婚姻与爱情混淆必出矛盾。两者是相连而大不相同的。古人都承认，今人反而不信。两爻成卦，不行。

占有中的归属又生出依靠心。女的总愿意男的是"大丈夫","堂堂男子汉",从仪表到精神,同时又能对女的自己顺从如奴隶。这样的情人已难找,再作丈夫更难得,难持久。男的对女的也同样。要求女的超凡出众,又能对男的自己顺从。然而,若男对女完全依靠,又会被认为没有"男子汉"气概。双方都是依也不好,不依也不好,难啊!这是婚姻序列搅乱了爱情,所有权观念是祸胎。

"相思"变为"爱情",不受婚姻干扰,出现自由意志,这很难。心态变换要有过程,不比婚姻可由社会法律规定。婚姻组合序列变化是随社会变的。社会条件一变,出现了"女强人"。从前多的是"愿生生世世不再做女子",现在有女的高呼"愿下一世还当女子"。当然这是有条件的,不是当祥林嫂、林市那样的女子。"女强人"是社会的人,不是婚姻和爱情中的人。

林市超越了她母亲祥林嫂,林市的女儿又将超越林市。祝福这位已降生或尚未降生的女儿。女人有福了,男人才有福。

佳作赏析:

金克木(1912—2000),安徽寿县人,学者、作家。著有《印度文化论集》《比较文化论集》《书城独白》等作品。

与俞平伯的《析"爱"》类似,金克木的这篇文章也是理论性质的,但比俞平伯的文章通俗许多。作者以文学作品中的人物形象为讨论话题,论述了古今中外关于爱情、关于婚姻的种种观点、思想以及由此产生的社会现象、问题。爱情和婚姻,看似是男女二人间的事情,但实际上却是一个涉及家庭伦理、政治、经济、社会制度等方方面面的事情。这些因素对于男女之间的婚恋有着相当大的影响,在某些情况下还决定着婚恋的最终结果和结局。从这个意义上讲,纯粹的、没有任何功利目的的爱情在现实生活中是基本不存在的,它只存在于虚构的文艺作品中。文章逻辑严密,说理透彻,读来令人受益匪浅。

拾玉镯

□〔中国〕黄裳

春天的下午，只有微微的风，阳光好艳丽，柴门前垂柳的枝条轻轻地回荡，飘啊飘的。柳叶从孙玉姣的鬓边拂过，惹得她心里好烦。空落落的家，妈妈又出去了，只有一群鸡挨着她脚边来回在草地上寻食。她难道能和这群鸡说话吗？她笑笑，搬出一把椅子又拿出一只针线笸箩。她坐下，拿起没有做完的鞋子——自己的鞋子，看着鞋面上绣了一半的花。她想，这样的鞋子，已经绣了不只一双了。难道她需要这样精致的鞋子么？什么时候才有机会穿呢？她挑出一根丝线，比比颜色，轻轻摇头，又换了一根，搓搓，纫针，穿线，她开始绣了起来。也许这是一个十七岁的少女打发春天下午最好的办法。也真是，不用好久，她就全神贯注在绣花上了。她那灵巧的、白而长、水葱似的手指来回活动，自然形成了一种韵律，就像抚弄琴弦的少女的一双素手。即使如此，她还是没有放过在这条僻静的街上可能出现的任何动静，她多么希望有人在街上走过啊，孩子、老人……不管什么人。总之，街是为了人走的，不然要这街做什么呢？

街上当然是应该有人走过的，不过很少，而尤其难得的，这回是一个年轻人走过来了。他开始只是在街头露了露面。这条街太僻静了，路也远，原想踅到另一条热闹点儿的街上去。可是，像给什么神奇的事物吸住了似的，他没有转弯。他远远看见柳树底下有一群鸡，还有一个低着头做针线的女孩子，远远看不清楚，只能看见她有一头浓密、黑得闪光的头发。头上插着一根发钗，也许是镀银的。不管怎样，这实在是美。他踌躇，又在女孩子偶然抬头时碰上了她的眼睛。就是这双眼睛，使他最后改变了主意，终于慢慢地向她这里踱过来了。

他磨磨蹭蹭地走，到底想出了怎样和这陌生的女孩子搭讪的办法。

只要能让她站起来和自己对话，就能听到她的声音，看见她那婉转的腰肢和接待一个陌生青年的姿态了。她是羞涩的，可又为什么不会是大方的呢？

这一切是不难做到的。他提出想买两只雄鸡，她回答说妈妈出去了，自己不能做主。简单的问答也只能如此。不过这对他和她说来也足够了。无论怎么看，这都是一次内容异常丰富的会晤，彼此也交换了足够的信息。直等她觉得这种没有多少话可说的会晤应该即时结束，要搬椅子回家去时，才发现傅朋正挡住了门。他赶紧让开放她进去，她也随手关上了门。她是不能安心的，想知道这年轻人也许已经走了，就又打开了一条门缝，不料在门缝里又碰上了他那双发呆的眼睛，她又一次赶紧把门关紧。他又只剩下了自己一个人。刚才交换过的足够明确的信息够她激动的，但这一切还需要进一步的确定。初恋的年轻人总会有足够的、必要的智慧，他解下了母亲给自己的一对玉镯，将一只放在门前，敲了下门，就走开了。万一她真的拾起、收下了这信物，那么……

女孩子又哪能放心得下，她又一次打开了门。这次她可是警惕得多了，先探出头来，看见四下无人，这才惴惴地迈出步去。一脚踏下，刚巧踩上了什么坚硬的东西，她向下一看，立即明白了这玉镯的来路，也懂得了它所传达的信息。她的处境是困难的。她懂得，按照女孩儿家应守的规矩，就该硬了心关门进去，权当什么都没看见。可是她不能这么做，也不知道是什么力量给了她勇气、智慧与信心，玉镯必须拾起，还不能给旁人看见，要做得万分妥帖，无可指摘。她大声呼喊是谁丢了东西，没有人回答；她解下了襟边的手帕，装作赶鸡，一下子就把地上的镯子盖起来了；她心跳，搓着手，一面留神看着左右的动静，一面用足尖三下两下就把玉镯勾到身边。最后下了决心，从容地、大大方方地把手绢和玉镯一起拾了起来。

万万想不到，在她这样做时，早有两个人暗地里注意着了。其中之一自然是傅朋。他在玉镯刚被拾起的一刹那，不失时机地在女孩子面前出现，叫了一声"大姐"。

"拿去，拿去！"孙玉姣真希望适才这一切都没有发生，真想多生一双手把这信物推回去，说不准他不是真心，也许是个圈套呢？"送与大姐！"这么一来，她终于彻底明白了。"拿了去，我不要！"她还是照样说着，声音也许比刚才更高，但口气显然完全不同了。

傅朋走开以后，另一个暗中窥伺着的人刘媒婆才露面。关于"媒婆"，过去的评价是不大好的。她们以"说媒拉线"为生，也常常采取一些不光彩的手段。不过也不能说她们中间就没有好心人。刘媒婆是目睹了适才这一幕的始末的。她想从女孩子嘴里打听出更完整的故事，这对她的业务也许会有帮助。但想从一个初恋的少女口中听到在她看来是"绝密"的材料，是不容易的。只能套，寻找对方的漏洞，辅之以必要的现身说法，抛出她亲眼目睹的材料来。少女到底不是媒婆的对手，当然最后只好全部坦白。

刘媒婆答应为她带定情的信物给男方，还应许尽力帮助完成这一桩好事。也许她对这一对少男少女的初恋还是给了同情并尽了努力的吧。

> 佳作赏析：

黄裳（1919—2012），山东益都人，作家。著有散文集《锦帆集》《过去的足迹》《榆下说书》等。

《拾玉镯》是我国传统戏曲中的一出折子戏，讲述了男青年傅朋以丢玉镯的方法向少女孙玉姣表达爱意的故事。作者的这篇文章就是根据戏中情节所写。少男少女各怀情愫，好心媒婆牵线搭桥，一个古老的故事经作者的演绎充满青春的气息，引人入胜。

干姜手

□［中国］赵大年

　　只要你与我的妻子握过一次手，便会理解我十分敬重她的原因了。

　　二十四年前的少女，我爱慕她的一切，唯独忽略了这双笨拙的手。这双总工程师女儿的小手，纤细得很，会写欧体蝇头小楷，会拉手风琴，会开处方单，还学会了极灵巧的无痛注射法。既然如此多才多艺，为何还要说它笨拙呢？原来手有手心和手背之分，任何事情都有两个方面，这双手也确实有着笨得惊人的地方。它绝对不会缝衣、烧饭、持家、理财。虽然没有闹过把白猫缝进棉被里去的笑话，却是常把米饭烧成煳锅巴，将水饺煮成片儿汤。

　　我初次认识这双手，是它给我打针的时候。手无言而敏捷地拿起镊子，夹起碘酊棉球，涂抹在我肩臂的三角肌上，再用酒精棉球擦去黄褐色的碘渍，皮肤刚感觉到一些凉丝丝的快意，那注射器的银针已像光一般快速地扎进了皮下十毫米处；继而是极耐心、极缓慢地推进药液，还用一支消毒牙签在针头四周的皮肤上轻轻骚动，痒丝丝儿的，转移了我的注意力，果然一点儿也不疼。就在这痒丝丝的骚扰之际，又极快速地将针拔走了，知也不知道。于是，这双手使我相信了世上真有无痛注射法。这双手也使许多小孩子不再害怕妈妈的一句话："再闹，就叫穿白大褂的阿姨给你打针！"诚然，打针对于人生而言，只是一种小小的痛苦，但是这双手，曾经消除过病人们千万次小小的痛苦，也就是它伟大的功绩了。

我喜欢这双手，始于那娟娟小字。委婉之中藏着笔锋，一字不错，一笔不苟，连标点符号也一个不缺，满纸珠玑，这样的书信，还没读，就可爱。一百多封情书，被我装订成厚厚的册子，永远珍藏起来了。

我欣赏这双手，由于那悦耳的琴韵，明快的节奏。在河边、柳下，月色朦胧之中，那欢乐的旋律可一点儿也不朦胧。我听得懂每一个由衷而发的句子，看得见琴键上力度均匀的手指跳动。我也曾有过圆润的歌喉，就轻声哼唱着走过去，轻轻地，唯恐惊散了那琴声。

这一切，都发生在可爱的一九五六年，在我开始熟悉这双手的那个美好年度里。

随着岁月推移，这双手逐渐暴露了它自身的重大缺陷：不会送礼，不会"炒买炒卖"，更不会写坑害别人的文章。这几件技能，手都不会。于是，这双手就去插秧，割草，撸锄头把儿了。在严峻的生活中，手也学会了许多新技能，取得了脱胎换骨般的巨大进步，变成了名副其实的多面手：劈柴，捏煤球儿，补衣裳，粗粮细做瓜菜代，把一分钱掰成两半儿花，以及趴在我的病床前为我誊清那无尽无休的书面检查。

这双手的特异功能，令我没齿难忘者，是它学会了给我打伞。会打伞，微不足道也。但还是说明地点、条件为好：不是在室外，而是在我们家里；不仅仅是大雨天气，也包括雨过天晴的时候。我的家呀，无瓦的斗室，除了床，只摆得下一张方桌，却是八处漏雨。大雨大漏，小雨小漏，雨停还漏。无处躲藏，也不能弃笔改行呀！因此，当我伏案写作时，这两只手就替换着给我在屋里打伞。手也有简单明确的逻辑思维能力，不会别的，会对比：那泥顶房屋渗下来的浊水黄汤，染在衣服上是最难洗净的，唉，两害取其小，比起搓洗衣服来，宁肯举手打伞。

这双手也有许多同胞，或云兄弟姐妹们，名字是眼、耳、口、鼻、心、肝、发、肤。我最先爱过明媚的眼睛，后来眼睛失去了光彩，没有了。我也爱过乌黑油亮的秀发，后来它花白了，染也无光泽，没有了。我还爱过那敏感的心灵，后来心儿也迟钝了，没有了。总之我爱恋过的一切，都变了样儿，都没有了。岁月留给我的，唯有这双手。

手也变了。它已写不出秀丽的蝇头小楷，因为它的姐姐——眼睛已无光彩，它自己又患了一种顽症，经常处在微微的颤抖之中，就只能写几行扭曲的蝌蚪文了。它已忘却了无痛注射法，因为它的哥哥——心儿已经迟钝，体察不到打针那种小小的痛苦，就只能刺得病人龇牙咧嘴的了。它更不演奏手风琴啦，因为它的妹妹——头发已经花白，哪儿还有欣赏小夜曲的兴趣呢！我开始搜寻手的痕迹，以便重温它的美妙，就立刻想起了那珍藏着的一册情书。哎呀，真可惜，那一字不错、一笔不苟的情书也不见了。难道是抄家时弄丢了？不，我分明记得，别人轮番审阅之后归了档，前年又还给了我的呀！这两年并没有再抄家呀……此时，这双手第一次冷笑着说话了："不要错怪别人吧，情书是我自己撕着生炉子用了。"

我可怜这双皮肤粗糙、形同干姜的手。我赞美这双任劳任怨，为全家操劳的手。其实，我也有一双手，为何不替干姜手分担一部分家务呢？我刚要动手淘米洗菜，就被干姜手拦住了。手是有思想的。干姜手长年累月地操劳，好像对握笔杆的手说："牺牲一双手，才能保住一双手！"

佳作赏析：

赵大年（1931—），北京人，作家。著有长篇小说《大撤退》，电影、电视剧本多部和散文集《梦里蝴蝶》等。

　　这是一篇构思奇特的文章。作者表面是描写妻子的双手历经岁月和磨难由纤细白嫩的小手变成粗糙的"干姜手"的过程，实际上是在回顾妻子这几十年来与自己相濡以沫、共经风雨的艰难历程，表达了对妻子为自己付出辛劳、做出牺牲的感激之情。将手拟人化、用手的变化代替人的经历，使文章别具一格、分外感人。

水做骨肉的女人

□〔中国〕郭启宏

　　曹雪芹借贾宝玉之口，说女人是水做的骨肉，千万不要认定只是小说家言。

　　中国古代的诗人早就发现了这一真理。在他们笔下，女人的双眸是秋水、秋波："一双瞳人剪秋水。""望幸眸凝秋水。""水是眼波横。""怎当她临去秋波那一转。"现代人数典而不忘祖，尽管毫无创意地袭用了"水灵灵""水汪汪"，还有"清水湾""淡水湾"什么的。古人作品一谈到美女，无不"冰肌雪肤"，极言其白么？云也白，粉也白，鱼肚也白，鹅毛也白，何以偏用冰雪？盖因冰雪者水也。甚至女人的饰物，也都用水作比拟。韩愈不是说过"江作青罗带"吗？由外貌而及于内心。从卓文君到杜十娘，都是"柔情似水，烈骨如霜"，霜自然也是水呵！苏东坡似乎最高明，"欲把西湖比西子"，赢得古往今来全体公民的赞同，西湖因此又称西子湖。半个世纪前，朱自清游仙岩梅雨潭，惊诧于"春潭千丈绿"，送了一个名字——女儿绿！至于道貌岸然的大人先生把女人喊作祸水，小老百姓叹息着："嫁出去的女，泼出去的水。"

虽说难听，也算佐证：女人本是水做的骨肉。

与遍地高岭、矮丘、土壤、泥丸相比，我独钟爱水！水圣洁、明净、温软、静谧，水更涤荡着污垢，使泥沙日下。水就是美！我欣赏涓涓泉流，她从岩间渗出，如珠如玉，叮咚作响，织成素练，又娇娇滴滴地媚，只是怜惜着她的纤弱，仿佛随时会被渴极的沙砾吞噬；我惊叹奔腾的庐山瀑，汹涌的钱塘潮，怒浪排空的汪洋大海，她冲决着浊臭，视巍巍高丘为一抔，令人遥遥瞻仰，任敬畏充盈于胸臆间；也许我更会披心腹见情愫，去赞美江和湖，如漓江，如西湖，清而不浅，动而不乱，时或骄阳灿灿，耀金而不妖艳，时或烟雨茫茫，沉郁而不哀伤。

欣赏、惊叹与赞美缘于朱熹夫子的诗句："为有源头活水来。"水做骨肉的女人其活水源头是知识。于是我唯知识女性是敬。一张生动的脸，必有文化积淀作蕴含。设若腹内草莽，纵然脂浓粉香，无异于绿头蝇。高雅的举止，大方的谈吐，原是文化积淀的外化。于是，娇憨便是流动的韵致，即使轻狂与怨嗔，也是溅激的浪花，风中的涟漪。

水就是美，当是理想。水之为水，固能涤垢，也能染污。看那枯井、涸湖，纵有"星"样的闪烁，难免夜间微生物腐败的绿光。水又无定形，在山则为泉，在江则为流，在湖作一泓，在海成浩瀚。若置之容器，则又随容器而换形。于是乎我们看到有为金钱诱惑而当"傍家"的"小蜜"，有为权势驱遣而降志辱身的"长安水边"的"丽人"。

忽然想起巴金老人的《随想录》，他写道："我听周信芳同志的媳妇说，周的夫人在逝世前经常被打手们拉出去当作皮球推来推去，打得遍体鳞伤。有人劝她躲开，她说：'我躲开，他们就要这样对付周先生了。'"他接着写到他已故的爱妻萧珊："每当我落在困苦的境地里，朋友们各奔前程的时候，她总是亲切地在我耳边说：'不要难过，我不会离开你，我在你的身边。'"水的伟大胸怀使游鱼有所安归。身为涸辙之鲋，才真正懂得"水做骨肉的女人"。

郭启宏（1940—），广东饶平人，作家。著有《郭启宏剧作选》等作品。

这是一篇赞颂女性美的文章。作者旁征博引，将女性视作水的化身，突出了女性柔顺、白皙的特点。相比外在的容貌美，作者更注重女性的内在美——即知识和修养，在他看来，这才是女性美的根源。而文末巴金作品中提到的两位知识女性，不仅美，而且伟大，她们能够为了自己所爱的人作出牺牲，这才是真正"水做骨肉的女人"。

情书种种

□〔中国〕蒋子龙

人类学会了发声，就有了情歌；有了语言，就有了情话；发明了文字，便有了情书。发乎于情，困乎于情，心思用尽，好话说尽。《邮人说信》一书，如同一部世界情书大全，分析了古今中外各式各样成功的失败的情书，读来令人称奇。

就地取材，利用自己的工作优势炫耀才智。一位地理教员的情书里有这样的话："你是东半球，我是西半球，我们在一起，便是整个地球！"数学教员受启发，也照猫画虎："亲爱的，你是正数，我是负数，我们都是有理数，就该是天生的一对！"化学教员看他们都成功了，就也学这一套花言巧语："你是氢 H，我是氧 O，我们的结合便是水 H_2O 了。"没想到他的女朋友缺乏幽默感，且格外认死理，回信跟他断了关系："怎么有两个 H，还没结婚就有了第三者！"

以多取胜，烈女怕缠郎。法国画家列克鲁尔，在给情人的情书中就只要一句话："我爱你！"然而他把这句话重复了 187 万次。这可是个工夫活啊，没有点磨洋工的劲头坚持不下来，他恰恰是靠这种泡蘑菇的功夫打动了对方。大家都知道，1974 年冬，70 多岁的梁实秋邂逅了小他 30 岁的歌星韩菁清，头两个月就写了 90 多封情书。后来越写越多，去世后编成了厚厚的足有 600 多页的一大本。

工于心计，出奇制胜。现代女孩子们都一窝蜂地想嫁给绿茵场上的英雄，英雄才有几个，女球迷则无计其数，要想把大牌球星追到手绝非易事。荷兰 19 岁的少女丹妮，就凭着一封别致的情书，立马便俘获了 5 次被选为荷兰"足球先生"的世界级巨星克鲁伊夫。克氏收到的情书可车载船装，一般的信他是不看的，有一天收到了一本裘皮精装日记，随意一翻，每一页上都有他的签名。这调动了他的好奇心，便一路翻下去，最后是一封写给他的信："……我已经看过你踢的 100 多场球，每一场都要求你签名，而且也得到了，我多么幸运啊！现在，爱神驱使我寄出了这个本子，如果你不能接受我奉上的爱情，请把这个本子还给我，那上面'克鲁伊夫'的名字会给我破碎的心一半的慰藉。我多么想也得到那另一半啊……"这个少女成功了，一周后他们开始约会，并订下终身。爱情确是一门艺术，写情书光靠有爱情还不够，还要有点绝的，会花样翻新，一鸣惊人。

写情书大都要装出被爱情热昏了头的样子，无耻吹捧，山盟海誓，以肉麻当浪漫，蠢话连篇。情人间的绵绵私语，固然是越蠢就越甜蜜，但过了头也容易被误解，或华而不实，或满纸都是空洞无物的"假、大、空"，让情人摸不着头脑，又如何向你托付终身？为音乐而生的贝多芬，在爱情上并不走运，他留下的三封情书也许能解开他在爱情上失败的原因。第一封："我有满怀心事向你申诉——唉，有时我觉得言语文字殊不足以表达感情——祝你愉快——愿你永远做我唯一忠实宝贝，做我的一切，恰和我对于你一样。"第二封："我哭起来了——你固然也有爱情，但我对你的爱情更加浓厚……哎，上帝呀——我们的爱情岂不是一种真正的空中楼阁——可是它也像天一样稳固。"第三封："请你放安静些——你要爱我——今天——昨天——我因思念你，不觉涕泗滂沱了——你——是我的生命——是我的一切……"满篇都是删节号和破折号，语无伦次，不知所云。这样表达的爱情不是充满波折，就是不知所终。

有些人又因为太会说，花里胡哨，天花乱坠，反而坏了自己的好事。本杰明·富兰克林是美国独立战争时期声名仅次于华盛顿的伟大人物，曾参与起草了《独立宣言》和美国宪法，同时还发明了避雷针、富兰克林炉等，被誉为"万能博士"。其妻去世后他追求巴黎上流社会里的一位艾尔维修斯夫人，那女人还深爱着已经去世的丈夫，拒绝了他。他于是写了一封很长的情书，卖弄才情，像编造荒诞剧一样说他遭到拒绝后回家就躺倒了，以为自己已经死去，随后便进入天国并看见了那个寡妇的丈夫。岂知他在天国又娶了新的太太，欢爱异常，把前妻忘得一干二净。富兰克林非常愤怒地替他正在追求的艾尔维修斯太太抱不平，最后还有一神来之笔，说那个寡妇的丈夫在天国娶的新老婆是他富兰克林前不久死去的妻子……以期激起那女人的醋意和恨意，从而跟他结合。岂料游戏玩过了头，再一次被人家拒绝。

现代年轻人写情书就轻松多了，嬉皮笑脸，贫嘴滑舌，搞一点脑筋急转弯就行了。这里不妨摘一点现代情书中的"经典"句子："我要正式向你问路，怎么样才能走到你心里？""我真想看看你领子上的标签，想知道你是不是天堂造的？""今天的雨真大，是老天爷冲着你流口水！""请相信我，我一定会让你成为世界上第二最幸福的人。因为有了你，我才是第一最幸福的人！"……

好啦，该打住了。最后想提醒读者的是：别人的情书看得多了，自己反而写不了情书啦。觉得怎么写都不合适，就像赛场上的裁判，说起来头头是道，下到场子里却更糟。

佳作赏析：

蒋子龙（1941—），河北沧县人，作家。著有《一个工厂秘书的日记》《乔厂长上任记》《人气》等作品。

古往今来的情书数不胜数，而每封情书又各有特点，可以说是千姿百态。作者用诙谐的语言将古今的情书进行归类，并分别作了介绍。在作者看来，凡是情书都存在过度赞美的问题，旁人读来不免觉得肉麻，但正处于恋爱中的男女双方可能并不觉得。写情书不仅需要一定的技巧，也要注重将意思表达清楚，卖弄小聪明也不能过火，不然很可能栽跟头，事倍功半。文章不长，但内容丰富，语言又颇具特色，读来妙趣横生。

爱情欺负什么人

□［中国］蒋子龙

　　一位刚走出大学校门不久的年轻编辑，非常崇拜某女作家，求我写了封引荐信，千里迢迢去朝圣。朝圣归来仿佛突然长大了10岁，知道人间是怎么回事了，知道生活是怎么回事了，过去好长时间了，对那位女作家过的日子还感慨不已，她没有想到自己心目中的文学女神、一代才女，竟然过着近于凄凉的日子——独身一人，请了一个保姆，每隔3天才来一次，帮助收拾一下屋子，做一顿像样子的饭菜。在保姆不来的日子里，她便吃剩菜剩饭，或随便糊弄一点，有一口没一口。才刚50岁出头，按理说正是享受成熟人生的最好时期，功成名就，没有负担，平静自信，理应紧紧抓住中年的尾巴，好好享受成熟的生活和成熟的生命的种种欢乐。她没有。早早地松开了手，提前以老年的心境安详自然地迎接老境的到来。这是为什么？她内心深处怎样认识自己生活中的缺陷？是无可奈何地接受？还是就喜欢这种缺陷？

　　这位年轻的编辑也是女性，所以感触就格外深切。曾引以为自豪的满脑袋现代意识，也受到强烈的震颤，以致动摇并生出许多疑问……

"少年夫妻老来伴儿"——为什么年轻的时候称夫妻，而老了就称"伴儿"？"红颜多薄命""赖汉子找好妻"……这些重复了千百年的俗话、套话，至今仍在重复，一定有它的道理。它成了创作上的一个很大的套子，历代都有文人钻进钻出，套来套去，也说明生活里还在不断发生这样的故事。这不能不说是优秀女子的悲哀。

用不着我来饶舌，打开现代社会这本大书，有多少"女强人"被无能的丈夫背叛乃至遗弃；有多少出类拔萃的女性拥有漂亮的容貌、事业的成功、足够开销的金钱等一切令人妒忌的东西，唯独不能拥有令自己满意的爱情，或者曾经有过但没有全始终。

莫非爱情也是"高处不胜寒"？这里难道有什么规律可循？

对不同的人来说，爱情的分量也不一样，从重达千斤到轻如鸿毛的都有。有人时刻准备用整个生命去爱，为了爱而生存，视爱情为人生的全部，为追求伟大的爱情即便毁灭了人生也无愧无悔。这是悬空式的伟大恋人，把自己整个吊在了想象中的爱情大树上。任何爱都带有强烈的主观色彩，愈是优秀分子，由于智商高、知识多、想象力发达，这种主观色彩就愈重。而客观现实是，那种伟大的灿烂辉煌的爱情不是很容易能碰得到的。于是，视情感为自己唯一所拥有的最珍贵的东西，便铸成了天下情人的悲剧因素。

爱情的辉煌在于浪漫，爱情的长久取决于清醒地对感情的把握——这是另一种人的爱情观。不管讲起来多么动听，写在纸上多么漂亮，爱情只是人类生存中的一个重要内容，不是生存的全部。不论所爱的人多么重要，也不可能取代一个社会。正如鲁迅所说："人必生活着，爱才有所附丽。"普通人往往既需要爱，也不能离开养育这种爱或毁灭这种爱的现实世界。如果不是选择死，而是选择生，就不能排斥理智。理智是人类为了生存而付出的"沉重而又无可奈何的代价"，人要生存就不能没有理智的帮助，不要理智就是取消人类的存在。当然，这里所说的理智的"重大功用"，并不是单指用它来对付爱情。

然而，古典式或者浪漫式恋人所信奉的真正的爱情有三个特性：强烈、疯狂、毁灭。这显然是排斥理性的。

理性介入爱情，必然注重现实，讲求实际。这很容易被指责为平庸，不懂爱情。而在爱情的波涛中翻船溺水的，常常是那些对爱情懂得太多的人，使爱情和不幸成了相等同的概念。这是因为爱情有欺骗自己的天性——

古今中外举世闻名的爱情和各种艺术作品里的爱情，就是一种美丽的诱惑。正因为真正的爱情难寻，人类基于对爱情的渴望才生出许多想象，编出许多故事，无形中给爱情定出了一种标准。倘没有这个参照系，人间也许会少些爱情悲剧。实际上每个人的爱情都有自己的条件，自己的特殊性，跟谁的都不一样，尤其跟古今中外著名的爱情范例不一样，这才是你的。优秀分子极推崇独特的风格和个性，爱起来却喜欢跟别人比："你看人家怎样怎样……"

追求理解，寻找知音——其实上帝造出男人和女人是为了让他们相互爱恋，未必是为了让他们相互理解。人与人之间尤其是男女之间不可能有严格意义上的真正的彻底的全无保留的沟通。你理解你自己吗？往往是似了解非了解会产生一种神秘的情感，成就爱情。一旦彻底了解了，优点视而不见，缺点一目了然，便会生出许多失望，吸引力丧失。如仅仅是一杯清淡寡味的白开水还算是好的，倘若再清澈见底地看到许多毒菌病块，忍无可忍便会分手。所以，许多长久夫妻的长久秘诀，是爱对方的缺点。一个人身上的优点谁都喜欢。而缺点，尤其是隐秘的缺点，只有爱人知道，能够容忍，当然包括帮助，帮助不好仍然是容忍，久而久之变成了一种习惯，形成了一种惰性，相互适应了。这种习惯和适应构成了一种深切的别人无法替代的关系，生理、心理上的一种完全的容忍、默契、理解，胜过浪漫的爱。虽然爱情的光环消失了，换来的是长久而平实的爱情生活。

从某种意义上说什么是婚姻？婚姻就是包容，包容婚姻的缺陷。

高调好唱，但不要说爱缺点，即便是容忍缺点对一个优秀人物来说，也是很困难的。聪明人爱挑剔，会挑剔。凡事都有个限度，不同的人、不同的爱情、不同的家庭，有不同的限度。如果容忍变成了一种下地狱般的痛苦折磨，岂不成了罪孽？有的人要看容忍什么样的缺点，看对方还有没有值得重视的优点。对有的人来说容忍变成了"嫁鸡随鸡，嫁狗随狗"，对另一些人则是"夫唱妇随"。

生活中常有这样的事情：某夫妻中的一个曾犯过严重的很丢人现眼的错误，邻里、朋友还记忆犹新，可人家两口子又一块上街、散步、说说笑笑，日子过得还不错。当事人、受害者比别人转弯子还快，这是为什么？一个女研究生热烈地爱上了自己的导师，这位导师正值中年，是个有成果的名人。他的夫人知道了，不气，不躁，找到了那位研究生，心平气和地问她对自己的导师知道多少？他有名气，有成就，别人很容易看到他的优点，很容易喜欢他，爱他。这位夫人又列举了只有她才知道的他的许多缺点和身上的疾病，讲了自己是怎样忍辱负重地帮助他，照顾他，使他有今天还有牢靠的明天。最后坦诚地问研究生："如果你自信能比我做得更好，我就撤出，成全你们。"结果，在这场感情纠葛中撤出的是那位研究生。她没有把握在成了导师的妻子以后还能长期忍受他的缺点和那讨厌的疾病。

现代社会流传着不少害人不浅的观点："爱情和婚姻是两回事，爱情常常毁了婚姻，婚姻也可以毁了爱情。""享受爱情和享受生活是矛盾的，优秀女子的理想爱情属于一个高尚的社会，无法和世俗的生活谐调。"

优秀女子的感情负担太重了。爱得浅了不够味，怀疑不是真正的爱情。爱得太深了又会患得患失，不仅会爱得没有了自己，还将最终失去所爱的人。说起话来思想很"现代"，真正动真情爱上了一个人又很"传统"。我在一次会议上曾听到一位情场得意的老兄发过这样的感叹："愈是优秀的女人愈烦人！"

看来，对优秀的女子来说只有两种选择：要么彻头彻尾彻里彻外的"现代"，要么保留一颗女人的平常的心。

优秀而又幸福的女人多半都有一颗平常的心，她们活得自然而又完整。为爱情而生为爱情而死的生命倒常常是有缺陷的——尽管这种缺陷也不失为一种美，一种高尚。记不得是哪位先哲说过大意是这样的话："一个婚事顺利的普通人要比一个过独身生活的天才幸福得多。"这话也不是没有毛病，因为每个人对幸福的理解不一样。

怀有一颗平常的心，就是愿意回到家庭中过普通人的但是牢靠的生活，驾驭爱情，充实自己的人生。

所谓用彻头彻尾彻里彻外的现代观念武装自己，就是为了对付爱情的从属性和不平等。把人类"最沉重最可怕的一种情感"转化成一种"轻松、自由、信任、豁达"的男女关系，这就是现代爱情的基本特点。

去年 2 月日本一家妇女杂志《莫拉》做了一项调查，为两种女人打分：一种是以放弃工作专做主妇的山口百惠所代表的温柔贤惠型；一种是以松田圣子所代表的我行我素型，不放弃职业，不舍弃自我。结果是大多数人更喜欢后者。《两性差异》一书的作者韦娜说得更直截了当："对于男女双方而言，爱情是为生存而战。"

社会继续开放，观念不断变化，带来了许多快速而多变的感情问题。婚姻的缺陷暴露得最多，感情的饥渴者和流浪儿最多，情人最多。几乎冲击了各种年龄各种阶层的人。心里岿然不动者是少数，已经采取了行动的也是少数，大部分人是心里有所动或正准备动。至于怎样动，动的结果如何，那就难说了。

敏感的人总是先动，所以要格外珍重。

佳作赏析：

这是一篇兼具理论性和实用性的文章。作者以通俗的语言、流畅的文字将爱情与婚姻、浪漫与现实的关系作了深刻的分析，对当今社会流行的所谓新婚恋观进行了批评，指出了传统婚恋观流传千年的一定合理性。作者用大量的事实指出"纯爱情"的想象性质，主张青年男女在爱情婚姻问题上保持浪漫与现实的合理平衡，要理智地看待和处理问题，保持一颗平常心。对于许多人而言，蒋子龙的这些话可谓金玉良言。

男人眼中的女人

□〔中国〕周国平

一

女人是男人的永恒话题。

男人不论雅俗智愚，聚在一起谈得投机时，话题往往落到女人身上。由谈不谈女人，大致可以判断出聚谈者的亲密程度。男人很少谈男人。女人谈女人却不少于谈男人，当然，她们更投机的话题是时装。有两种男人最爱谈女人：女性蔑视者和女性崇拜者。两者的共同点是欲望强烈。历来关于女人的最精彩的话都是从他们口中说出的。那种对女性持公允折中立场的人说不出什么精彩的话，女人也不爱听，她们很容易听出公允折中背后的欲望乏弱。

二

古希腊名妓弗里妮被控犯有不敬神之罪，审判时，律师解开她的内衣，法官们看见她美丽的胸脯，便宣告她无罪。

这个著名的例子只能证明希腊人爱美，不能证明他们爱女人。

相反，希腊人往往把女人视为灾祸。在荷马史诗中，海伦私奔导致了长达十年的特洛伊战争。按照赫西俄德的神话故事，宙斯把女人潘多拉赐给男人乃是为了惩罪和降灾。阿耳戈的英雄伊阿宋祈愿人类有别的方法生育，使男人得以摆脱女人的祸害。爱非斯诗人希波纳克斯在一首诗里刻毒地写道：女人只能带给男人两天快活，"第一天是娶她时，第二天是葬她时"。

倘若希腊男人不是对女人充满了欲望，并且惊恐于这欲望，女人如何成其为灾祸呢？

不过，希腊男人能为女人拿起武器，也能为女人放下武器。在阿里斯托芬的一个剧本中，雅典女人讨厌丈夫们与斯巴达人战火不断，一致拒绝同房，并且说服斯巴达女人照办，结果奇迹般地平息了战争。

我们的老祖宗也把女人说成是祸水，区别在于，女人使希腊人亢奋，大动干戈，却使我们的殷纣王、唐明皇们萎靡，国破家亡。其中的缘由，想必不该是女人素质不同罢。

三

孔子说："唯女子与小人为难养也，近之则不孙，远之则怨。"

这话对女人不公平。"近之则不孙"几乎是人际关系的一个规律，太近了，没有距离，谁都会被惯成或逼成小人，彼此不逊起来，不独女人如此。所以，两性交往，不论是恋爱、结婚还是某种亲密的友谊，都以保持适当距离为好。

君子远小人是容易的，要怨就让他去怨。男人远女人就难了。孔子心里明白："吾未见好德如好色者也。"既不能近之，又不能远之，男人的处境何其尴尬。那么，孔子的话是否反映了男人的尴尬，却归罪于女人？

"为什么女人和小人难对付？女人受感情支配，小人受利益支配，都不守游戏规则。"一个肯反省的女人对我如是说。大度之言，不可埋没，录此备考。

四

女性蔑视者只把女人当作欲望的对象。他们或者如叔本华，终身不恋爱不结婚，但光顾妓院，或者如拜伦、莫泊桑，一生中风流韵事不断，但决不真正堕入情网。

叔本华说："女性的美只存在于男人的性欲冲动之中。"他要男人不被性欲蒙蔽，能禁欲就更好。

拜伦简直是一副帝王派头："我喜欢土耳其对女人的做法：拍一下手，'把她们带进来！'又拍一下手，'把她们带出去！'"女人只为供他泄欲而存在。

女人好像不在乎男人蔑视她，否则拜伦、莫泊桑身边就不会美女如云了。虚荣心（或曰纯洁的心灵）使她仰慕男人的成功（或曰才华），本能又使她期待男人性欲的旺盛。一个好色的才子使她获得双重的满足，于是对她就有了双重的吸引力。

但好色者未必蔑视女性。有一个意大利登徒子如此说："女人是一本书，她们时常有一张引人的扉页。但是，如果你想享受，必须揭开来仔细读下去。"他对赐他以享受的女人至少怀着欣赏和感激之情。

女性蔑视者往往是悲观主义者，他的肉体和灵魂是分裂的，肉体需要女人，灵魂却已离弃尘世，无家可归。由于他只带着肉体去女人那里，所以在女人那里也只看到肉体。对于他，女人是供他的肉体堕落的地狱。女性崇拜者则是理想主义者，他透过升华的欲望看女人，在女人身上找到了尘世的天国。对于一般男人来说，女人就是尘世和家园。凡不爱女人的男人，必定也不爱人生，只用色情眼光看女人，近于无耻。但身为男人，看女人的眼光就不可能完全不含色情。我想不出在滤尽色情的中性男人眼里，女人该是什么样子。

五

"你去女人那里吗？别忘了你的鞭子！"——《查拉图斯特拉如是说》中的这句恶毒的话，使尼采成了有史以来最臭名昭著的女性蔑视者，世世代代的女人都不能原谅他。

然而，在该书的"老妇与少妇"一节里，这句话并非出自代表尼采的查拉图斯特拉之口，而是出自一个老妇之口，这老妇如此向查氏传授对付少妇的诀窍。

是衰老者嫉妒青春，还是过来人的经验之谈？

这句话的含义是清楚的：女人贱。在同一节里，尼采确实又说："男人骨子里坏，女人骨子里贱。"但所谓坏，是想要女人，所谓贱，是想被男人要，似也符合事实。

尼采自己到女人那里去时，带的不是鞭子，而是"致命的羞怯"，乃至于谈不成恋爱，只好独身。

代表尼采的查拉图斯特拉是如何谈女人的呢？

"当女人爱时，男人当知畏惧：因为这时她牺牲一切，别的一切她都认为毫无价值。"尼采知道女人爱得热烈和认真。

"女人心中的一切都是一个谜，谜底叫作怀孕。男人对于女人是一种手段，目的总在孩子。"

尼采知道母性是女人最深的天性。

他还说：真正的男人是战士和孩子。作为战士，他渴求冒险；作为孩子，他渴求游戏。因此他喜欢女人，犹如喜欢一种"最危险的玩物"。

把女人当作玩物，不是十足的蔑视吗？可是，尼采显然不是只指肉欲，更多是指与女人恋爱的精神乐趣，男人从中获得了冒险欲和游戏欲的双重满足。

人们常把叔本华和尼采并列为蔑视女人的典型。其实，和叔本华相比，尼采是更懂得女人的。如果说他也蔑视女人，他在蔑视中仍带着爱慕和向往。叔本华根本不可能恋爱，尼采能，可惜的是运气不好。

六

有一回，几个朋友在一起谈女人，托尔斯泰静听良久，突然说："等我一只脚踏进坟墓时，再说出关于女人的真话，说完立即跳到棺材里，砰一声把盖碰上。来捉我吧！"据在场的高尔基说，当时他的眼光又调皮，又可怕，使大家沉默了好一会儿。

还有一回，有个德国人编一本名家谈婚姻的书，向萧伯纳约稿，萧伯纳回信说："凡人在其太太未死时，没有能老实说出他对婚姻的意见的。"这是俏皮话，但俏皮中有真实，包括萧伯纳本人的真实。

一个要自己临终前说，一个要太太去世后说，可见说出的绝不是什么好话了。

不过，其间又有区别。自己临终前说，说出的多半是得罪一切女性的冒天下大不韪之言。太太去世后说，说出的必定是不利于太太的非礼的话了。有趣的是，托尔斯泰年轻时极放荡，一个放荡男人不能让天下女子知道他对女人的真实想法；萧伯纳一生恪守规矩，一个规矩丈夫不能让太太知道他对婚姻的老实意见。那么，一个男人要对女性保有美好的感想，他的生活是否应该在放荡与规矩之间，不能太放荡，也不该太规矩呢？

七

亚里士多德把女性定义为残缺不全的性别，这个谬见流传甚久，但在生理学发展的近代，是愈来愈不能成立了。近代的女性蔑视者便转而断言女人在精神上发育不全，只停留在感性阶段，未上升到理性阶段，所以显得幼稚、浅薄、愚蠢。叔本华不必提了，连济慈这位英年早逝的诗人也不屑地说："我觉得女人都像小孩，我宁愿给她们每人一颗糖果，也不愿把时间花在她们身上。"

然而，正是同样的特质，却被另一些男人视为珍宝。如席勒所说，女人最大的魅力就在于天性纯正。一个女人愈是赋有活泼的直觉，未受污染的感性，就愈具女性智慧的魅力。

理性决非衡量智慧的唯一尺度，依我看也不是最高尺度。叔本华引沙弗茨伯利的话说："女人仅为男性的弱点和愚蠢而存在，却和男人的理性毫无关系。"照他们的意思，莫非要女人也具备发达的逻辑思维，可以来和男人讨论复杂的哲学问题，才算得上聪明？我可没有这么蠢！真遇见这样热衷于抽象推理的女人，我是要躲开的。我同意瓦莱里订的标准："聪明女子是这样一种女性，和她在一起时，你想要多蠢就可以多蠢。"我去女人那里，是为了让自己的理性休息，可以随心所欲地蠢一下，放心从她的感性获得享受和启发。一个不能使男人感到轻松的女人，即使她是聪明的，至少她做得很蠢。

女人比男人更属于大地。一个男人若终身未受女人熏陶，他的灵魂便是一颗飘荡天外的孤魂。惠特曼很懂得这个道理，所以他对女人说："你们是肉体的大门，你们也是灵魂的大门。"当然，这大门是通向人间而不是通向虚无缥缈的天国的。

八

男人常常责备女人虚荣。女人的确虚荣，她爱打扮，讲排场，喜欢当沙龙女主人。叔本华为此瞧不起女人。他承认男人也有男人的虚荣，不过，在他看来，女人是低级虚荣，只注重美貌、虚饰、浮华等物质方面，男人是高级虚荣，倾心于知识、才华、勇气等精神方面。反正是男优女劣。

同一个现象，到了英国作家托马斯·萨斯笔下，却是替女人叫屈了："男人们多么讨厌妻子购买衣服和零星饰物时的长久等待，而女人们又多么讨厌丈夫购买名声和荣誉时的无尽等待——这种等待往往耗费了她们大半生的光阴！"

男人和女人，各有各的虚荣。世上也有一心想出名的女人，许多男人也很关心自己的外表。不过，一般而论，男人更渴望名声，炫耀权力，女人更追求美貌，炫耀服饰，似乎正应了叔本华的话，其间有精神和物质的高下之分。但是，换个角度看，这岂不恰好表明女人的虚荣仅是表面的，男人的虚荣却是实质性的？女人的虚荣不过是一条裙子，一个发型，一场舞会，她对待整个人生并不虚荣，在家庭、儿女、婚丧等大事上抱着相当实际的态度。男人虚荣起来可不得了，他要征服世界，扬名四海，流芳百世，为此不惜牺牲掉一生的好光阴。

当然，男人和女人的虚荣又不是彼此孤立的，他们实际上在互相鼓励。男人以娶美女为荣，女人以嫁名流为荣，各自的虚荣助长了对方的虚荣。如果没有异性的目光注视着，女人们就不会这么醉心于时装，男人们追求名声的劲头也要大减了。

虚荣难免，有一点无妨，还可以给人生增添色彩，但要适可而止。为了让一个心爱的女人高兴，我将努力去争取成功。然而，假如我失败了，或者我看穿了名声的虚妄而自甘淡泊，她仍然理解我，她在我眼中就更加可敬了。男人和女人之间，毕竟有比名声或美貌更本质更长久的东西存在着。

九

莎士比亚借哈姆雷特之口叹道："软弱，你的名字是女人！"他是指女人经不住诱惑。女人误解了这话，每每顾影自怜起来，愈发觉得自己弱不禁风，不堪一击。可是，我们看到女人在多数场合比男人更能适应环境，更经得住灾难的打击。这倒不是说女人比男人刚强，毋宁说，女人柔弱，但柔者有韧性，男人刚强，但刚者易摧折。大自然是公正的，不教某一性别占尽风流，它又是巧妙的，处处让男女两性互补。

在男人眼里，女人的一点儿软弱时常显得楚楚动人。有人说俏皮话："当女人的美眸被泪水蒙住时，看不清楚的是男人。"一个女人向伏尔泰透露同性的秘密："女人在用软弱武装自己时最强大。"但是，不能说女人的软弱都是装出来的，她不过是巧妙地利用了自己固有的软弱罢了。女人的软弱，说到底，就是渴望有人爱她，她比男人更不能忍受孤独。对于这一点儿软弱，男人倒是乐意成全。但是，超乎此，软弱到不肯自立的地步，多数男人是要逃跑的。

如果说男人喜欢女人弱中有强，那么，女人则喜欢男人强中有弱。女人本能地受强有力的男子吸引，但她并不希望这男子在她面前永远强有力。一个窝囊废的软弱是可厌的，一个男子汉的软弱却是可爱的。正像罗曼·罗兰所说："在女人眼里，男人的力遭摧折是特别令人感动的。"她最骄傲的事情是亲手包扎她所崇拜的英雄的伤口，亲自抚慰她所爱的强者的弱点。这时候，不但她的虚荣和软弱，而且她的优点——她的母性本能，也得到了满足。母性是女人天性中最坚韧的力量，这种力量一旦被唤醒，世上就没有她承受不了的苦难。

佳作赏析：

周国平（1945— ），上海人，学者、作家。著有《偶像的黄昏》《人与永恒》《爱与孤独》《智慧引领幸福》等。

正如作者所言，女人是男人间永恒的话题，但又不仅仅局限于爱情和婚姻。女性的容貌、服饰、性格、心理、生活、兴趣，这都是男人津津乐道的话题。女人千姿百态，男人的态度也各不相同。有的男人蔑视她们，有的男人崇拜她们；有说她们好的，也有说她们坏的。其实女人和男人一样，既有优点也有缺陷，任何过于极端的观点都是偏颇而不可取的。文章旁征博引，思想深邃，富有哲理性，很值得一读。

爱之梦

□ ［中国］肖复兴

　　考察艺术家的爱情，是一件十分有意思的事情。艺术家常常容易处于幻觉和现实之间的混沌状态，便容易将艺术和生活混淆起来，自然，更容易将爱情中世俗部分剔除出去，而将其中的浪漫部分膨胀，将爱情过分的艺术化。这是艺术家的幸耶？不幸耶？

　　莫扎特（Mozart，1756—1791）21 岁的时候，曾经热烈地爱上过一个专事誊写乐谱叫作韦伯的女孩儿阿罗伊加。莫扎特教她唱自己创作的歌曲，两人情意相投。但是，当阿罗伊加成为慕尼黑红极一时的歌唱家时，她看不起贫困潦倒的莫扎特。莫扎特却因祸得福，在他 25 岁的时候，与她的妹妹 18 岁的妙龄少女康斯坦兹相爱。尽管日后康斯坦兹料理生活的能力很差，却和莫扎特相亲相爱，陪伴莫扎特短暂又艰辛的一生，给了莫扎特温暖和扶持。

　　艺术家的生活有时有着惊人的相似，海顿（Haydn，1732—1809）和莫扎特一样也是先后和姊妹俩相爱，结局和莫扎特却大相径庭。海顿爱上卖假发的老板的女儿约瑟芬，同莫扎特一样，也是教她音乐时同音符一起悄悄跳动起爱情的旋律。谁想约瑟芬不肯出嫁，却皈依了宗教，当了修女。海顿最后和她的姐姐玛丽亚结婚。当时海顿已经30岁，她比海顿大两岁。她不仅不懂音乐，将海顿辛辛苦苦写的乐谱草稿当成废纸卖掉，而且骄横任性，经常对海顿大发脾气，以至弄得海顿无法创作，骂她是"地狱里的禽兽"，最后忍无可忍，海顿只好离家出走，一直到死也再无法重新走到一起。

莫扎特和海顿同样爱情的轨迹，为什么却有着这样截然不同的结果？是怨海顿命运不济或海顿脾气不好或不会生活？女人，在艺术家的生活中至关重要，她不是成全艺术家，就是毁灭艺术家。这原因在于艺术家的心敏感而脆弱，更在于我前面说的，艺术家容易将爱情艺术化，当爱情并非想象中的艺术而成为了俗不可耐的东西时，艺术家就像智商极低的孩子一样，无所措手足了。据说，海顿和妻子长期分居，却一直受着妻子的折磨，当妻子61岁的时候还要向海顿伸手要钱给她买一幢房子。这样的女人，永远是一个不谐调的音符，阴影一样笼罩着海顿的一生，不能成为帮助艺术家飞翔的吹动的风，只能是坠住翅膀的累赘。这样的女人，在普通家庭中也一样起着破坏的作用，但在艺术家的生活中，这种破坏作用尤其严重，因为艺术家比一般人更需要轻盈飞翔的翅膀，或者说更需要有灵性的女人。

在这一方面，法国音乐家圣桑（Saint-Saens，1835—1921）同海顿相似。圣桑是在40岁那一年和玛丽·罗莱·特佛结婚，婚后生活曾经有过幸福甜蜜的3年，在这3年中，他们有了两个孩子。3年后的一天，他的长子从4楼的窗户掉下来摔死了；6个星期后，他的小儿子又意外在乡间死去。接踵而来的打击，圣桑产生了神经质的恐惧心理。那一年的7月，他带着妻子到风光秀丽的布鲁尔温泉休养。谁知，妻子竟突然失踪。起初，他担心妻子也会遇到意外，四处寻找。可是，几天之后，他接到妻子的来信。在信中，妻子断然地说："决不返回！"他们开始了长达40年之久的分居生活，比海顿和妻子分居的时间还要长。

我弄不清圣桑的妻子为什么在圣桑最为痛苦、最需要辅助的时候突然出走？我一直没有在书中找到可信服的材料，我无法替他们做出解释。或是圣桑的妻子接连失去孩子的痛苦折磨得神经出了毛病？真是这样的话，可以原谅，但在书中并没有这样的说法。或是她忍受不了圣桑当时那忧郁的恐惧症？那这样的女人就难以原谅，圣桑当时正需要抚慰，她却拂袖而去，心肠未免太冷太硬！

圣桑的心情和创作，因妻子的突然出走，都受到了极大的创伤。40年漫长的分居生活，说明圣桑对她并未完全失去感情，他们毕竟有过3年短暂却美好的生活。但拿这3年和40年漫长的时光做抗衡，未免太残酷。我想最后圣桑晚年远离家乡，客死非洲，和妻子当年恩断情绝的不辞而别，不是没有关系的。

当我在书中知道这一切的时候，我为圣桑而伤感。对那个妻子，我很难理解，对她自然不怀好感。当我再听圣桑的音乐，无论如何不能将他的那美妙悦耳的旋律，和他这痛苦的经历联系在一起。只有在他的《天鹅》中，隐约听到一丝丝忧郁的心音。而且，也许只是我自己一时的臆想。

我是一直顽固地认为艺术家的爱情对于艺术家的创作是十分重要的。女人，在这个世界上，同男人相比，更具有艺术的气质和品性。只不过，不是好艺术品，就是拙劣的艺术品罢了。如果说艺术是一棵大树，作为男人的艺术家可以是支撑起这棵大树的枝干以及枝干上生出的繁茂的绿叶；女人，哪怕这女人不是艺术家，而只是一般的普通的女人，也是这大树枝头开满的鲜花。缺少了这样的鲜花，大树再枝繁叶茂，也会单调许多，缺少了艺术本该拥有的色彩、水分和韵味。

同圣桑和海顿相比，李斯特（F.Liszt，1811—1866）和帕格尼尼（N.Paganini，1781—1840）也许是个幸运的例子了。

李斯特22岁时与美丽高傲的达格沃伯爵夫人一见钟情，伯爵夫人为了他，舍弃了三个孩子和伯爵夫人的地位毅然和当时并非声名大震的李斯特结婚。不仅结婚，同时她还能写一手好文章，常以达纽尔·斯特恩的笔名写一些文章，帮助李斯特的音乐更上一层楼。

而另一个卡罗丽娜·莎·魏特根斯特恩伯爵夫人，一样为了他，舍弃了两个孩子和地位，同他出走，共赴天涯。即使当时教皇不允许他们结婚，夫人依然陪伴他到老，一直到李斯特75岁高龄时不幸去世。夫人从此深居内室不见任何人，而一心一意只埋头写作，直至第二年终于完成了她的宗教著作，方才横卧在地，毫无牵挂地追随李斯特而去。在这之前，这位高贵而学识丰厚的夫人曾经帮助过李斯特的创作，一针见血地指出李斯特的作品华丽的抒情之中缺少刚强的内容，竭力劝他不要只写一些华丽的作品，而应该致力于艺术性思想性更强的作品。李斯特正是听从了夫人的意见，在那一个时期方才创作出著名的《浮士德交响曲》和《但丁交响曲》。

尽管在许多书中写到李斯特同女人的关系方面，对李斯特极尽讽刺笔墨，尼采甚至说："'李斯特'等于'追求女人的艺术'。"但我们无法否认女人对于李斯特的作用。我们谈到李斯特的时候，不能不谈到曾经热爱过他的女人，尤其是为了他舍弃了自己心爱的孩子和高贵地位的两位伯爵夫人。我们聆听李斯特那首百听不厌的《爱之梦》时，心头不能不轻轻掠过一丝丝温馨的爱的清风。它让我们相信，这样的清风吹过，再枯萎的枝头也会回黄转绿，也会绽开芬芳的花朵。

帕格尼尼从小就放荡不羁，挥金如土，赌博成性，还厮混女人，以至贫病交加，负债累累，最后不得不变卖自己的小提琴艰苦度日，再也无法开他那动人的音乐会。就在这时，在他的面前突然出现了一位来自托斯卡那的贵妇人，拯救他于危难之中。有关帕格尼尼的传记，至今也未查出这位妇人究竟是谁，一律只称她为"获达"（Dida）。就是这位获达向他伸出了爱的手臂，带他来到风光宜人的乡间别墅，静心养病整整3年，并帮助他学会了一些简单的农活。获达爱他的非凡的小提琴演奏，不愿意看到这样一个天才毁灭于花天酒地之中。很难设想，如果在帕格尼尼的生活之中没有了这个女人，帕格尼尼的以后的音乐会是一种什么情景？帕格尼尼能不能活到58岁？我想，他不能。他的身体从小就很坏，4岁时不知得什么病，浑身僵硬，家人以为他死了，差点没把他活埋。年纪不大就开始纸醉金迷，身体状况更加每况愈下。如果没有获达这个女人的出现，他的身体和他的音乐早就江河日下了。

关键是荻达和李斯特的爱人卡罗丽娜一样，不仅在生活上帮助了他，在音乐方面一样给予他以提高。在乡间休养生息的 3 年中，荻达教他学吉他，聪明的帕格尼尼跟着她学会了用手指拨弦发出与笛音相似的泛音和双音，创造了小提琴演奏的新技巧。

曾有人这样说：好的女人是一架钢琴，关键是看什么样的男人来弹奏了，好的男人能在上面弹奏出好曲子，坏的男人只能弹奏出坏曲子。其实，有时正相反，男人才是一架钢琴，女人在上面的作用会使得男人身上的创造力得以淋漓尽致的发挥。帕格尼尼是一个明显的例子，是荻达挽救了他，重新创造了他。在乡间 3 年之后，帕格尼尼返回家乡热那亚，然后到卢卡再次举行了他的小提琴演奏会。否则，人们很可能将再无法听到他的音乐了。

在这样高贵而美妙的女人面前，伟大的音乐家有时简直像是个软弱的孩子。可是，我想正因为有了这样高贵而美妙的女人，伟大音乐家的音乐里才会流淌真正动人的感情。在这个世界上，常常不是因为拥有男人而是因为拥有女人而美好，同样，在艺术的王国里，也是因为拥有女人而美好难再，成全了艺术家本身。

在我看来，这种拥有，不是占有。白头偕老，同生共死，自然是美好的。但是，对于艺术家的爱情来说，并不见得就是最好的。耳鬓厮磨，固然有着人生无可取代的乐趣和享受，但是，正如占有不是拥有一样，享受也不是感受。作为艺术家，感受比享受更为重要。享受是一般任何人都可以做到的，它仅仅靠手靠嘴就够了；敏锐而细腻的感受，却要靠心，那是艺术家独具无二的能力，磨损锈蚀了这种能力，艺术家的灵性也就没有了。因此，我说对于艺术家的爱情来说，占有不等于拥有。爱情对于艺术家来说，当成为一种创造时，才是最美好的。而这种创造，往往是埋在心底的一个刻骨铭心的幻觉，是藏在书中的一枚自制的书签，而不仅仅是吻、拥抱或性。这时，爱情便也成了一种艺术。

在音乐家中，柏辽兹（L.Berlioz，1803—1869）晚年对他童年时爱恋过的恋人的感情，最令我感动。在柏辽兹痛苦失恋，又接连失去两位妻子的孤寂晚年，他突然想起了自己童年时的恋人。那是在他的家乡，那一望无际的金色的平原，抬头能望见阿尔卑斯山皑皑积雪的山巅，他爱上了一个叫埃斯特尔·格蒂耶的姑娘。他即使到老了，也忘不了她常常穿着一双红鞋子；他每次见到她时，都有一种被雷电击中的感觉，心中狂跳不已。只不过，那时他太小，他没有勇气向她表达自己这一份爱情。那时，柏辽兹才12岁，而姑娘已经快20岁了。当晚年的柏辽兹再次想起她时，他忽然有一种抑制不住的冲动，竟然不顾61岁的高龄立刻回家乡去见这个童年时的梦中情人。他回到家乡，她已经搬到意大利的热那亚去了。柏辽兹又立刻赶到热那亚，终于见到了已经年近70岁的情人——一个皱纹纵横的老太婆。

我不知道柏辽兹最后千里迢迢见到这个老太婆的时候，彼此是一种什么心情？是否还能记起遥远的童年往事？是否还能望见童年那双红鞋子以及阿尔卑斯山的积雪？但柏辽兹垂下头吻她那瘦骨嶙峋的手并向她求婚时的情景，还是十分感人的。感人不在于柏辽兹最后这一刹那，而在于这一份感情深藏了整整50年。50年的发酵，这一份感情浓郁似酒，不饮也醉了。50年的淘洗，这一双普通的红鞋子，也变成了神话中的魔鞋，闪烁着异样的光彩。50年的距离，将这一份感情幻化为一幅画、一支曲子、一种艺术。如果没有这50年的距离，而是他们当年就好梦成真，花好月圆，还会有这种动人的魅力和力量吗？

想到这里，就会明白并深深懂得柏辽兹为什么能创作出那么美妙醉人的《幻想交响曲》了。

想到这里，也就会明白为什么梅克夫人和柴可夫斯基（Tchaikovsky，1840—1893）曾经萌生过爱的幼芽，却一直把这种爱拉开迢迢的距离，而始终没有相见。

我们也就明白并读懂，一生独身的贝多芬死后不久，人们在他的银行股票中发现的那两封写得热情洋溢的情书。情书未具名字，贝多芬为什么只称她为自己"始终不渝的爱人"。人们到现在也弄不清贝多芬到底是写给谁的。但还有弄清楚的必要吗？

真正的艺术，同真正的爱情永远只在遥远的梦中和路途中。

距离，确实只有距离才会产生美，产生爱情，产生艺术。

佳作赏析：

肖复兴（1947—），北京人。著有长篇小说、中篇小说集、报告文学集多部。

这是一篇讨论女人和艺术、艺术家之间关系的文章。艺术家作为一个相对比较独特的人群，其最大的特点就是耽于幻想，浪漫气息浓郁，这对于他们的艺术创作而言是不可或缺的，而女人往往是他们获得创作灵感和艺术想象最常见的对象和资源之一。因此艺术家和女人之间必然发生种种或奇特、或荒诞、或欢喜、或悲伤的故事。"真正的艺术，同真正的爱情永远只在遥远的梦中和路途中"，作者的这一句话可谓一语中的，为什么会这样呢？因为艺术和爱情都是浪漫的产物，而制造浪漫正是艺术家们最擅长的工作。

致李银河

□〔中国〕王小波

孤独的灵魂多么寂寞啊

银河，你好！

你的来信收到了。

我想我现在了解你了。你有一个很完美的灵魂，真像一个令人神往的锦标。对比之下我的灵魂显得有点黑暗。

我来回答你的问题吧。你已经知道我对你的爱有点自私。真的，哪一个人得到一颗明珠不希望它永远归己所有呢。我也是。我很想知道你的爱情有多美好（这是人们很少能找到的啊！），我又怎能情愿失去它呢。

可是我有一个最高的准则，这也是我的秘密，我从来也不把它告诉别人。就是，人是轻易不能知道自己的，因为人的感官全是向外的，比方说人能看见别人，却不能看见自己；人可以对别人有最细微的感觉，对自己就迟钝得多。自己的思想可以把握，可是产生自己思想的源泉谁能把握呢。有人可以写出极美好的小说和音乐，可是他自己何以能够写这些东西的直接原因却说不出来。人无论伟大还是卑贱，对于自己，就是最深微的"自己"却不十分了然。这个"自我"在很多人身上都沉默了。这些人也就沉默了，日复一日过着和昨日一样的生活。在另外一些人身上，它就沸腾不息，给它的主人带来无穷无尽的苦难。你说，是什么使双目失明的密尔顿苦苦地写诗呢，还不是它。你看，好多人给它许下了诺言，安德谢夫说他是个穷鬼时下定了决心，除了一颗枪子儿什么也挡不住他。可是他成了阔佬以后呢？心安理得了。

至于我呢，我情愿它永远不沉默，就是它给我带来什么苦难都成。我们都活着，将来我们都活过。我情愿它沸腾到最后一秒钟为止，我永远不希望有一天我心安理得，觉得一切都平稳了。我知道，生和死，这是人们自己的事。谁也救不了别人的灵魂，要是人人都有个不休不止的灵魂才好呢。我真希望我的灵魂像你说的，是个源泉，永远汲取不干（当然这是不可能的事）。我希望我的"自我"永远"滋滋"地响，翻腾不休，就像火炭上的一滴糖。

我真不想有一天我自己觉得我有了足够的智慧，可以够用了，足够明辨是非了。

后来的事情你知道，你把我说了一顿。我是躲在一个角落里，小心翼翼、鬼鬼祟祟地伸出手来，被你一说马上就老羞成怒了。真的，是恼羞成怒。我的眼睛都气得对了起来。我觉得一句好话对你算什么？你都不肯说，非要纠缠我。于是我写了很多惹人生气的话，我还觉得你一定不很认真地看待我，于是又有很多很坏的猜想油然而生，其实那些我自己也不信呢。

后来我又接到你一封信。我高兴了，就把上一封信全忘了。

这一件事你全明白了吧。我这件事情办得坏极了，请你把它忘了吧。你把卑鄙的星期五的来信还给我吧。

我们都太羞怯太多疑了。主要是我！我现在才知道你多么像我。我真怕你从此恨我。我懊恼地往家里走，忽然想起小时候唱的一支歌来，是关于一个老太太和她的小面团。小面团唱着这么一支歌：

请你不要吃我不要吃我，我给你唱一支好听的歌。

我把这件事告诉你了。我怎么解释呢？我不能解释。只好把这支歌唱给你听。

请你不要恨我，我给你唱一支好听的歌。

你说我这个人还有可原谅的地方吗？我对你做了这样的坏事你还能原谅我吗？我要给你唱一支好听的歌，就是我这一次猜忌是最后的一次。我不敢怨恨你，就是你作出什么样的决定我都不怨恨。我把我整个的灵魂都给你，连同它的怪癖，耍小脾气，忽明忽暗，一千八百种坏毛病。它真讨厌，只有一点好，爱你。

你把它放在哪儿呢？放在心口温暖它呢，还是放在鞋垫里？我最希望你开放灵魂的大门把它这孤魂野鬼收容了，可是它不配。要是你我的灵魂能合成一体就好了。我最爱听你思想的脉搏，你心灵的一举一动我全喜欢。我的你一定不喜欢。所以，就要你给我一点温存，我要！（你别以为说的是那件事啊！不是。）

王小波 星期日

爱你就像爱生命

李银河，你好：

昨天晚上分手以后，我好难过。我这个大笨蛋，居然考了个恶心死活人的分数，这不是丢人的事儿吗？而且你也伤心了。所以我更伤心。

我感觉你有个什么决断做不出来。可能我是卑鄙无耻的胡猜，一口一个癞蛤蟆。我要是说错了你别伤心，我再来一口一个地吞回去。真的是这样的话，我来替你决断了吧。

你妈妈不喜欢我。你妈妈是个好人，为什么要惹她生气呢。再说，这样的事情也不是你应该遇到的。真的，你不应该遇到。还有好多的好人都不喜欢我。你为什么要遇到那么多痛苦呢！

还有我。我是爱你的，看见就爱上了。我爱你爱到不自私的地步，就像一个人手里一只鸽子飞走了，他从心里祝福那鸽子的飞翔。你也飞吧。我会难过，也会高兴，到底会怎么样我也不知道。

我来说几句让你生气的话，你就会讨厌我了。小布尔乔亚的臭话！你已经二十六七岁了，不能再和一个骆驼在一起。既然如此，干脆不要竹篮打水的好。

你别为我担心。我遇到过好多让我难过的事情。十六岁的时候，有一天晚上大家都睡了，我从蚊帐里钻出来，用钢笔在月光下的一面镜子上写诗，写了趁墨水不干又涂了，然后又写，直到涂得镜子全变蓝了……那时满肚子的少年豪气全变成辛酸泪了。我都不能不用这种轻佻的语气把它写出来，不然我又要哭。这些事情你能体会吗？"只有歌要美，美却不要歌。"以后我就知道这是殉道者的道路了。至于赶潮流赶时髦，我还能学会吗？真成了出卖灵魂了。我遇到过这种事情。可是，当时我还没今天难过呢。越悲怆的时候我越想嬉皮。

这些事情都让它过去吧。你别哭。真的。要是哭过以后你就好过了，你就哭吧，但是我希望你别哭。王先生十之八九是个废物。来，咱们俩一块来骂他：去他的！

我会不爱你吗？不爱你？不会。

爱你就像爱生命。算了。不胡扯。有一个老头来找我，劝我去写什么胶东抗日的事儿，他有素材。……你要是不愿拉吹，我就去干这个。总之，我不能让你受拖累了。

我爱你爱得要命，真的。你一希望我什么我就要发狂。我是一个坏人吗？要不要我去改过自新？

算了，我后面写的全不算数，你想想前边的吧。早点答复我。我这一回字写得太坏，是在楼顶阳台上写的。

还有，不管你怎么想，以后我们还是朋友，何必反目呢。

王小波 星期五

孤独是丑的

银河，你好！

你给我带来一个多么美好的东西，就是说，一个多么好的夜晚！想你，想着呢。

你呀，又勾起我想起好多事情。我们生活的支点是什么？就是我们自己。自己要一个绝对美好的不同凡响的生活，一个绝对美好的不同凡响的意义。你让我想起光辉、希望、醉人的美好。今生今世永远爱美，爱迷人的美。任何不能令人满意的东西，不值得我们屈尊。

我不要孤独，孤独是丑的，令人作呕的，灰色的。我要和你相通，共存，还有你的温暖，都是最迷人的啊！可惜我不漂亮。可是我诚心诚意呢，好吗我？我会爱，入迷，微笑，陶醉。好吗我？

你真可爱，让人爱得要命。你一来，我就决心正经地、不是马虎地生活下去，哪怕要费心费力呢，哪怕我去牺牲呢。说傻话不解决问题。我知道为什么要爱，你也知道为什么了吧？

我爱，好好爱，你也一样吧。（不一样也不要紧，别害怕，我不是大老虎。）

小波 十二月一日晚

人为什么活着

银河，你好！

我在家里给你写信。你问我人为什么活着，我哪能知道啊？我又不是牧师。释迦牟摩尼为了解决这个问题出了家，结果得到的结论是人活着为了涅，就是死。这简直近乎开玩笑了。

不过活着总得死，这一点是不错的，我有时对这一点也很不满意呢。还有人活着有时候有点闷，这也是很不愉快的。过去我想，人活着都得为别人，为别人才能使自己得到超生。那时大家都这么想吧？结果大家都不近人情的残酷，都走上宗教的道路了呢。我们经过了那个时代了吧，把生活都变成一个连绵不断的宗教仪式了呢。后来我见过活着全然为自己的人，他们是真正的唯物主义者，把自己当成物质，需要的东西也是物质，所以就分不出有什么区别。比方说，物质生活就是生活本身吗？有人分不出来。

总之，我认为人不应当忽视自己，生活就是自己啊。总要无愧于自己才好。比方说，我要无愧于自己就要好好地爱你才对。也不能让人家来造自己，谁要来造我我都不干。有人要我们这样要我们那样，我们就不知道什么是生活本身了。过去我们在顶礼膜拜中度过光阴的时候，我们知道什么是生活吗？现在我们在一片拜物声中过的是什么日子啊。我自己过去和现在都很不好。不过我现要爱你，我觉得我很对，你也觉得我很对，别人与此有何相干。

我这么说你恐怕要怕我了。我一点也不可怕。不管你是谁，是神仙也好，是伟人也好，请你来共享我们的爱情。这不屈辱谁，不屈辱你。

我不喜欢稀里糊涂地过日子。我妈妈有时说：真奇怪啊，我们稀里糊涂地就过来了。他们真的是这样。我们的生活就是我们本身。我们本身不傻，也不斤斤计较大衣柜一头沉。干吗要求我们有什么外在的样子，比方说，规规矩矩，和某些人一样等等。有时候我真想叉着腰骂：滚你的，什么样子！真的，我们的生活是一些给人看的仪式吗？或者叫人安分守己。不知什么叫"分"，假如人活到世上之前"分"都叫人安排好了，不如再死回去的好。

我有时对自己挺没信心的，尤其是你来问我。我生怕你发现我是个白痴呢。不过你也该知道，我也肯为别人牺牲，也接受一切人们的共同行动，也尽义务，只要是为大家好；却不肯为了仪式去牺牲、共同行动、尽义务，顶多敷衍一下。别人也许就为这个说我坏吧？我很爱开发智力，我怪吗？不怪吧。我还爱一个美的世界，美是为人的幸福才存在的。也不肯因为什么仪式性的东西去写什么，唱什么，画什么，顶多敷衍它一下。

总之，我是这样。为了大家好，还为了我自己好，才能正经做事。为了什么仪式，为了看起来挺对路，我就混它。我决不为了仪式爱你，我是正经爱你呢。我一正经起来，就觉得自己不坏，生活也真不坏。真的，也许不坏？我觉得信心就在这里。

佳作赏析：

王小波（1952—1997），北京人。当代作家。代表作品有《黄金时代》《白银时代》《黑铁时代》等。

王小波的作品以思想深刻、想象丰富、语言诙谐著称，而这些特点在他给李银河的这些情书中几乎看不到了。面对自己心爱的人，王小波好像丧失了作家的那些灵性，在他的信中，我们只看到了他的喜怒哀乐，他的真诚、甜蜜。当然，他的文笔是相当杰出的，信中也不时冒出几句颇富哲理的话，但我们感受更多的是他对李银河的那份痴情。

有些男性似乎不会使用"爱"的语言——在他们大脑的字库中没有存储"爱"这个字，一位结婚多年的女性说："他从没说过他爱我，我逼他说这个字，他怎么也说不出，只是说，我对你好不好看行动嘛。哪儿有那么多爱情，就是互相关心嘛。他平常总是沉默寡言的。"

男女表达感情的方式或许是有点不同的。另一位女性也谈到她爱人很少对她说"爱"这个字："一说到这个，他就说，爱不爱看行动就行了。"

不少女性抱怨丈夫婚后感情发生变化："我们刚接触时感情很好，他很主动，几乎每天都给我写一封信。结婚以后他变化特别大，用他自己的话说，他要'从奴隶到将军'了。"

一位在婚后还常常感到感情饥渴的女性这样谈到她的丈夫："他是工人家庭出身。婚后我们有很长时间两地分居。他倒是经常打电话给我，可电话里他总是干瘪瘪的，让我老觉得我们的关系中差点什么。可他觉得对我已经很好了。我总觉得对他在精神上没有依恋。他脑子里好像就没有感情这根弦似的。

我每次一谈这个，他就觉得我可笑。在生活上他对我倒真是特别好。他总说：你还追求什么？有吃有喝，我又把你照顾得那么好，你还要什么？可我就是接受不了他这说法。"

不少女性认为，自己比男性更看重浪漫的情调："他总说我像个高中生，可我觉得他怎么那么没有情调。过去我们过生日都要造点气氛，现在他生日都不过了，他觉得这些情调都没有必要了。他对气氛情调要求这么低，这一点很让我失望。他老说我是高中生，长不大，对我不耐烦。"

有位女性抱怨说："我觉得他是块石头，我的感情好像穿不透他似的。他说过，我们不在一起时，他从不想我。有时出差分开两三个月，他就觉得自由了，像小鸟飞出笼子一般，没有思念过我。"

"我的真情流露老得不到应有的回应。举个例子，结婚生小孩以后，有一段我特别不讲究穿戴，我想节约点钱，心想，结了婚的人还打扮什么，我这都是为家为孩子省，可他就嫌我穿得难看；我看到一种好吃的，比较贵，我知道他喜欢，就给他买回家，可他不但不领情，还嫌我买贵了；过中秋节他出差，我要给他带点月饼，让他路上吃了也是一点安慰，可他就是不愿带。我悄悄给他带上几块，结果还落下埋怨，他说，我说不带不带你非要带，我都送人了！我喜欢美的东西，有一次买了一幅壁挂，满心以为他会喜欢，结果他说，你买的什么狗屁！有时我觉得简直像一种精神摧残似的。"

"我和他谈恋爱那段时间常常憧憬将来有个小家，书架上放些古董，煮一壶茶，我们看书聊天，特别浪漫，当然还要有个孩子。"

一位离婚女性说："我要找的男人是，真爱到相当的份上，能调动起我全部的女性才行。我感到，现在我在爱情里处于一种上升的趋势，我不知道我的下一个对象是什么样的人。我过去觉得我爱不上第一流的男人，是因为我不是个第一流的女人，可我最近结束的一次恋爱对象就是个第一流的男人，他是个典型的一流男子汉。"

"我过去对刘晓庆并没有什么特别好的印象，可有次看了她一篇文章，改变了看法。她在那文章里说，作为一个女人我生活里什么也没有，感情上是零。我看完特同情她。她是痴情的。我觉得人不管男女，只要是痴情的，就是可爱的。"

"我的男朋友是个见异思迁的人，他使我感到，没有永恒的东西。我原来想追求真善美和永恒，可他却让我感到一切美好的东西都只存在于瞬间。"

"'爱'这个字的意义人和人的理解不一样。有人轻易不说爱，一说爱就很重要；有人说爱，意思仅仅是说，我不想 Fuck（操）别人想 Fuck 你。"

苏格拉底曾提出这样一个问题：什么是爱？并以狄欧提玛这位爱的导师的话作答："它既非不朽之物，也非必朽之物，而是介于这两者之间……它是一个伟大的精灵，而正像所有的精灵一样，它是神明与凡夫之间的一个中介。"由于研究过同性恋，我开始对这样一个问题不能释怀：一对一的异性感情到底是怎样产生的，它是自然的吗？一男一女爱得死去活来，究竟凭的是一种什么样的心理动力机制？有没有人为的成分？有没有故意的成分？有没有不自然的成分？

为什么不是一男两女、两女一男、多男多女甚至是同性相爱？

要想回答这类问题，绝不是仅靠社会学研究能办到的，它需要心理学甚至生物学领域的研究探讨。这也是同性恋者对学界研究同性恋成因耿耿于怀的原因所在——为什么只有同性恋的成因值得研究，异性恋的成因就不值得研究呢？我想，异性恋的成因绝对是一个值得研究的问题，绝非"天生如此"一句话所能囊括的。我可以想到的表现在我们社会中的异性感情至少有这样一些成因：生理上的相互吸引，心理上的相互吸引，生育后代的愿望，社会行为规范的影响，影视文学作品中所充斥的浪漫爱情故事的影响等等。

从调查的结果看，在感情方面，人们不仅有异性恋倾向与同性恋倾向之分，还有爱的能力的强弱之分，对爱的追求的执着与随遇而安之分。得到了爱的固然感到幸福（其中会不会有自欺欺人的成分？）；得不到爱的女人有的还在苦苦寻觅，有的已经不再奢望。也许很多人可以满足于结伴过日子，也许心理学研究的结果最终表明，"爱"这种感觉不过是一种错觉而已；但的确有人经历过被称作"爱"的这样一种心理过程，有爱和没爱的界限在她们心中像黑和白一样分明。无论如何，"爱"是一种非常奇妙的感觉，在我看来，它不论发生在什么样的人之间（无论是同性异性、年老年轻、婚内婚外、两人还是多人），都是美好的，都是一种不可多得因而值得珍视，也是值得尊重的人类体验。虽然当事人有时不得不为了其他的价值牺牲爱，就像《廊桥遗梦》里的女主人公为了家庭价值牺牲爱那样，爱本身是没有罪的。如果一桩爱情发生了，它就是发生了，它不仅不应当因为任何原因受责备，而且从审美的角度来看，它肯定是美的。

佳作赏析：

李银河（1952—），北京人。学者，著、译有《中国的性爱与婚姻》《中国婚姻家庭及变迁》《性社会学》等。

这是一篇带有学术性质的文章。在这篇文章里，李银河列举了种种女性对于爱情、对于伴侣的感觉，指出了男女两性对于爱情的不同理解，对于表示爱意的不同方式。对于女性而言可能更加喜欢浪漫化一些，而许多男性则更注重现实生活中的许多问题。"爱"到底是怎么一回事？李银河从社会学角度作了分析，并从正面肯定了"爱情"的价值和意义。文章通俗易懂，观点新颖，引发人们的思考。

浪漫骑士·行吟诗人

□［中国］李银河

日本人爱把人生喻为樱花，盛开了，很短暂，然后就凋谢了。小波的生命就像樱花，盛开了，很短暂，然后就溘然凋谢了。

三岛由纪夫在《天人五衰》中写过一个轮回的生命，每到18岁就死去，投胎到另一个生命里。这样，人就永远活在他最美好的日子里。他不用等到牙齿掉了、头发白了、人变丑了，就悄然逝去。小波就是这样，在他精神之美的巅峰期与世长辞。

我只能这样想，才能压制我对他的哀思。在我心目中，小波是一位浪漫骑士，一位行吟诗人，一位自由思想家。

小波这个人非常的浪漫。我认识他之初，他就爱自称为"愁容骑士"，这是堂吉诃德的别号。小波生性相当抑郁，抑郁既是他的性格，也是他的生存方式；而同时，他又非常非常的浪漫。

我是在1977年初与他相识的。在见到他这个人之前，先从朋友那里看到了他手写的小说。小说写在一个很大的本子上。那时他的文笔还很稚嫩，但是一种掩不住的才气已经跳动在字里行间。我当时一读之下，就有一种心弦被拨动的感觉，心想：这个人和我早晚会有点什么关系。我想这大概就是中国人所说的缘分吧。

我第一次和他单独见面是在《光明日报》社，那时我大学刚毕业，在那儿当个小编辑。我们聊了没多久，他突然问：你有朋友没有？我当时正好没朋友，就如实相告。他单刀直入地问了一句："你看我怎么样？"我当时的震惊和意外可想而知。他就是这么浪漫，率情率性。

后来我们就开始通信和交往。他把情书写在五线谱上，他的第一句话是这样写的："做梦也想不到我会把信写在五线谱上吧。五线谱是偶然来的，你也是偶然来的。不过我给你的信值得写在五线谱里呢。但愿我和你，是一支唱不完的歌。"我不相信世界上有任何一个女人能够抵挡如此的诗意，如此的纯情。被爱已经是一个女人最大的幸福，而这种幸福与得到一种浪漫的骑士之爱相比又逊色许多。

我们俩都不是什么美男美女，可是心灵和智力上有种难以言传的吸引力。我起初怀疑，一对不美的人的恋爱能是美的吗？后来的事证明，两颗相爱的心在一起可以是美的。我们爱得那么深。他说过的一些话我总是忘不了。比如他说："我和你就像两个小孩子，围着一个神秘的果酱罐，一点一点地尝它，看看里面有多少甜。"那种天真无邪和纯真诗意令我感动不已。再如他有一次说："我发现有的女人是无价之宝。"他这个"无价之宝"让我感动极了。这不是一般的甜言蜜语。如果一个男人真的把你看成是无价之宝，你能不爱他吗？

我有时常常自问，我究竟有何德何能，上帝会给我小波这样一件美好的礼物呢？去年10月10日我去英国，在机场临分别时，我们虽然不敢太放肆，在公众场合接吻，但他用劲搂了我肩膀一下作为道别，那种真情流露是世间任何事都不可比拟的。我万万没有想到，这一别竟是永别。他转身向外走时，我看着他高大的背影，在那儿默默流了一会儿泪，没想到这就是他给我留下的最后一个背影。

小波虽然不写诗，只写小说随笔，但是他喜欢把自己称为诗人，行吟诗人。其实他喜欢韵律，有学过诗的人说，他的小说你仔细看，好多地方有韵。我记忆中小波的小说中唯一写过的一行诗是在《三十而立》里："走在寂静里，走在天上……"我认为写得很不错。这诗原来还有很多行，被他划掉了，只保留了发表的这一句。小波虽然以写小说和随笔为主，但在我心中他是一个真正的诗人。他的身上充满诗意，他的生命就是一首诗。

恋爱时他告诉我，16岁时他在云南，常常在夜里爬起来，借着月光用蓝墨水笔在一面镜子上写呀写，写了涂，涂了写，直到整面镜子变成蓝色。从那时起，那个充满诗意的少年，云南山寨中皎洁的月光和那面被涂成蓝色的镜子，就深深地印在了我的脑海中。

从我的鉴赏力看，小波的小说文学价值很高。他的《黄金时代》和《未来世界》两次获联合报文学大奖，他的唯一一部电影剧本《东宫·西宫》获阿根廷国际电影节最佳剧本奖，并成为1997年坎城国际电影节入围作品，使小波成为在国际电影节为中国拿到最佳剧本奖的第一人，这些可以算作对他的文学价值的客观评价。他的《黄金时代》在大陆出版后，很多人都极喜欢。有人甚至说："王小波是当今中国小说第一人，如果诺贝尔文学奖将来有中国人能得，小波就是一个有这种潜力的人。"我不认为这是溢美之词。虽然也许其中有我特别偏爱的成分。

小波的文学眼光极高，他很少夸别人的东西。我听他夸过的人有马克·吐温和萧伯纳。这两位都以幽默睿智著称。他喜欢的作家还有法国的新小说派，杜拉斯、图尼埃尔、尤瑟纳尔、卡尔维诺和伯尔。他特别不喜欢托尔斯泰，大概觉得他的古典现实主义太乏味，尤其受不了他的宗教说教。小波是个完全彻底的异教徒，他喜欢所有有趣的、飞扬的东西，他的文学就是想超越平淡乏味的现实生活。他特别反对车尔尼雪夫斯基的"真即是美"的文学理论，并且持完全相反的看法。他认为真实的不可能是美的，只有创造出来的东西和想象力的世界才可能是美的。所以他最不喜欢现实主义，不论是所谓社会主义的现实主义还是古典的现实主义。他有很多文论都精辟之至，平常聊天时说出来，我一听老要接一句："不行，我得把你这个文论记下来。"可是由于懒惰从来没真记下来过，这将是我终身的遗憾。

小波的文字极有特色。就像帕瓦罗蒂一张嘴，不用报名，你就知道这是帕瓦罗蒂，胡里奥一唱你就知道是胡里奥一样，小波的文字也是这样，你一看就知道出自他的手笔。台湾李敖说过，他是中国白话文第一把手，不知道他看了王小波的文字还会不会这么说。真的，我就是这么想的。

有人说，在我们这样的社会中，只出理论家，权威理论的阐释者和意识形态专家，不出思想家，而在我看来，小波是一个例外，他是一位自由思想家。自由人文主义的立场贯穿在他的整个人格和思想之中。读过他文章的人可能会发现，他特别爱引证罗素，这就是所谓气味相投吧。他特别崇尚宽容、理性和人的良知，反对一切霸道的、不讲理的、教条主义的东西。我对他的思路老有一种特别意外惊喜的感觉。这就是因为我们长这么大，满耳听的不是些陈词滥调，就是些蠢话傻话，而小波的思路却总是那么清新。这是一个他最让人感到神秘的地方。我分析这和他家庭受过冤枉的遭遇有关。这一遭遇使他从很小就学着用自己的判断力来找寻真理，从而找到了自由人文主义，并终身保持着对自由和理性的信念。

小波在一篇小说里说："人就像一本书，你要挑一本好看的书来看。"我觉得我生命中最大的收获和幸运就是，我挑了小波这本书来看。我从1977年认识他到1997年与他永别，这20年间我看到了一本最美好、最有趣、最好看的书。作为他的妻子，我曾经是世界上最幸福的人；失去了他，我现在是世界上最痛苦的人。小波，你太残酷了，你潇洒地走了，把无尽的痛苦留给我们这些活着的人。虽然后面的篇章再也看不到了，但是我还会反反复复地看这20年。这20年永远活在我心里。我觉得，小波也会通过他留下的作品活在许多人的心里。

樱花虽然凋谢了，但它毕竟灿烂地盛开过。

我想在小波的墓碑上写上司汤达的墓志铭（这也是小波喜欢的）：生活过，写作过，爱过。也许再加上一行：骑士，诗人，自由思想家。我最最亲爱的小波，再见，我们来世再见。到那时我们就可以在一起一百年，一千年，一万年，再也不分开了！

一九九七年四月十五日于北京

佳作赏析：

这篇文章是王小波逝世后李银河写的悼念文章。作为妻子，对于丈夫的突然离去无疑是悲痛欲绝的，而李银河的这篇文章在表达对王小波思念之情的同时，还站在了更高的角度对王小波的一生作了全面回顾。李银河谈到两个人的相识、相恋的过程，谈到王小波的浪漫、才情、文学成就、思想观点。这些对于我们更加全面地认识王小波这位杰出作家无疑有着重要作用。文章语言生动、饱含深情，王小波夫妇之间的美好爱情令人既羡慕又感动。

美人不是人

□〔中国〕莫言

　　什么样的人算美人？每个时代有每个时代的标准，每个民族有每个民族的标准。"情人眼里出西施"，这说明每个人也有每个人的标准。《诗经·卫风·硕人》里有"手如柔荑，肤如凝脂，领如蝤蛴，齿若瓠犀，螓首蛾眉"，意思是手指如初生的茅草一样纤细白嫩，皮肤像凝冻的脂肪一样洁白柔滑，脖子如天生的幼虫一样白嫩颀长，牙齿如瓠瓜的种子一样洁白整齐，额头宽广光滑如同蝉的脑袋，眉毛修长好似蛾子的触须。接下来还有两句："巧笑倩兮，美目盼兮。"仪态生动，神韵飞扬。这大概是最经典的美人描写，每一个比喻都形象卓越，合起来一个美貌佳人便栩栩如生。一开始便登峰造极，令后人望而却步。所以宋玉虽然才高八斗，说起他家东邻那个美人来，也只能是"增一分太长，减一分太短；施朱则太赤，傅粉则太白"。含糊其辞，那美人是个什么样子，谁也不知道。乐府民歌描写美人罗敷也学了宋玉这种偷巧的办法："行者见罗敷，下担捋髭须。耕者忘其犁，锄者忘其锄。"罗敷到底是个什么模样？不知道，你自己去想象吧。旧小说里写美人动不动就是"沉鱼落雁之貌，闭月羞花之容"，极尽夸张之能事，但美人还是一个抽象的幻影。到了《金瓶梅》《红楼梦》的时代，才有一些比较具体的女性肖像描写，使我们知道林黛玉很瘦、薛宝钗很胖。自从有了照相术，有了电影、电视，我们才可以把天南地北的美女尽收眼底，才可能对她们有了点感性的认识。

　　什么样的女人才算美丽的女人呢？虽然人各有其标准，但大概的同一性还是存在的。美丽的女人身材可以有高有矮，体态可以有胖有瘦，但都应该比较匀称。当然汤加国的女人以肥为美，是一种特殊的情况；非洲某些部落里那些文身、钻鼻的女人也当别论。美丽的女人脸型可以圆也可以尖，眼睛可以大也可以小，鼻子可以高也可以低，嘴巴可以阔也可以窄，头发可以黄也可以黑，但总是要和谐。所谓和谐，也就是要看着顺眼，起码是看着比较顺眼。

　　看着顺眼是美丽女人的最低标准，这样的女人是成群结队的。尤其是现代物质生活丰富，现代化妆术的进步，大多数的女人都能把自己收拾得让人看着顺眼。如果要从这成群的美女中选出几个超级美人，也就是国色天香，选择的标准就不仅仅是和谐或是顺眼了。恰恰相反，从美人群里选美的标准也许是不和谐。确切点说，就是要选择有鲜明特点的女人作美人。这特点当然不是生理缺陷。大家可以想想巩俐曾经有过的虎牙，索菲亚·罗兰那张大嘴和那副厚唇。环肥燕瘦，都是令人难忘的特点。宋玉《登徒子好色赋》中所描写的那个一切都恰到好处的女人，其实算不上什么美人，起码不是现代意义上的美人。

　　因为职业的关系，我也算看了不少文学作品，让我难忘的女性形象，不是貂婵也不是西施，而是我们山东老乡蒲松龄先生笔下的那些狐狸精。她们有的爱笑，有的爱闹，个个个性鲜明，超凡脱俗，不虚伪，不做作，不受繁文缛节束缚，不食人间烟火，有一股妖精气在飘洒洋溢。你想想那几个世界级名模吧，她们那冷艳的眼神，像人吗？不像，像什么？像狐狸，像妖精。所以我说真正的美人，全世界也没有多少，她们不能下厨房，也不能缝衣服。我认为跳孔雀舞的杨丽萍算一个可以与蒲松龄笔下的狐狸精相媲美的小妖精，她在舞台上跳舞时，周身洋溢着妖气、仙气，唯独没有人气，所以她是无法模仿，无法超越的。

佳作赏析：

莫言（1955—），山东高密人，作家。2012年诺贝尔文学奖获得者。代表作品有《红高粱》《十三步》《酒国》《丰乳肥臀》等。

这是一篇饶有兴味的文章，主要谈了"美人"的问题。对于什么样的女子才算"美人"，这是一个仁者见仁、智者见智的问题，莫言列举了不同时代、不同国家、不同民族对于"美人"的看法和评价标准。尽管"标准"千差万别，但"美人"还是有同一性的：身材要匀称、五官搭配要和谐。而在这些"美人"中再挑"杰出者"，则又要挑有鲜明特点的。文章结尾莫言谈到了自己心中的"美人"：《聊斋志异》中的狐狸精，而真正的"美人"在他看来也像狐狸精，只见"妖气"，不见"人气"，这也应了文章标题：美人不是人。读来别有一番趣味。

真爱只求一件事

□〔中国〕潘向黎

　　时光飞逝，又一个世纪快要结束了。不知道为什么，我觉得本世纪人类在爱的艺术上没有长进，反而退步了；外部物质条件越来越好，自由度越来越大，可是，让人感动的真正的爱情却越来越稀少。年轻的一代似乎是爱情免疫者，早早就学会了世故权衡、理智算计，按时开始异性间的厮混游戏，却不能单纯地、纯粹地去爱。成年人也有问题，大家习惯于嘲笑真挚、强烈的感情，仿佛那是一种可耻的疾病，公开的冷漠、自私倒是入时的表现。

　　也许，初恋时我们不懂爱情，可是此后呢？该不该确定自己是否真的在爱？衡量的标准是什么？人怎么才确知自己是在恋爱而不是安慰寂寞、满足虚荣、消除生理苦闷或者其他？

　　有一本叫《渴望激情》的长篇小说相当畅销，在朋友的推荐下，我也买了一本。这本书使我印象最深的是这样一段对话，发生在女主人公和她的异国情人之间的一段对话。

"你能永远对我这么好么？"她问。

"如果我能永远爱你。"他说。

"你能永远爱我吗？"她又问。

"如果我能永远活着。"

"你能永远活着么？"

"为了爱你，我能。"他说。

是很动人的对话，同时也揭示了爱的某些本质。爱一旦发生，不会去想什么"不求天长地久，只要曾经拥有"之类的屁话，只会不管不顾地渴望"永远"，要求永恒。如果爱情强烈，就会使人对"永远爱你""永远活着"深信不疑，在深爱的人之间，没有可能的界限，只有付出、奉献的无限渴望。正如小说紧接着写到的那样，爱是"先为对方，为对方想，为对方做"，而自己在这同时"感到幸福"。如果承认这一点，那等于说，不懂真爱的人，把自己放到第一位，能保证不受伤，但是和幸福无缘。

爱，是在付出中完成它自己的，你不能希望通过自私的途径实现它。现代人也许就是因为太爱自己了，所以自己成了爱情最大的障碍。他们到处寻找爱情，但是他们走到哪里，爱情就纷纷躲避，因为他们没有脱下自私的铠甲。

现代人已经把爱情弄得空前复杂、空前技术化了——先把爱和婚姻分开，又使爱和性脱离，不仅有无爱的婚姻、无婚姻的爱，还出现了无爱的性和无性的婚姻。最美好、纯粹的感情天地变得乌烟瘴气。具有讽刺意味的是，在感情危机日益增多的同时，指导如何去爱、如何取悦对方的文章和书大行于世。爱既不是一个抽象的命题，也不是一个机械的技术行为，它如何能在这种简单、片面甚至低级、庸俗的"技术指导"下顺利进行？如果能够，那些"性爱专家"的英名早就因解救人类的功勋而载入史册了。

其实爱情虽然是最困难的事，但又是最简单的。说困难是因为可遇而不可求，谁也无法急取，更无法控制，而且它因人而异，独一无二，不可重演，不可修复。说简单是因为，爱就是爱，不爱就是不爱，如果不爱，没有什么可以商量的，如果爱了，也没有必要商量，一切都是再自然不过的事。

哪有那么多的算计、犹豫，真爱只求一件事：要所爱的人紧紧握住自己的手，再不松开。

真爱一个人，不是因为他能带给你什么而爱他，而是因为爱他而准备接受他带来的一切；真爱一个人，就是不在乎别人对你是否赞美，只在乎他的肯定与怜惜；真爱一个人，就是不指望他让你能在人前夸耀，但一定要在最深的心底有这样的把握：即使全世界与你为敌，他也会站在你身边，他宁可背叛全世界，也不背叛你。

真爱只求一件事，就是彼此深深地、深深地爱着。除此之外，都与爱情无关。

佳作赏析：

潘向黎（1966—），福建泉州人，作家。有散文集《红尘白羽》等作品。

爱情自古以来就一直是各种文艺作品中最受关注的话题之一，关于爱情的各种观点也层出不穷，争论不休。这篇文章重点关注了当代社会的爱情问题，对于目前流行的将爱情功利化、利益化、低俗化的现象提出批评，就什么是"真爱"发表了自己的见解。正如作者所说，爱情本来就是一个可遇不可求的东西，刻意去寻找往往徒劳无功，而刻意否定也没有意义。如果能够遇到，那就好好爱一场；遇不到，那就平静地接受事实，这才是最为理性的生活。

致爱兰·黛丽的情书

□ ［爱尔兰］ 萧伯纳

一

的确如此，假如我愿意的话，我要把你送给我的一些照片送给人家。

啊，为什么，为什么，你为什么送我那张拍摄你的背影的照片呢？你做我的好安琪儿觉得不满意吗？你要每天做我的安琪儿吗？（写不出"坏安琪儿"这几个字来，因为我不相信有这种东西。）那些拍摄到你的眼睛的照片真是妙极了，真像天上的星星。可是，当你把灵魂和智慧之光完全转到别处而不朝向我的时候；当我只看见你那么美丽的面颊的轮廓和脖子的下部的时候，你使我产生了一种宏愿不能实现的失望和悲哀——呵，小淘气，你总有一天会使天堂和我距离太远，然后——记住，这些话如果不用坦坦白白、直截了当的方式说出来，我将会苦恼不堪。

我，萧伯纳，今日看见爱兰·黛丽小姐之玉照，觉得我的全部神经都在震动，觉得我的心弦给最强烈的情感所激动，极想把这位小姐拥抱在我的双臂中，并证明在精神上、智能上、身体上，在一切空间、一切时间和一切环境中，我对她的尊敬永远是完全充分的尊敬。

空口无凭，立此为据。

今天晚上朗读的剧本完全失败了。这个剧本一点用处也没有，我寻找黄金，可结果得到的却是枯叶。我一定要试了再试，试了再试，试了再试。我常常说，我只有在写完二十个坏剧本之后才写得出一个好剧本。然而这第七个剧本令我大吃一惊，是幽灵鬼怪的东西。我整个晚上都很快活，可是我已经死了。我读不出来，反正又没有什么值得一读的东西。你所谓家庭的温暖舒适乃是指你的家庭的温暖舒适。只要你去掉了我身上的重担，我就可以像小孩那样熟睡了。不，我永远不会有一个家。可是，请你不必大惊小怪，贝多芬不是也不曾有过一个家吗？

不，我没有勇气，过去和现在我都是胆小如鼠的。这是确确实实的话。

她要到星期二才能回来。她并不真心爱我。老实说，她是个聪明的女人。她晓得她那种无牵无挂的独立生活的价值，因为她曾经在家庭束缚中和传统习俗中受苦；一直到她的母亲逝世、姊妹出嫁的时候她才获得了自由。在她尚未熟识世故的时候——在她尚未尽量利用自由和金钱的权力的时候——她觉得她不应该结婚。这个时候结婚便无异作茧自缚，傻不可信。根据她的理论她是不愿意结婚的。她几年前在某地碰见一个失恋的伤心男子，双方热恋起来（她是非常多愁善感的），后来她偶然读到我的《易卜生主义精华》，自以为是在此书中找到了福音、自由、解放、自尊以及其他的东西，才开始和那个男子疏远了。过了不久，她遇见那篇论文的作者了。这个作者——你知道——在通信方面是不会令人感到十分讨厌的。同时，他也是骑自行车旅行的好伴侣，尤其是在乡间住宅找不到其他伴侣的时候。她渐渐喜欢我，可是她并没有对我搔首弄姿，假献殷勤，也没有忸忸怩怩，装作不喜欢我。我渐渐喜欢上她了，因为她在乡间使我得到安慰。你把我的心弄得那么温暖，使我对无论什么人都喜欢。她是最接近我的女人，也是最好的女人，情况便是这样。你这聪明人对此有何高见？

二

呵，终于接到你的几行书了，啊，不忠的、无信的、妒忌的、刻薄的、卖弄风情的爱兰啊，你把我推进深渊，然后因为我掉下深渊而抛弃我。

你的忠告真是非常坦白而中肯。你叫我虔虔诚诚地静坐着，觉得一切都很美好，什么事也不要做。当我读到你那用漂亮的大号印刷体的字写出的训诫时，我禁不住像狮子那样地跳跃起来。啊哈，大慈大悲的爱兰啊，难道你真是一个被男人离弃了的女人，双臂既不萎缩，经验又极丰富，坐在隐僻之处纯真地克制自己吗？

我像一阵旋风那样，猝然飞上巴黎，又飞回来；亲爱的爱兰啊，现在她是个自由的女人，这次的事情并没有使她付出半个铜板的代价；她以为自己是堕入情网了，可是她心里知道她不过是领到一张药方。后来当她看见她的情人在讥笑她，推测她的心理并且承认他自己只是一瓶医治神经的药品而欣然离开时，她感到宽慰了。

除了对聪明的爱兰有用处之外，我对其他女人还有什么用处呢？在见识方面只有爱兰可以和我匹敌，也只有她知道怎样用世界上最神圣的东西——未满足的欲望——作为护身符。

再会——邮车快要开了，今天晚上非把这封信寄出不可。

呵，我现在生龙活虎，精神焕发，活跃而清醒，这完全是你的灵感所赐。

你现在还有什么话好说呢？

哈！哈！哈！哈！！！以嘲弄对待一切错觉，给我亲爱的爱兰的只有温存。

三

不能，我的确不能随心所欲地写信给你，如果什么时候想写就写，我哪里还有工夫赚钱过活？

我从前用那本漂亮的浅蓝色透明信纸写信给你，可是现在我不知道把它放在哪里，所以只得改用这种讨厌的信纸了。坐在安乐椅上用一张张零散的纸写信是非常困难的。

不，我的膝盖的伤势并不太严重，只是不能照常活动罢了。等那块软骨跟其他部分的骨肉结合起来之后，我便可以安然无恙了。

在这个世界上，你必须首先知道所有的见解，然后选择一个，并且始终拥护它。你的见解对不对，那你可以不必考虑——北方是不会比南方更正确或更错误的——最重要的是那个见解确确实实是你自己的，而不是人家的。你要用尽全力去拥护你的见解，而且，不要停滞不前。人生是不断地在变化的，第一个阶段的终点便是第二阶段的起点。剧院跟舞台和报纸一样，就是我的撞城槌，所以我要把它拖曳到前线去。我的嬉笑怒骂只是我较大的计划的一部分，这个计划比你想象中的计划还要大。例如，莎士比亚在我看来乃是巴士底狱的一个城楼，结果非给我撞毁不可。不要理睬你那些孩子们的家庭，不敲破鸡蛋，蛋卷是煎不成的。我痛恨家庭。

快要六点钟了，我得赶快把这封信寄出。

再会。

四

亨利·欧文真的说你在和我发生恋爱吗？由于他说出这句话来，愿他一切罪孽得到上帝的赦免！我要再到兰心剧院去看戏，然后写一篇文章，证明他是空前绝后扮演《理查三世》的最伟大的演员。他说他不相信我们俩从未见过面，这一点也使我大受感动。有感情的人没有一个会相信这样残忍无情——指恋人不见面——的事情的。

我所提到的那一段文章，可是我看到另一段文章，里面描写你看过意大利著名演员杜扎演《茶花女》之后，怎样冲上舞台，倒入她的怀抱中啜泣。

可是，你虽然读过我的剧本——比杜扎伟大得多的成就——却没有冲到我这里来，倒在我的怀抱中啜泣。啊，那没有关系，因为你现在已经恢复健康了。

你熟睡吧，因为当你清醒时，你总是先想到一切别的东西和一切别的人，然后才想到我——啊，我发觉这一点时感到非常激动。没有地方再容纳另一个人了。

五

永远是我的，最亲爱的——我今天晚上不能走得更靠近你了（即使你要我走得更靠近你，那也是办不到的——你说你要我走得更靠近你吧——啊，说，说，说，说你要我走得更靠近你吧），因为如果我走得更靠近你，我是会受感情的驱使，按照心中的感受去看你，去和你说话的；而在那么许多不十分圣洁的观众的耳目之前，你是不会喜欢我做出这种举动的。当时我有一两次几乎从座位上站起来，请全体观众离开剧场几分钟，好让我破题儿第一遭抚摸着你的纤手。

我看见了那出戏——啊，不错，一丝一毫都看在眼底。我没有看你的必要，因为你的存在已经使我整个心房感到万分紧张了。

亲爱的爱兰，你想一想吧，即使你把那个恶毒的、残酷的、印第安人般野蛮的、丑陋的、可笑的羽毛饰物插在你的神圣的头发间来警告我，说你完全没有心肝，我对你的感情还是这个样子，只要你——啊，胡说八道！晚安，晚安。我是个傻瓜。

六

没有病！有一千种病。我永远看不见我的爱兰；我难得接到我的爱兰的消息；当她写信给我的时候，她不把信付邮。无论如何，她责骂我不答复一些我从未收到的信，她责骂我不做一些她从未叫我做的事。这就是九百九十九种病。还有一种病就是我必须准备出版我那个剧本，又必须写《星期六评论》每周的稿子。第一篇刚脱稿，便得开始写第二篇，又必须参加费边社的两个委员会，每周各举行会议一次，现在又必须参加教区的两个委员会，又有韦布夫妇那篇关于民主主义的伟大的新论文需要我帮忙修订。在这种情况之下，我甚至不能写信给你，因为我的脑子在筋疲力尽之余，所说出来的话恐怕只会使你感到讨厌。因为在这种时候，我觉得我的心是不在我的笔上的。当然，那没有什么关系。我一息尚存，无论工作劳苦到什么样子，都没有关系。同时我也喜爱教区委员会的活动及其垃圾车和那些模仿想象中的时髦剧院作风的演讲员。可是萧伯纳这架机器还没有达到十全十美的程度。现在我很忧虑，因为我忘掉了一件事、留下了一件事还没有做，有一件事令人不很满意：这件事就是你，不是别的。然而，如果占有你是最幸福的事，那么，想占有你则是其次的最幸福的事——比度着又僵硬又难过的生活更好，因为我现在一口气不休息地连续工作的时间越来越长，没有功夫或机会可以使用我的心。

我现在不能把《华伦夫人的职业》送给你看，因为剧本还没有印出来。潘旦馨女士已经学会打字，她正在根据我那份笔迹模糊的原稿，替我打出一份稿子。我正在修改这份稿子，准备把它交给印刷厂。它是我最优秀的剧本，可是它使我寒心：我简直不敢看剧本中那些可怕的句子。啊，当我写那些东西时，我的确有点勇气。可是那不过是三四年前——最多五年前——的事情。

我明天上午又要乘十点三十分的火车回多金去，我今天晚上需要参加费边社的会议；下星期一又需要参加教区委员会的一次会议。——讨论"公主宴会基金"问题——一桩无聊透顶、极其浪费的蠢事。可是谈到这些事情会使我的信索然寡味。我多么希望把你带到那边去啊。那边只有韦布太太、潘旦馨女士、比尔特丽斯·克莱顿（伦敦主教的女儿）、韦布和我。唉！多了四个人。我不知道你对我们的生活有何感想——我们这里有的是没完没了的关于政治理论的谈话。我们每天上午拼命写文章，一人占用一个房间；家常的三餐狼吞虎咽；进行骑自行车运动；韦布夫妇埋头研究他们的工业和政治学；爱尔兰人潘旦馨女士，绿眼珠，又机敏又伶俐，觉得什么都"非常有趣"；我自己则始终感到疲乏、忧愁，始终以为"正在写信给爱兰"。我担心如果你生活在这种环境里，不到三小时就会烦死。呵，我渴望，我渴望——

七

最亲爱的爱兰，对我来说反对虐待动物的运动是早已有之的事情了。海登·科芬太太曾为这个运动努力奋斗一番。唉！可惜她的努力仅仅像暴虐的大海里的一滴水毫无影响，因此我有点不明白那些动物为什么还不想办法扑灭人类（像我们扑灭老虎一样），或者在绝望中自杀了事。

对那些训练狗类而为表演之用的人，我们一看见就应该把他们枪毙；要认出他们是不难的，他们脸上的表情是比他们手中的皮鞭和虐待动物的动作更明显的。世界上的动物似乎只有海豹和海狮从表演中得到乐趣，但它们如果不能马上得到报酬，吃到鱼，显然是不愿意表演的。我们那些现代驯狮女人在她们训练的二十四只狮子中昂首阔步，不可一世；这二十四只狮子也许会感到被饲养的乐趣（直到又肥又嫩的婴孩肉吃起来也觉得恶心的时候）。可是它们过的是厌烦无聊的日子，的确是可怜而又可鄙。那个驯狮女人朝着它们的眼睛鞭打它们，使它们怒吼道："啊，我的天，别来打扰我吧。"在这个时候，我总是希望它们会把她咬死，碎尸万段，可是结果我总是感到失望：它们恨她，恨到不愿意去对付她了。关在铁笼里的鸟儿和老虎，比古代传奇故事里的巴士底狱的囚犯更痛苦；可是动物园里有一只无鬃毛的狮子（在那动物园里出生的），喜欢观众赞美它，情愿让你抚摩它。那只名叫迪克的有鬃毛的狮子是很凶猛的动物。我可怜它那被虐待、被欺负的妻子（看样子是它的妻子）。你用不着夸口说你已经七十二岁，我已经六十三岁零九个月了。

　　萧伯纳（1856—1950）爱尔兰剧作家，1925年获诺贝尔文学奖。代表作品有《圣女贞德》《伤心之家》等。

　　文章的情感无疑是浓烈的，像烈酒那般，刚一开坛，便酒香弥漫，陶醉了作者自己，也陶醉了嗅到酒香的人。萧伯纳这篇献给爱人的文字，不止是在传达自己对爱人的思念和爱慕，而是在跟对方探讨生活和人生，以及对艺术的看法。这才是真正的爱情，他们的爱，已经超越了肉体而走向了灵魂。唯有这样深挚的爱情，才有可能是恒久的，靠得住的。文字绵密，结构精巧。读之，感人肺腑，沁人心脾。

你的西蒙娜就这样朝夕同你相处

□ 〔俄国〕茨维塔耶娃

你好，鲍里斯！早晨6点钟，风一直在吹，在刮。我刚顺着林荫路到井边打水（两种不同的欢乐——空桶、满桶）并且顶着风的全身心向你问好。

在井边（水桶已经满满的）又一个括号：人们还都在睡觉——我停下来，迎着你抬起了头。我就这样朝夕同你相处，在你心里起床，在你心里入睡。

是的，你不知道，我有几行诗献给你，在《山》的创作的最紧张时刻写的（《终结之歌》）是一码事。只是《山》早一点——是男性的面貌，从一开始就是热恋，一下子便进入最高的音调，而《终结之歌》已经是突然爆发的女性的痛苦。迸发的泪水，是睡梦中的我——不是起床后的我。《山之歌》是从另一座山上看得见的山，《终结之歌》是压在我身上的一座山。我在它下面。是的，是献给你的深深地爱恋的诗，有几行还没写完，是在我心中对你的呼唤，是在我心中对我的呼唤。

西徐亚人爱好对着射击，鞭笞派教徒喜欢赞美基督的舞蹈——大海
啊——我像蓝天一样敢跳进你的里面犹如听到每一句诗——

> 听到神秘的口哨，
>
> 我便停在路边，
>
> 我心情紧张不安。
>
> 每一行里都有停顿！
>
> 每一个句点里都有珍宝。
>
> ——眸子啊——我像光线一样分层射入你的里面。
>
> 我活跃兴奋。
>
> 按着吉他的音调，
>
> 我用思念把自己重调一番。

我重新加以改变。这是片断。整首诗由于还有两处空着没填好不能寄给
你。若是高兴——这首诗就会写完的，这一首，还有其他几首。是的，你有
没有下面这三首诗：

1924 年夏天，两年前，我从捷克寄给你的《两个》：

> 海伦——阿喀琉斯——/ 是不和谐的一对；
>
> 我们——终于就这样错过；
>
> 我知道——只有你 / 一个人与我 / 匹敌共存。

别忘记复信。然后我寄给你。

鲍里斯，里尔克有一个成年的女儿，出嫁了，住在萨克森的一个地方，
还有一个外孙女克里斯蒂娜，两岁。他很小的时候便结婚了，两年——在捷
克——就吵翻了。鲍里斯，接下去是可憎（我的）：我的诗他读起来很费力，
虽然早在十年以前，他不查词典便可以阅读冈察洛夫的作品。（阿利娅听我

说了这件事，便立刻说："我知道，我知道，是奥勃洛摩夫的早晨，那里还有一座被毁坏的长廊。"）冈察洛夫——神秘莫测，是吗？这一点我也感觉到了。

如果是远古时代的——很美好，如果是奥勃洛摩夫——那就非常之差了。是里尔克的（第二格，如果愿意也可以是被里尔克）改造过的奥勃洛摩夫。多么大的奢靡呀！在这一点上我一下子就看出了他是一个外国人，也就是说，我是一个俄罗斯人，而他是一个德国人！有损尊严。有一种有某种固定的（虽然低廉，但正是由于低廉而固定的）价值的世界，于这个世界，里尔克他无论通过任何一种语言都不应当知道。冈察洛夫（在日常生活上与他相对，就某种四分之一世纪的俄罗斯文学史的意义来讲，我什么都没有写）从里尔克的口中完全消失了。应当更仁慈一些。

（无论是关于他的女儿，还是关于他的外孙女，以及关于冈察洛夫——对任何人都没讲过。双重的忌妒我一个人就够了。）

还有什么要说的，鲍里斯！信纸用完了，一天开始了。我刚从集市回来，今天村子里过节——第一批沙丁鱼！不是小沙丁鱼——因为不是罐头装的，而是网里的。

你知道吗，鲍里斯，我已经开始对大海感兴趣了，是出于某种愚蠢的好奇心——想要确认一下自己是不是无能为力。

拥抱你的脑袋——我仿佛觉得它是如此硕大——根据它里边容纳的东西——我在拥抱整座大山——乌拉尔！"乌拉尔宝石"——又是来自童年时代的声音！（母亲和父亲一起前往乌拉尔去为博物馆采集大理石。家庭女教师说，夜里老鼠咬了她的脚。塔鲁萨，鞭笞派教徒，五岁。）乌拉尔矿石，（密林）还有加拉赫伯爵的（库兹涅茨克的）水晶——这就是我的整个童年。

把它给你——镶满了黄玉和水晶。

夏天你到哪儿去？阿谢耶夫康复了吗？你可别病了。

好了，还有什么要说的呢？

——完了！——

你发现了吗，我把自己零零碎碎地献给了你？

一九二六年五月二十六日

佳作赏析：

茨维塔耶娃·玛琳娜·伊万诺夫娜（1892—1941），俄罗斯著名诗人、作家。代表作品有诗集《里程碑》《魔灯》等。

茨维塔耶娃和帕斯捷尔纳克的书信，是爱情的典范，虽然他们天各一方，这种柏拉图式的精神恋爱，是最痛苦的，最折磨人的。在远方，独自给爱人写信，倾诉内心的苦闷，这是人生路上的搀扶，对美好未来的渴望。

在八月

□ ［俄国］伊凡·蒲宁

　　我爱的那个姑娘走了，可我还未曾向她倾吐过一句我的爱情，那年我仅二十二岁，因此她的离去使我觉得在茫茫人间就只剩下我孑然一身。那时正好是八月底，在我所客居的那个小俄罗斯城市里溽暑蒸人，终日一丝风也没有。有一回礼拜六，我在箍桶匠那儿下工后出来，街上空荡荡的，几无一人，我不想就回家，便信步往市郊走去。我在人行道上走着，街旁犹太人开的商店和一排排老式的货摊都已上好门板，不做买卖了，教堂在叩钟召唤人们做晚祷。一幢幢房屋把长长的阴影投到地上，可是炽热的暑气并未消退。在八月底的南方城市里经常会出现这种热浪滚滚的天气，那时连被太阳烤灼了整整一夏的果园里也无处不蒙着尘土。我感到忧伤，难以言说的忧伤，可是周遭的一切，不论是果园、草原、瓜地，甚至空气和强烈的阳光，却无不充满了幸福。

　　在满是尘埃的广场上，有个美丽、高大的霍霍尔女郎站在自来水笼头旁。她穿着一件雪白的绣花衬衫和一条紧紧箍住跨部的墨黑的直筒裙，赤脚穿一双打有铁钉的皮鞋。她可真像梅洛斯的维纳斯，如果可以作这样的设想的话：维纳斯的脸被太阳晒黑了，双眸呈深褐色，露出一副愉悦的神情，前额开朗饱满，像这样的前额大概只有霍霍尔女人和波兰女人才会有。木桶灌满水后，她用扁担挑到肩上，径直朝我走来——她的身姿健美匀称，尽管这担晃动着的水很沉，可她却微微摆动身子，轻松自如地挑着，皮鞋橐橐有声地踏在木头的人行道上……我至今还记得我怎样彬彬有礼地站到一旁，给她让路，怎样久久地目送着她的背影！而在那条由广场经过山脚通往波多尔低地去的街上，可以望到嫩绿色的大河谷、牧场、树林和在它们后面的黑黝黝的金黄色沙滩，还可以望到远方，那温柔的南国的远方……

看来，我还从未像在那一瞬间那样喜爱小俄罗斯，从未像在那年秋天那样向往终生这么生活下去，天天议论议论谋生的斗争，学学箍桶匠的手艺。后来，我站在广场上思忖了片刻，决定到市郊那两位托尔斯泰主义的信徒家里去串门。我下山向波多尔低地走去时，一路上碰到许多的出租双套马车疾驰而过，上边高坐着刚刚乘五点钟那班由克里米亚开来的火车到达的旅客。一匹匹拉货的大马，拖着满载箱子和货包的嘎嘎发响的大车，慢吞吞地朝山上驶去。化学商品、香草醛、蒲席的气息以及双套马车、尘土和游客（他们不知从什么地方游罢归来，反正一定是从风景如画的地方），重又在我身上激起了某种锥心的忧伤和甜蜜的渴望，把我的心揪紧了。我拐进两旁都是果园的窄小的胡同，在城郊走了很久。住在这一带郊区的"爷们"，全是工匠和小市民，在夏日的夜晚，他们天天都聚集到河谷里去作粗犷而奇妙的"游乐"，并用赞美诗的曲调齐声高唱忧郁动听的哥萨克歌子。可此刻"爷们"都在忙着脱粒。我走到淡蓝色和白色土坯房的尽头，这儿已经是春汛时的河水泛滥区，河谷就由这儿开始，只见此地各处的打麦场上都有连枷在挥动。河谷里边一丝风也没有，热得就跟城里一样，于是我赶紧返身上山，那儿倒有开阔的台地。

台地幽静，安宁，开阔。极目望去，到处都是密密麻麻的、高高戳起的金黄色麦茬；在没有尽头的宽阔的道路上铺满厚厚的浮尘，使你走在上面时，觉得脚上仿佛穿着一双轻柔的丝绒鞋。周遭的一切——麦茬、道路和空气，无不在西沉的夕阳下灿灿发光。有个晒得黑黑的霍霍尔老人，脚登笨重的靴子，头戴羊皮帽，身穿颜色像黑麦面包的厚长袍，拄着根拐杖走了过去，那根拐杖在阳光下亮得好似玻璃棒。在麦茬地上成群地回翔着的白嘴鸦的翅膀也发出炫目的亮光，我不得不拉下晒得发烫的帽檐，挡住这亮光和热浪。在很远很远的地方，几乎是在天边，隐约可以望到一辆大车和慢吞吞地拉着大车的两匹犍牛以及瓜田里看瓜人的窝棚……啊，置身在这片宁静辽阔的田野上是多么惬意呀！但我魂牵梦萦地思念着的却是河谷后面的南方，她离我而去的那个地方……

离大路半俄里开外，在俯临河谷的山谷上，有一幢红瓦房，那里是季姆钦克家两兄弟巴维尔和维克托尔的小小的田庄，兄弟俩都是托尔斯泰主义者。我踩着干燥的扎脚的麦茬，朝他们家走来。农舍附近连人影都没有。我走到小窗口向里张望，那里只有苍蝇，成群结队的苍蝇：无论是窗玻璃上，天花板下面，还是搁在木炕上边的瓦罐上都停满苍蝇。紧连农舍是一排牲口棚，那里也没有一个人。田庄的门大开着，满院子都是牲畜粪，太阳正在把粪便晒干……

"您上哪儿去？"突然有个女人的声音喊住了我。

"我回过头去，只见在俯临河谷的陡壁附近，在瓜田的田埂上，坐着季姆钦克家的长媳奥尔加·谢苗诺芙娜。她伸出手同我握了握，没有站起身来，我在她身旁坐了下来。"

"闷得犯愁了吧？"我问道，然后默不做声地直视她的脸。

她垂下眼睛望着自己的光脚。她长得小巧玲珑。肤色黝黑，身上的衬衫挺脏，直筒裙也旧了。她的模样活像被大人派来看守瓜田的小姑娘，不得不在烈阳下闷闷地度过长长的白昼。尤其是她的脸蛋，更像俄罗斯乡村中豆蔻年华的少女。但是我怎么也看不惯她的衣着，看不惯她光着脚丫在牲畜粪和扎脚的麦茬地上走，我甚至都不好意思去看她那双脚，连她自己也常常把脚缩起来，不时斜睨着自己那些损坏了的趾甲。可她的脚却是纤小、漂亮的。

"我丈夫到河谷边上打麦去了，"她说，"维克多·尼古拉耶维奇上外地去了……巴弗洛夫斯基又叫官府抓了起来，为了他逃避当兵。您记得巴弗洛夫斯基吗？"

"记得。"我心不在焉地说。

我们两人都不作一声，久久地眺望着淡蓝色的河谷、树林、沙滩和发出忧郁的召唤的远方。残阳还在烤灼着我们俩，发黄了的长长的瓜藤像蛇一样纠结在一起，藤上结着圆圆的沉甸甸的西瓜。瓜也同样被太阳烤得发热了。

"您干吗不把心里话讲给我听？"我开口讲道，"您何必要这样苦自己呢？您是爱我的。"

她打了个寒噤，把脚缩了进去，闭上了眼睛。后来她把披到面颊上的头发吹开，露出一丝坚毅的微笑，说："给我支烟。"

我递给了她。她吸了两大口，呛得咳了起来，便把烟卷儿远远地掷掉，默默地沉思了一会儿。

"我打一大早起就坐在这儿了，"她说，"连河谷边上的鸡也赶来啄西瓜吃……我不懂，你凭什么以为这儿闷得叫人犯愁呢。我可挺喜欢这儿，非常喜欢……"

日落时，我走到了离这个田庄两俄里远的一处也是俯临河谷的地方，坐了下来，摘掉了帽子……透过泪水，我遥望着远方，恍恍惚惚看到在很远的地方有一座座南国燠热的城市，恍恍惚惚看到台地上的青色的黄昏和某个妇人的身姿。她和我所爱的那个姑娘已融合成为一个人，并且以她的神秘，以她那种少女般的忧郁充实了那个姑娘，而这种忧郁正是我在看瓜田的那个小巧的妇人的双眸中觉察到的……

佳作赏析：

伊凡·蒲宁（1870—1953），俄罗斯著名作家。代表作品有短篇小说集《在天涯》、中篇小说《乡村》等。

这是一篇描述青年人情感躁动的文章。酷热的夏天，作者下班回家的路上，在街上邂逅了一位美丽的少妇，由此产生了情感的躁动。富有俄罗斯地方特色的风土人情，细腻的心理描写，丰富的想象，这一切交织在一起，使得文章颇具特色。

爱 情

□ ［英国］戴维·赫伯特·劳伦斯

男女之间的爱是世上最伟大、最完美的情感，因为它是双重的，包括互相对立的两个方面。男女之间的爱是最完美的生活脉搏，心的收缩和舒张。

神圣的爱是无私的，追求的不是自己的利益。情人为自己的爱人献身，只求与她达成完美的统一。但男女之间的爱是完整的，它追求神圣和世俗的统一。世俗的爱寻求的是它自己。我在我的爱人身上寻求我自己，从她那儿争抢出一个我来。我们不是清澈的个体，而是复杂的混合物。我寄寓在我的爱人之中，她也寄寓在我的身上。这种状况是不应存在的，因为它只是混杂和迷惑。因此，我必须彻底地收拢自己，从我爱人身上解脱出来，她也应该完全地从我身上分离出去。我们的灵魂像是黄昏，既不明亮也不黯然。光线应该收敛回去，变成十足的闪光，而黑暗也应该自立门户。它们应该是互相对立的两个完整体，互不渗透，泾渭分明。

我们像一朵玫瑰。男女双方的激情既然完全分离，又美妙地结合，一种新的形状，一种超然状态在纯洁统一的激情中，在寻求清晰与独立的纯洁激情中诞生了，两者合而为一被投进玫瑰般的完美的天堂中。

因此，男女之间的爱如果是完整的话，应该是双重的。这是融入纯洁感情交流的境界，又是纯粹性的摩擦，两种状况均存在。在感情的交流中，我被熔炼成一个完整的人，而在纯洁的、激烈的性摩擦中，我又被烧成原先的自我。我从融合的基质中被赶了出来，进入高度的分离状态，成为十足单独的自我，神圣而独特的自我。宝石从混杂的泥坯中被提炼出来时大概就是这样的。我爱的女人和我，我们就是这类混杂的泥坯。随后在热烈的性爱中，在具有破坏性的烈焰中，我被毁了，贬低为她那个自我。这是毁灭性的欲火，世俗意义上的爱。但唯有这火才能使我们得到净化，使我们从混杂的状况中分离出来，成为独特的如宝石一般纯净的个体。

所以说，完整的男女之爱是双重的，既然是一种融化的运动，把两者融合为一，又是一种强烈的、带着摩擦和性激情的分力运动，两者被烧毁，被烧得彻底分开，成为迥然不同的异体。

但不是所有男女之间的爱都是完整的。它可以是温柔的，慢慢地合二为一，如圣法兰西斯和圣克莱尔，圣玛丽和耶稣之间的爱。在这种情况下，可能没有分离，看不到统一，也不存在独特的异体。可见，这所谓神圣的爱其实只是半个爱，这种爱却知道什么是最圣洁的幸福。另一方面，爱又可能是一场性满足的美妙战斗，动人而可怕的男女抗争就像特里斯坦和艾索德。这些超越骄傲的情人，打着最崇高的旗帜，是宝石一般的异体。他是十足的男性，像宝石一般脱颖而出，桀骜不羁；而她则是纯粹的女性，像一枝睡莲，亭亭玉立于其女性的妩媚和芬芳之中。这就是世俗的爱，它总是在欲火和分离的悲剧里结束。到那时这两个如此出众的情人会被死神分隔开。但是，如果说世俗的爱总是以痛心疾首的悲剧而告终，那么神圣的爱则更是有过之而无不及。它总是以强烈的渴求和无可奈何的悲哀而告结束。圣法兰西斯最后死去，撇下圣克莱尔孑然一人，悲痛欲绝。

势必会合二为一，永远如此——感情交流而产生的甜蜜的爱和性满足后产生的自豪的爱总是融合在一起的。那时，我们就像玫瑰，甚至超越了爱。

爱被包围、被超越了。我们成了完全融合的一对，同时又像宝石一样是独立的个体。玫瑰包围并超越了我们。我们组成一朵玫瑰，而不是其他任何的东西。

佳作赏析：

戴维·赫伯特·劳伦斯（1885—1930），英国著名作家。代表作品有《恋爱中的女人》《儿子与情人》等。

文章明朗、活泼，用语自然，又不乏个性。紧紧围绕男女之间的情感分析，来为爱情作"注解"。爱是双方的，是合二为一的。任何单方面的爱都不能称其为爱。当然，爱也不是自私的，它要求你必须具有奉献精神，一切先为对方着想的思想。只有超越了利益的爱，才能从狭隘走向博大。也唯有这样的爱，才有根基。

情感世界

□ [英国] 伯兰特·罗素

我们的爱情一直被旧的道德毒害着，从童年时代、少年时代、青年时代直到结婚。它使我们的爱情充满了忧郁、恐怖、误会、悔恨和神经紧张，把性的肉体冲动和理想爱情的精神冲动分为两个不同的部分，使前者成为兽性的，使后者成为无生育的。这不是我们想要的生活。

动物的天性和精神的天性不应当发生冲突。两者之间决非水火不相容，它们只有彼此结合才能达到完美的地步。男女之间完美的爱是自由而无畏的，是肉体和精神的平等结合，它不应当由于肉体的缘故而不能成为理想的，也不应当由于肉体会干扰理想而对肉体产生恐怖。

爱犹如一棵根深置于地下的树，它的树枝可参天，但是，如果爱被忌讳、恐怖、斥责的话语和可怕的沉默所束缚，它是不会根深叶茂的。

人的情感生活离不开男女之爱和父母与子女之爱。传统道德在削弱一种爱的同时，又声称要加强另一种爱，但实际上父母对于子女的爱往往由于父母之间的爱的削弱而蒙受着极大损失。如果孩子是快乐和相互满足的产物，那么健康的、自然的、无私的爱便是父母给予他们的，这是那些饥饿而渴望在可怜的孩子中得到他们在婚姻中所得不到的营养的父母无法给予的，这样的父母将使孩子的思想产生偏差，并为下一代造成同样痛苦的基础。害怕爱情就是害怕生活，而害怕生活的人生命已失去了大半。

佳作赏析：

伯兰特·罗素（1872—1970），英国哲学家、数学家和逻辑学家。1950年诺贝尔文学奖获得者。主要代表作品有《数学原理》《哲学的问题》《自传》等。

人之所以为人，就因为有"情感"。而人的"情感世界"往往又是多变的，复杂的，最捉摸不透的。这种情感不止是关乎爱情，也包括友情、亲情。文章从议论入笔，形象地道出了人应该怎样对待自己的"情感世界"才是正确的。寥寥数语却如醍醐灌顶，发人深省。

爱情的罗曼蒂克

□［英国］伯兰特·罗素

罗曼蒂克是一种感情形式。罗曼蒂克爱情的精髓在于，视被爱对象为宝贵知己而自己又难于占有，因而便采用如诗赋、歌曲、武功或任何可以想象出来的取悦方法，来获得对方的注目与爱情。人们之所以认为情人有巨大价值，在很大程度上是因为对方难于为自己占有。

最初，罗曼蒂克爱情并不施之于那些能与其发生合法或非法性关系的妇女，而是针对那些因无法逾越道德和传统习俗障碍而无法与其结合的贵妇。因为这种障碍使爱产生了诗情画意，柏拉图式的感情维持了爱情的美感。结果人们狂热地表达爱恋，而又抑制了亲昵之欲。渐渐地这种观念为许多人所接受，他们认为纯洁高尚的欢乐只可能存在于没有掺杂任何性因素的、专心致志的默祷之中。一个男人如果深恋和尊敬某个女子，他将感到无法将她同性活动联系起来，他的爱情将会采取富有诗意和想象的形式，很自然地充满了象征主义的色彩。

在文艺复兴时期，爱情虽然仍充满诗情画意，但通常已不再是柏拉图式的感情。人们普遍持这种观点：女人最好是难于接近而又并非不可能或不可以接近。

罗曼蒂克的爱情在浪漫主义运动中达到了高峰，优美的诗歌把爱情的热望与想象表达的完美无缺。爱情之树之所以会这么枝繁叶茂，是因大多数人都认为罗曼蒂克的爱情是生命必须奉献的最为热烈的欢乐之泉。彼此倾心相爱，充满想象而又柔情似水的男女关系，有着不可估量的价值。对这种价值漠然视之与任何人都是一大不幸。任何社会制度都应当容忍和允许这种欢乐，尽管它只是生活的内容之一，而非生活的主要目的。

罗曼蒂克的爱情应该成为婚姻的动力。但是，使婚姻美满幸福的，并不是罗曼蒂克的爱情，而是一种比罗曼蒂克更亲密、更深情、更现实的爱情。

在罗曼蒂克的爱情中，双方都通过一层绚丽的薄雾观察对方，因而得出的印象并不完全真实。一个女人要想在婚后仍然保持罗曼蒂克的爱情，就需要避免与丈夫的亲密行为，并像斯芬克斯一般，不袒露出内心深处的思想与感情，同时还得保持一定程度的身体隐秘。不过，这些行为无法使婚姻进入到最完美的境地。而欲达到完美，就需要没有任何假象的情真意切的亲密关系。

佳作赏析：

罗曼蒂克曾被广泛地用来形容爱情的"浪漫性"。如果谁的爱情不罗曼蒂克，仿佛就不是真正的爱情。至少，是充满遗憾的爱情。

但在这篇文章中，罗素却从更加理性的层面，对"罗曼蒂克"的爱情进行了"批评"。作者认为，爱情固然需要罗曼蒂克，但要想维持爱情的长久性，却不能只依靠罗曼蒂克。生活毕竟是务实的，爱情的浪漫永远只能是生活的"润滑剂"。倘若"润滑剂"涂得过多，生活或许就会偏离轨道，最终连爱情本身也消失了。

湖畔相遇

□〔法国〕马塞尔·普鲁斯特

　　我给她的那封绝望的情书终于有了回信，信是在昨天赴林园晚宴之前收到的。信中说，她恐怕在动身之前无法跟我道别。我也十分冷漠地答复了她。是啊，事情最好就这样结束，但愿她有一个开心的夏季生活。接着，我换好衣服，乘坐敞篷车穿越林园。我虽然十分心痛，但我努力调整心态，使其渐趋于平和，我相信自己随着时间渐渐过去，我会把这段往事尘封起来。

　　汽车沿着湖边林荫道疾驰，在距离林荫道五十米远、环绕湖边的一条小径尽头，我发现一位缓步慢行的女人。一开始我没有认出她。她朝我微微招手致意，我终于认出了她，尽管我们之间隔着一段距离。正是她！我久久没有反应。她继续注视着我，大概是要我停车，带她同行。我对此毫无反应，但我心底却霎时涌起一股说不清的激情。"我曾经对此颇费猜测，"我思忖，"她始终无动于衷，其中必有一条我不明白的原因。我亲爱的心上人，她爱我。"一种无边无尽的幸福，一种不可抗拒的确信朝我袭来，我无法控制自己，眼泪不争气地溢眶而出。车子驶近阿尔姆农维尔城堡，我擦了擦自己的眼睛，眼前出现了她那温情脉脉，仿佛要擦拭我的眼泪的招手；她那温情脉脉的注视，仿佛是征询我让她上车的目光。我是满怀欣喜地赶赴晚宴的，我的兴奋通过我的神色、动作无声地表现出来。没有人知道他们不熟悉的一只小手曾经向我挥动致意，这种感觉在我身上燃起欢乐的熊熊之火。每个人都能看到这种火光，因为它已经烧透了我。

人们只等德·T夫人大驾光临，她马上就到。她是我所认识的人中最没意思、最最讨厌的家伙，尽管她还有几分姿色。然而我却庆幸自己能够原谅任何人的缺陷和丑陋，我带着诚挚的微笑朝她走去。

"您先前的行为让我很吃惊。"她说。

"先前！"我惊讶万分，"您的意思是先前我们见过面？"

"怎么您没有认出我？您确实离我很远。我沿着湖边行走，您却骄傲地坐在车上。我向您招手问好，可您像不认识我似的毫无反应。"

"什么，是您！"我叫嚷道，十分扫兴地重复了好几遍，"噢！我请求您原谅，真对不起！"

"他好像不快活！您好，夏洛特！"城堡女主人说，"不过您尽管放心，您现在不是跟他在一起了吗！"

我哑口无言，我的一切幸福就此破灭。

然而，最令我苦恼的是我始终忘记不了她那副含情脉脉的样子。尽管我已经承认了自己的错误。我试图跟她言归于好。我没有很快忘记她，在我痛苦的时候，为了使自己好受一些，我经常竭力使自己相信那是她的手，正如我一开始感觉的那样。我闭上眼睛，是为了再一次看见那双向我致意的小手，这双手如此惬意地擦拭我的眼睛，让我的额头清新凉爽。她在湖边温情脉脉地伸向我的那双戴着手套的小手犹如平安、爱情以及和解的小小象征，而她那略带忧伤的目光紧紧盯着我，似乎在请求："带我一程行吗？"

佳作赏析：

马塞尔·普鲁斯特（1871—1922），法国著名作家，代表作有长篇小说《追忆似水年华》《让·桑德伊》，短篇小说集《欢乐与时日》等。

普鲁斯特曾以文学名著《追忆似水年华》震惊文坛。本文运用第一人称的手法，写了与一个女人相遇的故事，作者苦苦暗恋着对方，而对方却毫不在意。在彼此相遇的瞬间擦肩而过。这是一种内心的煎熬。

爱情总是双方的，只有两个人共同参与的爱才是默契的，愉悦的；反之，只能是一种伤痛。心理描写细腻，对话的运用，既增强了文本的可读性，又成功地塑造了人物的性格特征。

我的爱

□ ［法国］加缪

　　我对生活的全部的爱就在此：一种是对于可能逃避我的东西的悄然的激情，一种是在火焰之下的苦味。每天我离开修道院时，就如同从自身中挣脱那样，似在短暂时刻被留名于世界的绵延之中。我那时会想到多利亚的阿波罗那呆滞无神的眼睛或纪奥托笔下热烈而又迟钝的人物，而且清楚地知道其中的原因。直至此时，我才真正懂得这样的国家所能给我的东西。我惊叹人们能够在地中海沿岸找到生活的信念与律条，并为一种乐观主义和一种社会意义提供依据，在这里人们的理性得到了满足。因为最终使我惊讶的并不是为适合于人而造就的世界，而是这个世界却又向人关闭。不，如果这些国家的语言同我内心深处发出回响的东西相和谐，那是因为它使这些问题成为无用的，而不是因为它回答了我的问题。

　　在伊比札，我每天都去沿海港的咖啡馆坐坐。五点左右，这儿的年轻人沿着两边栈桥散步。婚姻在这里进行，全部生活也在这里进行。人们不禁想到：这里存在某种面对世界开始生活的伟大。我坐了下来，到处都是白色的教堂、白垩墙、干枯的田野和参差不齐的橄榄树，一切都在白天的阳光中摇曳。我喝着一杯淡而无味的巴旦杏仁糖浆。我注视着前面蜿蜒的山丘，群山向着大海缓和地倾斜。夜晚正在变成绿色。在最高的山上，最后的海风使叶片转动起来。所有的人在自然的奇迹面前都放低了声音，以至于只剩下了天空和向着天空飘去的歌声。这歌声像是从十分遥远的地方传来的。在这短暂的黄昏时分，有某种转瞬即逝的、忧伤的东西笼罩着，而且这种东西并不只是一个人感觉到了，而是整个民族都感觉得到的。至于我，渴望爱如同他人渴望哭一样。从此，我似乎觉得我睡眠中的每一小时都是从生命中窃来的。或者可以这样说，是从无对象的欲望的时光中窃来的。我静止而紧张，没有力量反抗要把世界放在我双手中的巨大激情，就像在巴马的小咖啡馆里和旧金山修道院度过的激动时刻那样。

我清楚地知道，我错了，并知道有一些规定的界限。只有在这种条件下，人们才能从事创造。不过，爱是没有界限的，如果我能拥抱一切，即使拥抱得笨拙又有什么关系？在热那亚，我整个早上都迷恋于某些女人的微笑，但我现在再也看不见她们了。无疑，没有什么更简单的了。但是，我那遗憾的火焰并不会为词语所掩盖。我在旧金山修道院中的小井中看到鸽群的飞翔，我因此忘记了自己的干渴。但是，我又预感到干渴的时刻总会来临。

佳作赏析：

阿尔贝·加缪（1913—1960），法国小说家、哲学家。1957年获得诺贝尔文学奖。代表作品有《局外人》《鼠疫》等。

在加缪的文字里，处处可见"爱"的踪迹。这种爱是无私的，伟大的。因为，他爱的不是自己，而是别人，是整个人类，整个世界，整个社会。我们把这种爱称为"博爱"。本文所描写的一切，都可以窥探到作者内心深处那爱的火花。他爱这个世界上的"山"和"水"，也爱这个世界上的"人"和"动物"。这种爱是他为文的根本，也是他活着的信念。正如作者所说：爱是没有边界的。一个笔下充满爱的作家，无疑是优秀的。

对你总有一种内疚感

□〔法国〕西蒙娜·德·波伏娃

星期二 1951 年 10 月 30 日林肯旅馆，纽约

纳尔逊，我真正的爱：

我累极了，但是如果不给你写信我实在无法入睡。在知道你仍旧爱我的，半小时后即要离开你实在太难了。如果早知道你仍能爱我，我原可安排多住些日子，想到这些，心中感到辛酸苦楚。我需要跟你说话，这是今晚唯一能梦见的平静。在火车和出租车里我哭了一路，飞机上则跟你讲了一路的话。

我知道你不喜欢语言，但这一次，让我说，如果我哭了，别害怕。你昨天让我读的前言中，托马斯·曼说陀思妥耶夫斯基每次发作前总有几秒钟的幸福，这种幸福相当于 10 年的生命。有时，你当然有力量能在几分钟内给我一种值 10 年健康的狂喜。也许你的肮脏的心深沉热情，不像我的那样狂热，你无法感受到几小时前我再次给了你那份爱情的礼物时我所感受的惊喜。使

我觉得真正生病了。给你写信是想从这一病痛中解脱出来。如果你觉得这封信不理智，请原谅我，我必须把自己从中解脱出来。我时常想告诉你，想再次告诉你，我对我们之间的关系的感受。

从第一天起我对你总有一种内疚感，因为我能给予你的很少，但又是那么深深地爱着你。我知道你是相信我的，也理解我对你说的一切。你永远不会同意长期到法国居住，我在巴黎各种关系把我拴住，你在美国没有被拴住。我不想在这一问题上再次为自己开脱：我不能抛下萨特、写作和法国。我承认当我告诉你不可能时，你是信任我的。然而我也明白，理解我的理由并未改变事实：我没有把自己的全部生命都给予了你，我把心和能给的一切都给了，但没有把生命给你。我接受了你的爱，把它变成遥远的爱。我一直感到自责内疚，正因为是对我所爱的人，因此这是我所体会过的最痛苦的感觉。我伤害了你，我离开了你，反过来也刺伤了我自己。我一直担心你会认为我把我们爱情中的所有好的部分拿走了，给你留下的是不好的。这不对。如果我未能给予你真正爱情所应给予的幸福，我也使自己很不幸福。我从各个方面一直都渴念你，我很内疚，怕你生我的气，这一切经常使我处于极端痛苦中。因为我给你的太少了，我认为你把我从你的心中赶出去是公平的。尽管承认是公平的并不等于说不痛苦。第一次在纽约已是痛苦的，去年就非常痛苦。请相信我，这次也是一样。如果我哭得很厉害，表现得有些荒谬可笑，那是来自整整一年都未曾愈合的深深的伤口。是的，我的爱仍是那么深，但被出乎意料地抛弃了，不再被对方爱了是极端痛苦的。然而，今年我来看你时我开始接受这一事实，我努力满足于你的友谊和我的爱。这并没有使我很快活，但我还可忍受。

今晚，我害怕了，真正地害怕了，因为你再次使我的防线崩溃。你说不再把我从你的心中驱走，我不需再同你的无动于衷做斗争，我手中已无任何武器，我感到如果你决定再把我赶走，我会再次受到伤害。今晚我无法忍受这一念头。我累死了。我觉得自己完全被你握在手中，毫无防御能力，这次我不得不求你：把我留在你心中或是把我赶走，别让我抓着你的爱情，然后突然发现它已不复存在。我不想再经历一次，我受不了。我也不蠢。如果你一旦爱上了另一个女人，那也没办法。我的意思是：不管你选择赶走或不赶走，我请你设身处地为我想想。目前请别把你的爱拿走，在心中保存它直到我们再次见面。

让我们在不久的将来见面。但最终还是由你决定，你心中跟我一样清楚，我不会麻烦你的。这将是你从我这儿收到的最可怕的一封信。我只是想说这次我向你提出了要求，我请你不要把我赶出你的心中，把我留在心中。知道你仍爱着我的时刻太短了，太短了！我无法接受仅仅是半个小时，必须持久。我要你再次充满爱意地亲吻我。我是多么的爱你，我爱你给予我的爱情，爱你重新激起了我的情欲和给予我幸福。即使这些都失去，或失去了一半，我仍固执地爱着你，因为你就是你。正因为你就是你，不管你给予或不给予我什么，我会永远把你珍藏在心中。当我们之间的爱又可能再次成为现实时，我感到自己垮了。我现在完全崩溃了。我给你写了这么一封愚蠢的信，请你不要生气。

我回到了"林肯旅馆"，努力睡觉。我害怕夜晚。我一生中最希望的就是再见到你。

星期三上午

最最亲爱的爱。我只睡了一小会儿，头仍然痛。我刚给法国航空公司去了电话，他们在 10 点钟等我上飞机，再一次心中感到痛苦。我拿不定主意是否给你打电话，最后决定不打，因为怕自己受不了。我不希望像你说的那样"在长途上哭泣"。

昨天晚上没说的是这些天和你在一起的甜蜜时光。从一开始你热情、快活，两年来我从没这样快活过。和你在一起生活有多么美好。再见，我的爱。

如果飞机出事的话，我最后想的将是感谢你给予我的一切。飞机不会出事，今后一年中我将继续爱你直到再投入你的怀抱。

我的永远炽烈的心亲吻你。把我藏在你心中，我爱你。

星期三 31 日纽芬兰

寄给美国印第安纳州加里福雷斯特街 6228 号的"住户"。

亲爱的住户。纽芬兰的鱼儿们向它们的环礁湖兄弟们致以温柔的问候。

我已飞了 4 个小时。吃了一顿美味的午餐，有鹅肝和香槟，但一路上我止不住哭。实在不好，因为飞机不像在加里的火车上没有人认识我，飞机上许多人声称认识我。我希望别再哭了。似乎积了一年的眼泪非流不可。我觉得自己像一个 80 岁的老妇一样丑，一个 20 岁的年轻人那样愚蠢。我想一个人 20 岁时还太年轻，不能像在 40 岁时那样傻。现在你的小家是 3 点，很温暖，你在家。

我的爱人和我同行。

佳作赏析：

西蒙娜·德·波伏娃（1908—1986），法国著名哲学家、文学家。代表作品有《第二性》《名士风流》《女客》等。

"我的永远炽烈的心亲吻你。把我藏在你心中，我爱你。"大胆火辣的问候，表达了波伏娃被情感燃烧的心情。炽热不是时间能扑灭的，它需要情爱的浇灌。两地书不仅是传递情感，更重要的是爱的宣言。

论 爱

□ [黎巴嫩] 纪·哈·纪伯伦

于是爱尔美差说：请给我们谈爱。

他举头望着民众，他们一时静默了。他用洪亮的声音说：

当爱向你们召唤的时候，跟随着他，虽然他的路程是艰险而陡峻。

当他的翅翼围卷你们的时候，屈服于他，虽然那藏在羽翼中间的剑刃也许会伤毁你们。

当他对你们说话的时候，信从他，虽然他的声音会把你们的梦魂击碎，如同北风吹荒了林园。

爱虽给你加冠，他也要把你钉在十字架上。他虽栽培你，他也刈剪你。

他虽升到你的最高处，抚惜你在日中颤动的枝叶，他也要降到你的根下，摇动你的根底的一切关节，使之归土。

如同一捆稻粟，他把你束聚起来。

他舂打你使你赤裸。

他筛分你使你脱壳。

他磨碾你直至洁白。

他揉搓你直至柔韧。然后他送你到他的圣火上去，使你成为上帝圣筵上的圣饼。

这些都是爱要给你们做的事情，使你知道自己心中的秘密，在这知识中你便成了"生命"心中的一屑。

假如你在你的疑惧中，只寻求爱的和平与逸乐，那不如掩盖你的裸露，而躲过爱的筛打，而走入那没有季候的世界，在那里你将欢笑，却不是尽量的笑悦；你将哭泣，却没有流干眼泪。

爱除自身外无施与，除自身外无接受。

爱不占有，也不被占有。

因为爱在爱中满足了。

当你爱的时候，你不要说"上帝在我的心中"，却要说"我在上帝的心里"。

不要想你能导引爱的路程，因为若是他觉得你配，他就导引你。

爱没有别的愿望，只要成全自己。

但若是你爱，而且需求愿望，就让以下的做你的愿望吧：

溶化了你自己，像溪流般对清夜吟唱着歌曲。

要知道过度温存的痛苦。

让你对于爱的了解毁伤了你自己，而且甘愿地喜乐地流血。

清晨醒起，以喜飏的心来致谢这爱的又一日；日中静息，默念爱的浓欢；晚潮退时，感谢回家；然后在睡时祈祷，因为有被爱者在你的心中，有赞美之歌在你的唇上。

佳作赏析：

纪·哈·纪伯伦（1883—1931），美籍黎巴嫩阿拉伯诗人、作家、画家，是阿拉伯现代小说、艺术和散文的主要奠基人之一。代表作品有《我的心灵告诫我》《先知》《论友谊》等。

任何人都有对于爱的独特理解，而且，每个人的理解都千差万别。在诗人看来，爱是浪漫和充满激情的。

全文以排比的手法，阐释了爱与被爱之间的关系，以及接受爱的态度，意在表明对爱的认识和以什么样的方式去学会爱，保存爱。爱是世界发展的催化剂，更是人类发展的催化剂。读这篇文章即是在感受爱。让我们共同沉浸在爱的包裹中，去嗅闻人生的芬芳吧。

版权声明

　　本书部分作品无法与权利人取得联系，为了尊重作者的著作权，特委托北京版权代理有限责任公司向权利人转付稿酬。请您与北京版权代理有限责任公司联系并领取稿酬。联系方式如下：

北京版权代理有限责任公司

北京市东城区朝阳门内 55 号南门 1006 室

邮编：100010

电话：（010）58642004

E-mail:bookpodcn@gmail.com

Website:www.bookpod.cn